時代で読み解く一八世紀フランス文学

旧体制下の読書熱、サロン、哲学者たちの闘い

宇野木めぐみ 著

HANDAI Livre 078
大阪大学出版会

読者のみなさまへ

本書『時代で読み解く一八世紀フランス文学——旧体制下の読書熱、サロン、哲学者たちの闘い』を手に取ってくださりありがとうございます。本書を書く第一の動機をまずお話ししましょう。一般的な一八世紀フランスのイメージといえば、フランス革命、マリー＝アントワネット、ロココ文化、または啓蒙思想などでしょう。「暴力」と優雅繊細あるいは華麗なるもの、そして「思想」といった、いささか振れ幅の大きいイメージを連結する一八世紀フランス文学とはどのようなものなのでしょうか。本書がその魅力を伝え、みなさんを一八世紀フランス文学の読書へといざなうものにしたいと考えています。

でもみなさんはこう思うかもしれませんね。三〇〇年ほども昔の時代の人の、しかも日本ではなくて外国の人の書いたものを読む？　理解可能なのか？　そんな疑問が出てくるかもしれません。

フランス文学なので、もちろんフランス語で書かれています。さらに一八世紀のフランス語には、現代フランス語とは異なる部分もあります。日本で言えば、一八世紀は平賀源内（一七二八—一七八〇／博物学者、戯作者）や上田秋成（一七三四—一八〇九／読本作者、『雨月物語』が有名）が活躍した時代ですが、彼らの日本語と現代日本語との隔たりを思えば、一八世紀のフランス語と現代フランス語との隔たりはさほどではありません。一九世紀の夏目漱石の小説を旧仮名遣いで読む感じと言えばよいでしょうか。もちろん本書でご紹介するフランス文学テクストは現代の日本語に訳してありますからご心配なく（せっかくだから原文で味わいたいという方向けに、web上に本書で取り上げた文学テクスト抜粋を文法解説付きで掲載)。

政治のシステム、人々の暮らしぶり、メンタルなど今と違いすぎていて想像がつかない、そんな時代の人々の書いたものがわかるのか、そして共感できるのか? そんな疑問もおありでしょう。できます。少なくとも優れた文学作品には時の隔たりを越えて訴えてくる普遍性があります。逆に、三〇〇年前の人間も同じなのだなと思わせられて、面白いです。それに必ず共感しなければならないものでもありません。「なんだこれは! ありえない!」と批判的に読んでもよいでしょう。ただし、確かにもろもろの制度や習慣、習俗の違いは大きいので、予備知識があったほうがわかりやすいし面白く感じられるはず。そういう、文学作品を味わうための補助線を引くことを、本書では目指しています。

本書執筆の第二の動機は、一八世紀における小説の地位について明らかにすることです。今日では、文学といえばその筆頭として小説が挙がるように思いますが、一八世紀はそうではありません。それどころか、小説は大げさに言えば害悪の源と見なされることもありました。いったい、小説についてどんなことが言われていたのか、なぜそれほど害悪と見なされていたのか、見ていきましょう。

さて、政治・社会・文化史的には、ルイ十四世の没年一七一五年が一八世紀の始まりであり、フランス革命が勃発した一七八九年がその終わりとされています。ですが、前後の流れ、関連も見ていただきたいので、一七世紀末から革命後までが本書では触れられています。でも、一世紀分の文学が本書一冊に収まるのか、と不審に思う方もいらっしゃるかもしれません。そうですね、収まりません。本書は、一八世紀フランス文学の魅力をほんの少し、お伝えするに留まるでしょう。そこから先に進んで、実際に文学作品を手に取るかどうか、そして自分の目で確かめるかどうかは――本当はそれが私の一番の目論見なのですが――読者のみなさんにお任せします。

目次

＊を付した作品はｗｅｂ付録（フランス語原文テクストと文法解説）があります。ただし、一部の作品については、本書に掲載した引用のうち一部分のみ付録をつけています。
ｗｅｂ付録は二次元コードまたはＵＲＬからアクセスできます。
https://osaka-up.or.jp/18seiki.php

第一章　一八世紀フランス文学――光明と感情

1. ヨーロッパ精神の危機

一八世紀は「啓蒙の世紀」siècle《シエクル》 des《デ》 Lumières《リュミエール》とも言われますが、Lumières（啓蒙）は蒙昧の闇を照らし出す理性の光を意味します。加えて、理性と同時に感性・感情の称揚がこの時代の特色と言えます。

そうした一八世紀の直前、すなわちルイ十四世の治世末期を見てみましょう。

［戦争と疫病］

スペイン継承戦争（一七〇一―一四）、ポーランド継承戦争（一七三三―三五）、オーストリア継承戦争（一七四〇―四八）、七年戦争（一七五六―六三）、いずれもフランスがかかわった戦争ですが、一八世紀全体を通じて、戦争が多いということが言えるでしょう。加えて、疫病が繰り返し流行りました。

疫病といえば、ここ数年、新型コロナウイルス感染症の流行により、経済活動、生活全般、大きな影響を受けてきました。発端はというと、中国の武漢という都市がまず封鎖され、ヨーロッパでも、北イタリアのロンバルディア州が封鎖され、スペイン、ドイツ、フランスでも外出禁止、あるいは国境封鎖などさまざまな措置が取られ、東京オリンピックも一年延期され、イタリア、アメリカ、スペイン、フランスの死者数が中国での死者数を超え（二〇二〇年四月）、世界五大陸すべてに感染が広がりました。まさに、人的被害、経済的な損失は世界的規模になります。東京、大阪等の都市に緊急事態宣言も出されました（二〇二〇年四月）。本書も、新型コロナウイルス感染症の影響で大学の授業がオンデマンドになったためweb上にアップロードした講義原稿が原型となっていますので、ある意味で、新型コロナウイルス感染症という疫病の副産物かもしれません。二〇二〇年当時は、まさにあっという間に人の動きや経済活動、教育形態が変化させられてしまった印象です。私は、二一世紀に「疫病」をリアルに感じるようになろうとは、それまでまったく思っていませんでした（さらにその二年後には、「戦争」が目の前に登場しました）。二〇世紀末には、確かにエイズやエボラ出血熱など致死率の高い疫病がありましたが、エボラは地域性の高い病であり、エイズは感染力がさほど高くないという意味で、まさに自分自身や近しい人々が巻き込まれる可能性の高い病とはあまり思っていませんでした。また、二一世紀のSARSは日本に住んでいた私にとってそんなに脅威を感じるものではありませんでした。

自分が巻き込まれるかもしれない病を前にしたとき、私たちのメンタリティはきっと大きく変容するのだと思います。二〇二〇年四月、カミュ Camus の『ペスト』（一九四七）がよく読まれたそうです。みなさんはカミュはご存じでしょうか。知らないよ、という方は、ちょっとスマホで検索してください。きっとこんなことが書いてあります。四四歳の若さでノーベル文学賞を受賞したアルジェリア生まれのフランス人作家です。残念なことに四七歳で交通事故で亡くなりました。最も有名な作品は『異邦人』（一九四二）でしょう。『ペスト』は、一九四＊年、アルジェリア（当時はフランス領）のある町で、ペストが発生し、町が封鎖されるという設定で、医師のリウーが主人公です。一九四〇年代にペストが流行したという事実はありませんから、この小説の設定はあくまで虚構です。発表された一九四七年は、まだ戦争（第二次世界大戦）の記憶が鮮明な時期ですから、『ペスト』はペストそれ自体というよりは、疫病に象徴される不条理と人間との闘いとして、人々に読まれたのかもしれません。その『ペスト』が、新型コロナウイルス感染症の感染拡大初期に読まれていました。Amazon.co.jp の「本の売れ筋ランキング」で、羽生結弦（元）選手が表紙になった雑誌『NUMBER』（四位）と『冨永愛　美の法則』（五位）を抑えて第三位です（二〇二〇年三月）。

虚構の疫病ではなく、実際の疫病を背景にした小説もあります。ロンドンで一六六五年に流行したペストを題材にした『ペスト』（一七二二）、これはイギリスの作家デフォー Defoe によって書かれました。デフォーは、『ロビンソン・クルーソー』（一七一九）の作者としての方が有名ですね。デフォー自身は一六六五年には四、五歳ですから、ペスト禍については、若干記憶に残っているという程度だったかもしれません。ですが、自分の親世代は確実にその渦中を生きていたでしょうから、生々しい体験を聞くことができたことでしょう。

ペストは大変致死率の高い疫病で、一四世紀のヨーロッパで大流行（アジアで発生、シルクロードで一三四七年にイタリアに到達、一三四八年にはヨーロッパ全体に拡大）したときは、町によっては人口が半減したところもありました。ボッカチオ Boccaccio の『デカメロン』（一三五三）は、一三四八年のフィレンツェのペスト禍を背景にした物語です。ペストが猖獗《しょうけつ》を極めるフィレンツェを逃れて郊外に疎開した一〇人の若い貴族（貴族だから疎開ができるとも言えます）が、暇つぶしに各人一夜につき一話、一〇日間、したがって合計一〇〇話、お話をするという設定です。お話は、迫りくる死を忘れるためか、艶笑譚（恋バナもしくはエロ話）が多く含まれています（すべてではないです、悲劇的な内容のものもあります）。一〇人の貴族の内訳は七人が女性、三人が男性。

少し本筋とずれてしまいました。もはやフランスでも一八世紀でもない。本題に戻りましょう。では、一八世紀、戦争と疫病があるとどうなるでしょうか？　国力は疲弊します。太陽王と言われたルイ十四世、絶対王政の象徴のようにも言われますが、その晩年はその絶対王政のゆらぎの始まりでもありました。ちょっとここでルイ十四世の肖像画を見てみましょうか。**図1-1**の肖像画は

図 1-1　リゴー『ルイ 14 世の肖像』（1701 年、パリ、ルーヴル美術館）

六〇代のルイ十四世、かなり貫禄のついた姿ですね。ルーヴル美術館にあります。**L'Etat, c'est moi.** これは有名な言葉で、一六五五年、ルイ十四世が一七歳のときにパリ高等法院の面前で言ったものとされてきました。で、この言葉ですが、みなさんご存じでしょうか。みなさんだったらなんと訳すでしょうか。「国家、それって僕」あるいは、「俺は国家だ」まあそうも訳せるわけですが、日本では「朕は国家なり」というのが一般的ですね。デュクロ **Duclos** という歴史家の、『ルイ十四世の治世、摂政政治、ルイ十五世の治世についての秘録』（一七九一）の中にも出てきますが、デュクロの著作はルイ十四世没後八〇年近く経って著されたものです。ですから彼が直接聞いたものではありえないし、直接聞いた人からの聞き書きというのも考えにくいんですが、じゃあどこが起源かというとどうもはっきりしない。いずれにせよ、現代の歴史家はルイ十四世はそのように言ったことはないと見なすようになりました。ただまあこのセリフ、ルイ十四世、いかにも言いそう、イメージにピッタリということで、集団の記憶の

中で、伝説となったフレーズですね。『フランス歴史引用辞典』[1]にも、ルイ十四世の言葉として掲載されていますが、文字通りそう言ったかという点では疑わしいと説明されています。ただ一七世紀の絶対王政を体現するルイ十四世、これはたしかに歴史的現実なので、その現実を反映している言葉として残り続けるものですね。実際は言ってないけど、というのは日本にもありますね。「敵は本能寺にあり」とか。これは本能寺の変の二〇〇年以上後の頼山陽の『日本外史』が初出らしいです、Wikipedia によれば。

それではまた戦争の話に戻って、なんでこんなに戦争が多いのかを考えてみましょう。その要因の一つとして、王位継承を巡る戦争が多いんです。当時の王族は基本的に王族間で結婚するため、各国の王はいわば結婚でつながった親戚同士です。したがって領土拡大を基本とする王位継承の利害が複雑に絡みあいます。たとえば、ルイ十三世の妃、つまりルイ十四世のお母さんは、ハプスヴルグ家の出身です。また、ルイ十三世のお母さんはマリー・ド・メディシスと言ってイタリアのメディチ家の出身です。こうなると、普通の家の場合の相続争いが、王国間の場合は、国土拡張をかけた戦争にもなるわけですね。たとえば、スペイン継承戦争はスペインのハプスブルグ家のカルロス二世が後継ぎがいないまま亡くなったことで、一七〇一年に始まります。そもそもフランスのルイ十四世は、自分の王妃がスペイン王カルロス二世の姉だということで、自分の孫のアンジュー公フィリップをスペイン王に推し、一方、オーストリアのハプスブルグ家のレオポルド一世は妃がカルロス二世の妹だということで、自分の次男を推していました。カルロス二世自身はフランスのアンジュー公フィリップを後継ぎに指名する遺言を残したので、フィリップはスペイン入りしてフェリペ五世となりますが、ここでオーストリアが黙っていない。そこでそれぞれ他国を陣営に引き込んで大戦争になりました。結果としてルイ十四世の孫のアンジュー公フィリップがスペイン王として認められましたが、一方で、そうすると将来的にスペイン王がフランス王ともなるという事態を避けるため、このフェリペ五世はフランスの王位継承権からは外され、かつスペインとフランスは領土を削ることにもなり、なぜか一番得をしたのがイギリスだったそうです。ともあれこうした王位継承と領土拡大を巡る列強の戦争は一八世紀を通して続きます。

人と資源の壮大な無駄遣いとも言える戦争と同様に国を疲弊させる疫病については、当時は、近代医学確立以前、ウイルスなども発見されていませんから、方策として隔離するしかなかったので、病人が出た地域は近隣から出入り禁止となり、いわば半ば見捨てられました。現代では、二〇二〇年の中国の武漢封鎖、あるいは北イタリアの封鎖等は、もちろん人道的な配慮がされたわけですし、十分ではないかもしれませんが医療的支援があります。フランスでも、ベッドが不足した地域からゆとりのある地域へと、医療TGVによって病人が運ばれる様子が、テレビのニュースに映し出されていました（二〇二〇年三月末）。またその後ワクチンが開発、認可され、大勢の人々に接種され、加えて治療薬も開発されたことはまだ私たちの記憶に新しいでしょう。しかし一八世紀は、ワクチンはもちろん、医療的支援も食糧支援も、時代や場所によって程度の差はありますが、行き渡りにくかった。そのような地域が多く出ると、人的・経済的な、壊滅的と言ってよいダメージとなったことは想像に難くありません。

また、晩年のルイ十四世は信心家のマントノン夫人と秘密結婚（王妃は亡くなってはいたのですが、やはりおおっぴらには結婚できない）したために、ルイ十四世も信心深くなって華やかなものから手をひいたと言われています。マントノン夫人、この人です（**図1-2**）。信心深い雰囲気出てますね。**図1-3**では、モンテスパン夫人の子どもたちとともに描かれていますが、もともとマントノン夫人は、モンテスパン夫人とルイ十四世の間の子どもの教育係だったんですね。なんというか、子どものベビーシッターを愛

図 1-2　ミニャール『マントノン侯爵夫人』（1694 年、ヴェルサイユ、ヴェルサイユ宮殿美術館）

図 1-3　ミニャール『マントノン夫人とモンテスパン夫人の二人の子ども』（制作年不詳、マコン、ユルスリーヌ美術館）

人にするというか。そんなモンテスパン夫人もルイ十四世の愛人だったわけですが。ともかく、以前は、ヴェルサイユでのパーティー、モリエールの芝居、バレエ（ルイ十四世は自分でも踊ったそうです）と華やかな暮らしに身を置いたルイ十四世ですが、それが今やがちがちの道徳家となって、トップがそうなるとみんな自粛するのかもしれませんね、暗い雰囲気が漂っていたらしいです。この辺の事情は映画『王は踊る』（二〇〇〇／**図1-4**）で描かれています。**図1-4**のＤＶＤパッケージは太陽王の異名をとったルイ十四世のバレエの衣装姿です。また、一九世紀の作家アレクサンドル・デュマ Alexandre Dumas（息子も作家になったので、区別するために、彼はデュマ・ペール、息子がデュマ・フィスと言ったりします。ファーストネームも同じアレクサンドルなので）の小説『ダルタニャン物語』（一八四四―四七）を読むと、ルイ十四世のお父さんのルイ十三

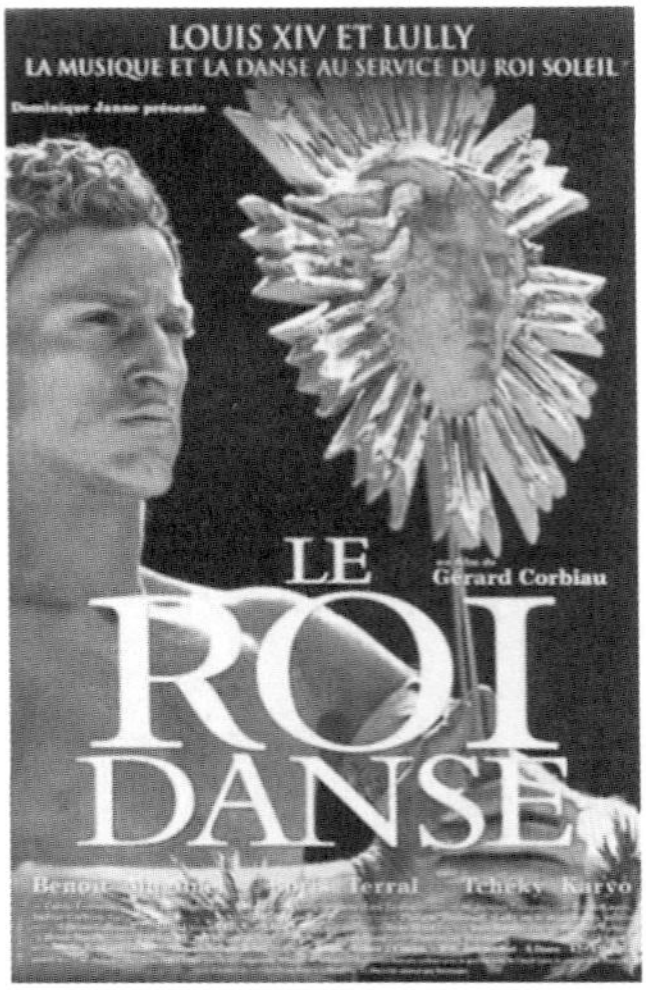

図 1-4　映画『王は踊る』
（2000 年）

世の治世からルイ十四世の若いころまでが描かれています。『三銃士』（一八四四）として有名なのは『ダルタニャン物語』第一部のルイ十三世のあたりですね。『ダルタニャン物語』は全三部構成で一一巻まであります。冒険活劇と歴史に興味のある方はどうぞ。ダルタニャンは実在の人物ですが、もちろん、『ダルタニャン物語』にはフィクションが入っています。まあともあれ、ルイ十四世晩年のこのような閉塞状況の中、一方で、既成のイデオロギーを転倒するような思想も生まれてきます。また、自然科学上の変革も相次ぎ、哲学が神学、すなわち宗教と切り離される契機も生まれてきます。多様な文化との出会い、旅行記の流行も相まって絶対的なローカルな規範が崩れる機運ともなります。そこで自らを探求し、文学の場では、絶対的な規範となっていた古代ギリシア・ローマ文化と当時の現代、つまり一七・一八世紀文学といずれが優越しているかという新旧論争が一七世紀末および一八世紀初頭に起こります。これについてはまた後で説明します。

［ルイ十四世の崩御とローのシステム］

一七一五年、ルイ十四世が崩御すると、ルイ十五世が即位しますが、なにしろ幼い、五歳なので、ルイ十四世の甥のオルレアン公が摂政となって政治のトップに立ちます。ところでルイ十四世、あまりに治世が長く、ルイ十五世は十四世の子どもではありません。即位可能な、つまり王妃が生んだ子どもは六人で、うち男子は三人でしたが——フランスはイギリスと異なり女王を認めていない——、みな一七一五年より前に亡くなりました。じゃあ孫か、というと孫も即位できず（一人は夭折、一人はスペイン王フェリペ五世となってフランス王位継承権を喪失）、十五世は十四世のひ孫に当たります。脱線しました。で、先ほども述べたように、戦争が多かったので、ルイ十四世の戦費、戦争にかかった費用ですね、これによる財政破綻を解決するため、摂政のオルレアン公はスコットランド人のロー（**図1-5**）を起用します。ローは、オルレアン公から私立銀行の設立と銀行券の発行、新大陸のルイジアナ開発の独占権を持つ特権会社の設立、タバコ製造、貨幣鋳造などを許可されます。さらにローは財務総監に就任します。言ってしまえば財務大臣が銀行の総裁と証券会社や商社のトップ等を兼任しているようなものですね。やりたい放題です。「ローのシステム」と呼ばれる四〇％の配当を約束する証券も作られました。四〇％の配当って、一〇〇万円投資したら一四〇万円になって返ってくるということですから、どうです、四〇％の配当ですよなんて電話がかかってきたら、みなさんはこれはなんだかアヤシイと冷静にお断りするかもしれませんが、私はやってしまうかもしれませんね。ムッシュー・ロー、お願いしますよ、みたいになるかもしれない。で、やはりお金のある人はそう

図1-5　カジミール・バルタザール『ジョン・ローの肖像』（1843年、ポール=ルイ、インド会社博物館）

した。まさにバブルです。まあ何というか、ルイ十四世晩年の閉塞状況から摂政政治の享楽的な華やかな時代になったということでしょうか。しかし、というべきか、やはり、というべきか、バブルははじけ、金融市場は大混乱、銀行は倒産し、多くの預金者、ただし今と異なり一般市民というよりは裕福な貴族やブルジョワが主体ですが、彼ら預金者は財産を失います。文学者の中にも財産を失った者がいました。ローは一七二〇年職を解かれブリュッセルに逃亡、一七二九年ベネツィアで亡くなります。

〔宗教的危機〕

さらに、以上のような政治的、経済的危機と同時に、宗教的な危機もまた生じていました。一つは、カトリックとプロテスタントの対立・緊張です。フランスは伝統的にカトリックの国ですが、プロテスタントも地域によっては一定数が存在していました。一六世紀末の聖バルテルミーの虐殺（一五七二）、みなさん聞いたことありますか？　多数派であるカトリックがプロテスタントを虐殺したわけですが、プロテスタントのアンリ・ド・ナヴァールがカトリックのヴァロワ家のマルグリットと結婚した際に、アンリ側のユグノー貴族、ユグノーというのはフランスのプロテスタントを指す言葉というかもともと蔑称、蔑んで言う言葉ですが、ユグノー貴族も宮殿にたくさん集まったのを狙って、聖バルテルミーの虐殺は始まったんですね。首謀者は新婦のマルグリットの母と新婦の恋人ギーズ公と言われています。**図 1-6** は新郎ア

図 1-6　作者不詳、ナヴァール王アンリとマルグリット・ド・ヴァロワ（1572 年、フランス国立図書館）

図1-7　フランソワ・デュボワ『聖バルテルミーの虐殺』（1572–84年、ローザンヌ、ローザンヌ州立美術館）

ンリと新婦マルグリットを描いたものです。

このときアンリはカトリックに強制的に改宗させられ、幽閉されます。虐殺は宮殿内に留まらず、パリ市内、さらに地方にも飛び火し、数万人が虐殺されたともいわれています。**図1-7**はパリ市中の虐殺の様子を描いた絵画です。

しかしこのアンリ、不屈の精神で宮殿から逃亡、曲折の末フランス王位について、アンリ四世となります。ルイ十三世のお父さんですね。さらにすごいのは、アンリは逃亡後プロテスタントに戻っていたのですが、それをあえてカトリックに再改宗して、ナントの勅令（一五九八）を出すところですね。これはフランスの新教徒ユグノーに信仰の自由を認めるものです。いわば自分がカトリックになるという妥協をしたうえで、旧教と新教の共存という落としどころを作ったわけですね。なかなかすごい政治家ですよね。このアンリ四世は今もフランス人に人気のある王様だそうです。ちなみに、聖バルテルミーの虐殺等々を描く『王妃マルゴ』（一八四五）という小説、これはまたも一九世紀の作家アレクサンドル・デュマの手になるもので、これを原作とした映画（**図1-8**）も同じタイトルであります。面白いです、両方とも。ただ、映画の冒頭で虐殺がかなりリアルに描かれるので、そういうのが苦手な人は見ないほうがいいです。なお、聞くところによると、漫画にもなったそうですが（萩尾望都作）、こちらは残念ながら私は未見です。で、本題ですが、このナン

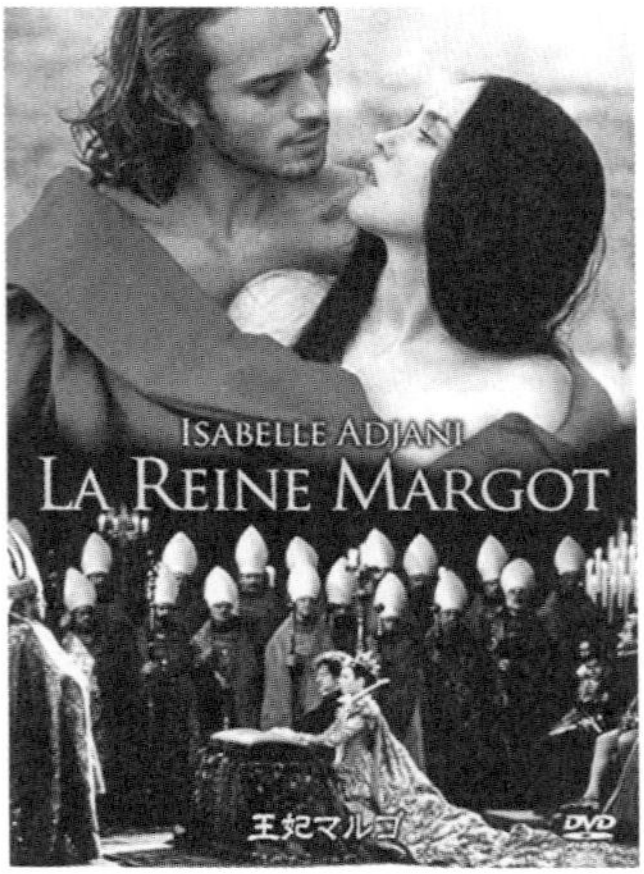

図 1-8　映画『王妃マルゴ』
（1994 年）

トの勅令が、およそ一〇〇年の後の一六八五年、ルイ十四世によって廃止されます。ここから、フランスにおけるプロテスタントの迫害が始まります。そのため四〇万人のプロテスタントがオランダ、イングランド、スイス、プロイセンに亡命します。ほかにも、宗教的対立の火種には事欠かず、同じカトリック内でも、キリスト教神秘主義のキエティスムが教会から危険視され、ガリカニスム、すなわちローマ教会からの独立を図ったフランスカトリック教会と、ウルトラモンタニスムすなわち法王至上主義との対立や、ジェズイット派すなわちイエズス会と一八世紀には反国王の勢力ともなるジャンセニスムとの対立などの宗教的緊張がありました。

このように、一六、一七世紀までの絶対的規範が崩れていく中で、哲学が神学から分離していきます。哲学と神学が分離しているというのは、今では当たり前のことかもしれませんが、当時は新しい出来事でした。ドイツの啓蒙思想の先駆者である哲学者ライプニッツ、オランダの哲学者スピノザらは汎神論、すなわち万物に神が宿るとしました。この汎神論は当時の宗教界からは無神論と見なされていました。また、聖書を歴史的文献として研究することも試みられました（リシャール・シモン Richard Simon『旧約聖書の批判的歴史』（一六七八））。従来絶対的規範とされてきた聖書を、歴史的文献として研究するわけですから、これもまた絶対的規範の崩れと言えます。絶対化から相対化するわけですから。

さらに、ニュートン、ハーレイ、ライプニッツ、ホイヘンスなどにより科学思想が発展していきます。

以上のような思想の変化は、習俗・風俗の変化を必然的にもたらします。また、ヨーロッパ内・外の交流・交易・往来の増大に伴って、旅行記が多く書かれ、多様な文化との出会いが、文明・文化・社会・習慣の相対化をもたらします。

［新旧論争］

こうした状況下で、少し前に話を戻しますが、新旧論争が起こるわけです。新旧論争とは、Les Modernes（近現代作家）と Les Anciens（古代ギリシア・ローマ作家）のどちらが優れているか？ という論争ですね。二一世紀に生きる私たちにとってはぴんと来ない話ですよね、紫式部と村上春樹のどっちが優れているかなんて私たちは論争とかおそらくしないんじゃないかと思うわけですね。一八世紀の新旧論争、これはルネサンス以来、古代ギリシア・ローマ文学の方が優れているという前提だったわけですが、その前提を覆すものです。その意味では、これも絶対的規範の崩れなわけです。また出た、絶対的規範の崩れ。とにかくそういうわけで絶対的規範の崩れなんですが、それは同時にナショナリズムの表れとも言えます。古代ギリシア・ローマじゃなくて、自分たちの時代のフランス語で書いている作家の方が優れていると主張するわけですから。この新旧論争は、一六八七年、シャルル・ペロー Charles Perrault がアカデミーで国王の病気回復を祝って詩『ルイ大王の世紀』を朗読し、その中で現代作家を古代作家の上に置いたことから始まります。ペローといえば『ペロー童話集』（一六九五）、サンドリヨン（シンデレラ）、青髭とか長靴をはいた猫とか、ご存じの方も多いと思います（**図1-9**は『長靴をはいた猫』の初版イラスト、**図1-10**は、こちらは一九世紀の版で、ギュスターヴ・ドレによる『青髭』の挿絵です。青髭がかなり不気味に描かれていますね）が、ペローはこういうこともやっていたわけです。これにボワロー Boileau が激しく反発、近代派にはフォントネル Fontenelle、古代派にはラシーヌ Racine やラ・フォンテーヌ La Fontaine らが加わり、論争を繰り広げました。

［悪漢小説］

さて、もう一つ文学のお題を。悪漢小説 roman《ロマン》 picaresque《ピカレスク》、これは一六―一七世紀にかけてスペインで流行した散文物語で、下層階級の主人公が社会の各層を巡り、波乱の末に身を落ち着けるというのが定番のものです。一六世紀スペインの『ラサリーリョ・デ・トルメスの生涯』（一五五四）が始まりと言われています（**図1-11**）。悪漢小説は、フランスで大いに受け入れられ、影響を与え、ルサージュ **Lesage** は『びっこの悪魔』（一七〇七）や『ジル・ブラース物語』（一七一五―三五）を書きます。『ジル・ブラース物語』では、下層階級出身の主人公が社会のさまざまな階層・場で出会う現実への風刺と、上昇期の市民階級の自分自身の現実に対するレアリスム的関心が、小説の中で結実していると言われてい

図1-9　『長靴をはいた猫』初版イラスト（1695年、ニューヨーク、モルガン・ライブラリー）

図1-10　ギュスターヴ・ドレ、1862年版『青髭』の挿絵（J. エツェル社、Source gallica.bnf.fr / BnF）

図 1-11 『ラサリーリョ・デ・トルメスの生涯』のタイトルページ挿絵（1554 年、出典：Wikimedia Commons）

ます。舞台はスペインの設定になっていますが、主人公はもはや悪漢でありアウトサイダーである「ピカロ」ではなく、市民・町人です。したがって、この小説は悪漢小説の流れをくみつつレアリスム的な市民小説へと向かっていると言えます。この小説が摂政政治の享楽的な、よく言えば明るい未来を信じ切っている時代の中で生まれたのは偶然ではないでしょう。ちなみに先ほど触れたスペインの『ラサリーリョ・デ・トルメスの生涯』、翻訳が岩波文庫に入っています。そこはかとない哀愁と虚無感が漂っていて、絶対的格差社会に生きるとはどのようなことかと考えさせられます。

2. 一八世紀フランスのイメージ——ロココと革命

今まで一六八〇年—一七二〇年の、ルイ十四世晩年および摂政政治のころの政治的・宗教的・経済的危機を中心にお話をしました。みなさんが思っていた華やかで優雅な一八世紀のイメージとは異なるものだったかもしれません。

冒頭で少々触れたように、本書は大学での講義原稿を原型にしています。以下は、学生たちに一八世紀フランスのイメージについてアンケートを取ったのちに、フィードバックしたものです。読者のみなさんが抱いたイメージと重なるものがあるかもしれません。

[一八世紀フランスのイメージ]

最も多かったのが、「フランス革命」でした。一七八九年バスティーユ襲撃に始まります。一八世紀末ですね。ですが、このフランス革命から民主主義につながる「明るいイメージ」を持つという方もいれば、「血なまぐさくどろどろした」イメージを持つ方もいました。同じ出来事なのに面白いですね。もっとも、歴史的事件が後世において評価が変遷することは大いにありえます。みなさんが、どんな文脈で「フランス革命」に関する記述を目にしたかによって、みなさんにとっての「フランス革命」イメージが形成されているのかもしれません。みなさんは一七八九年を「非難爆発」の語呂合わせで覚えた世代でしょうか。ローマは一日にしてならず、と言いますが、革命も一日で起きたわけではありません。大げさに言えば、一八世紀はフランス革命へと向かう道筋と言えるかもしれません。

戦争が多いイメージを挙げている方も。戦争については、本章冒頭で少し説明しましたが、戦争を描いたテクストをのちに検討します。

さらに、一八世紀といえば啓蒙思想、と書いた方も。啓蒙思想の担い手であるフィロゾーフたちの文学については、この後取り上げる予定です。

そのほか、華やかなドレスの舞う舞踏会・優雅な貴族の女性とかマリー＝アントワネットを挙げている方も複数いました。

この華やかなイメージは、おそらく、ルイ十五世（一七一〇—七四）治下、一八世紀半ばごろのロココ文化と、革命前夜、八〇年代のマリー＝アントワネット（一七五五—九三）のイメージに負うものと思われます。「ロココ」はこのすぐ後でも説明しますが、文化様式を表す言葉です。「ロココ」のような、文化様式を表す言葉は、ほかにも、「バロック」（歪んだ真珠の意味）「新古典主義」「古典主義」「ルネサンス」などがあります。みなさん、「ロココ」を含めて、今挙げた言葉を、時代順に並べられますか？（もちろん複数の文化様式が並存する時期もありますが、まあ大体の流れを考えてください）クイズだと思って、ちょっとここで考えてみましょう。答えはのちほど。

［ロココ文化］華やかで優美な貴族のイメージ

さて、ルイ十五世の公式の愛人——公式の愛人というのは、宮廷にこの人は正式に王の愛人だと認知されているということです。非公式の一時的な愛人はそれこそ数限りなくいたわけです——であったポンパドゥール夫人（一七二一—六四）、この人は一七四五年から、六四年に四二歳で亡くなるまで、およそ二〇年間公式の愛人だったわけですが、この女性と、ルイ十六世（一七五四—九三）の妃マリー＝アントワネットのモードを見ていきましょう。

まず、先ほど言いましたロココ文化ですが、ロココの語源はrocaille《ロカイユ》で、ロカイユというのは、「石・石だらけの土地」が原義で、転じて一七一〇年以降のフランス宮廷で愛好された渦巻曲線を持つ石や貝の装飾モチーフを指すようになり、建築・内装・家具、ひいては当時の芸術一般の傾向を指すようになりました。ロココの中心地はパリでしたが、それはヨーロッパ全体に広がります。**図1-12**は、サイドテーブルのデッサン画（エッチング）ですが、こんな感じがロココスタイルの家具です。**図1-13**は肘掛け椅子です。また、ロココの絵画といえば、ヴァトー、ブーシェ、フラゴナールなど雅で明るい色調を

図 1-13　ロココ様式の肘掛け椅子（ルイ・ドゥラノワ制作、1765年ごろ、ニューヨーク、メトロポリタン美術館）

図 1-12　ロココ様式の家具（ジュスト＝オレル・メソニエのエッチング、1730年、ニューヨーク、スミソニアン博物館）

図 1-14　ヴァトー『シテール島の巡礼』（1717年、パリ、ルーヴル美術館）

持った、若干享楽的な主題の画家が挙げられます。ちょっとこれも実例を見てみましょう。ヴァトーの『シテール島の巡礼』（図1-14）、これは一七一七年の作です。シテール島はギリシア神話において愛と美の女神アフロディーテの誕生した地の一つとされ、したがってそのシテール島を巡礼する男女は、愛の諸段階を表しているると解釈できるわけです。しかし、彼らは愛の島

図 1-15　ブーシェ『ポンパドゥール夫人』（1756 年、ミュンヘン、アルテ・ピナコテーク）

図 1-16　フラゴナール『ぶらんこ』（1761-68 年、ロンドン、ウォーレスコレクション）

に向かっているのか、それとも帰ってきているのか、というのが解釈の分かれるところです。

ブーシェの『ポンパドゥール夫人』（**図 1-15**）をご覧ください。先ほども言ったように、ポンパドゥール夫人はルイ十五世の正式の寵姫、愛人です。政治的な助言もしていたとされ、肉体的な関係がなくなった後も、宮廷において絶大な影響力を持っていたと言われます。この絵画に描かれた豪華なドレス、彼女がもたれかかっているサイドテーブル、いずれもいかにもロココのものと言えるでしょう。

フラゴナール作、日本では『ぶらんこ』（**図 1-16**）というタイトルで一般に知られる絵画ですが、原題を直訳すると『ぶらんこの幸運な巡り合わせ』となります。中心にぶらんこに乗った若い女性、この女性に、画面のほかの人々、向かって左の若い男性、それからぶらんこを揺らしている向かって右手の男性、彫刻のキューピッドまで、視線を向けています。絵画を見る私たちも同様ですね。みんな彼女に注目！ です。全体的に緑の色調ですが、若い女性だけがサーモンピンクの色調で、目立つようになっています。彫刻も、右手の男性も、緑の色調で、背景と同化しています。左手の男性も基本はそうなのですが、顔色がサーモンピンクになって浮き出ている。よく見ると、女性と若い男性の視線はぶつかっています。左手の男性、なんだかうれしそうですよね。ある意味いい位置にいるわけです。『ぶらんこの幸運な巡り合わせ』というタイトルは、この男性の立場に立ったものでしょう。このように、考えようではロココ絵画にはいわばチャラい部分があります。軽薄、ということですね。深読みすれば、右手のぶらんこを揺らしている男性はちょっと年長にも見えて、若い女性のパトロンもしくは夫――まあ当時は貴族の結婚は年の差婚が多かったので――で、左手の若い男性は彼女の愛人のようにも見えるわけです。実際、この若い男性の位置にある人物が絵画の注文者で、自分と自分の愛人など絵画中の人物配置について、画家に細かく注文を付けたという逸話が残っています。[2]

図 1–17　ジャン=フランソワ・ド・トロワ『モリエールを読む集い』（1728 年ごろ、個人蔵）

引き続きロココ絵画を見ていきましょう。**図 1–17** はジャン=フランソワ・ド・トロワの、『モリエールを読む集い』です。一七二八年ごろの作品です。モリエール（一六二二―七三）は、ご存じの方も多いと思いますが、一七世紀半ばから後半、ルイ十四世の治世のときに活躍した喜劇作家で、自分で劇団を率いて役者としても活躍した人ですね。『町人貴族』（一六七〇）とか、『才女気取り』（一六五九）など有名な作品がいっぱいあります。前でご紹介した映画『王は踊る』にもモリエールは登場します。この映画の中では、モリエールは舞台で病人を演じている途中に死んだということになっていますが、歴史的事実としては舞台を無事に終えて帰宅してから危篤になったらしいですね。どちらにしてもなかなか壮絶です。しかもその舞台は『病は気から』(一六七三)といいまして、モリエールは、〝自分が病気だと思い込んだ健康な人物〟を演じたんですね。さて、絵画に話を戻すと、これは、サロンでの朗読会の様子を表現しています。真ん中の男性が書物を手にして朗読していますが、熱心に聞いている人もいれば、――身を乗り出している女性がいますね――向かって左手の男性と、背中を向けた赤いショールの女性のように、意味深な視線を交わし合っていて、おそらく朗読なんか聞いちゃいない、みたいな人物も描かれています。

さて、ロココロココと言い続けましたが、この「ロココ」という言葉は、ジャック＝ルイ・ダヴィッドの弟子でもあった、フランス革命後の画家ピエール・モーリス＝ケという人物が、一種の蔑称、馬鹿にする言葉として、作ったものと言われています。誉め言葉では全然なかったってことですね。したがって、バロックや古典主義という言葉もそうですが、後の世の人々による命名です。要するに、ちょっと前の時代を下げて、今の時代を上げるということです。しかし、今では、「ロココ」はこの時代の芸術・文化を指す言葉として、蔑むような意味合いなく使われています。バロックや古典主義も同様です。

では、お待たせしていましたが、ここで先ほどのクイズの答えを。時代順に並べると、以下のようになります。

ルネサンス（イタリアで一四世紀ごろに始まり、フランスでは一五―一六世紀）→バロック（一六世紀後半から一八世紀半ば）→古典主義（一七世紀）→ロココ（一七一〇―八〇ごろ）→新古典主義（一八世紀中ごろ―一九世紀前半）

見ていただいたらわかるように、複数の文化様式が重なる時期もありますね。

話を戻しましょう。文学では特にクレビヨン・フィス Crébillon fils やマリヴォー Marivaux の作品がロココ趣味を代表するものとされていますが、これについてはまた別の章であらためてお話ししたいと思います。

さて、前置きが長くなりましたが、いや実は、ここまで前置きで、やっと今から本題のモードのお話です。まず、ロココ最盛期の立役者、ポンパドゥール夫人をご紹介しましょう。先ほどブーシェの肖像画でも出てきました。これを含め、彼女の肖像画は多く残されています。ちょっと見てみましょう。**図1-18**はモーリス＝カンタン・ド・ラ・トゥールの手になる肖像画で、中年にさしかかった夫人を描いています。夫人が手にしているのは楽譜ですが、彼女の背後には、ディドロ Diderot（一七一三―八四）編纂の

図 1-18　モーリス＝カンタン・ド・ラ・トゥール『ポンパドゥール侯爵夫人の肖像』（1752–55 年、パリ、ルーヴル美術館）

図 1-20　ヴィジェ・ルブラン『薔薇を持つマリー＝アントワネット』（1783 年、ヴェルサイユ、ヴェルサイユ宮殿美術館）

図 1-19　ゴーティエ・ダゴティ『フランス王妃マリー＝アントワネット』（1775 年、ヴェルサイユ、ヴェルサイユ宮殿美術館）

『百科全書』（一七五一―七二）第四巻やモンテスキュー Montesquieu（一六八九―一七五五）の『法の精神』（一七四八）などの分厚い書物が並ぶのが見え、百科全書派の擁護者であった夫人の知的立場を示す肖像画となっています。

では、今度は、マリー＝アントワネットの肖像画を見てみましょう。**図 1-19**、こちらは王妃として正装したマリー＝アントワネット、まさにザ・王妃ですね。**図 1-20** のマリー＝アントワネット、描いたのはエリザベト・ヴィジェ・ルブラン（一七五五―一八四二）、王妃の肖像画を多く描いた女性画家です。『薔薇を持つマリー＝アントワネット』、この絵画は比較的マリー＝アントワネットの肖像画の中でも有名で、代表格と言えるでしょう。

先ほどのポンパドゥール夫人とマリー＝アントワネットを比較してみると、一見して髪型が大きくなっているのがわかりますね。また、ドレスもかなりボリュームが出ています。スカー

図 1-21　クロード=ルイ・デレ『大ぶりの髪型の正装した貴婦人』（*Galerie des modes et costumes français*、1778 年）

図 1-22　作者不詳『1788 年ショセ・ダンタン通りのレオナール美容院』（*The Picture Magazine*、1-6 月、1894 年）

ト部分にボリュームを出すために鉄や木の針骨、鯨ひげが使われました。また銅板入りのコルセットは胸を締め付け、健康に有害だと警告する者もいましたが、なかなか廃れず、女性は昼夜を問わずつけていたそうです。安眠できるんでしょうか……また、だんだん高くなっていく髪の高さのために馬車に乗っても腰を掛けることもできず、床に膝をつき、しかも宮殿の扉を高く作り直さなければなりませんでした。さらに、スカートが高く張って膨らんでいるために、扉を正面を向いて通ることができず、横向きにしか通れない様子を描いた絵もあります。大ぶりの髪型については、多くの風刺画が描かれています。

ちょっと見てみましょう。**図1-21**の挿絵はいわばファッション画ですね。大ぶりな髪型、小顔効果がありそうです。**図1-22**のイラストはこれはかなり悪意のありそうな、なんというか風刺画なので大げさですね。なん

図 1-23　羽飾りの付いた髪クッション（Cahier de costumes français、1778-87 年）

図 1-24　作者不詳『独立あるいは自由の勝利』（18 世紀、ベランクール、ベランクール宮殿美術館）

図 1-25　ルグロ『フランス女性のヘアスタイル術』（オ・カンズ・ヴァン、1767 年、Source gallica.bnf.fr / BnF）

図 1-26　作者不詳『おしゃれの悲惨な効果』（18 世紀、ニューヨーク、ニューヨーク公立図書館デジタルコレクション）

だこの髪型は、はた迷惑な、と思っている人もいたんだろうなと思わせられます。図1-23・24はやはりファッション画ですね。こうした髪型には名前も付けられ、図1-24の帆船が乗っているのは、『独立あるいは自由の勝利』と名付けられています。アメリカ独立戦争にフランスも協力していましたから、それを反映した髪型ですね。次の図1-25は、ルグロという一八世紀の美容師、宮廷でポンパドゥール夫人と、同じくルイ十五世の寵姫デュ・バリー夫人の髪を担当したそうですが、この人が出した書物の挿絵です。カリカチュアなのかどうなのか判定が難しいんですが。ちなみにマリー＝アントワネットの髪はルグロのお弟子さんが担当しました。図1-26の風刺画は、『おしゃれの悲惨な効果』というタイトルですから、明らかにカリカチュアですね。髪型のせいで門が通れないし、しかも髪の中にごみやら小動物（ウサギ？　を思わせる動物の下半身が見えます）が入り込んでいるというものです。

マリー＝アントワネットはオーストリアのハプスブルグ家出身で、お母さんは女帝マリア＝テレジアなのですが、マリア＝テレジアはマリー＝アントワネットに、彼女の華美豪華すぎる髪型等に苦言を呈する手紙を書き送ってもいます。

こうしたモードの担い手は、女性だけではありません。男性もまた、王侯貴族は鬘をかぶり、髪粉をふりかけ、化粧をし、おしゃれにいそしみました。現代日本の化粧男子と通ずるものがあるかもしれません。ただし、こうした華美な服装や髪型はもちろん上流階級のみのものであったのは言うまでもありません。そんな身なりは労働に不向きですし、費用もかかりますから。

3. ルサージュ『ジル・ブラース物語』*を読む

いよいよ一八世紀の文学テクストを読もうと思います。ルサージュの『ジル・ブラース物語』です。作者のルサージュについて少し説明します。

ルサージュは法律家の息子として生まれました。つまりブルジョワの出身であって、貴族の出身ではありません。一〇代半ばで親を亡くし、しかも後見人に財産を奪われます。パリに出て法律の勉強をし、弁護士登録をしますが、仕事がない。そこで公証人事務所に勤めたり、徴税請負人――これは行政から税金の取り立てを請け負っている人で、ピンハネみたいなことをしている人が多かったので、人々の憎しみの対象でした――のもとで働くこともありました。まさに前の方でお話しした悪漢小説の主人公を地で行くような青年時代ですね。苦労しています。多くの職を経て、一七〇七年、『主人と張り合うクリスパン』で劇作家として認められます。またそのおよそ一〇年前、一六九六年以降はパトロンから年金を得て経済的に安定します。当時の文学者の多くは、自身に資産があるか経済的に庇護してくれるパトロンがいるかだったんですね。しかし、一七一五年のパトロンの没後は、ルサージュは筆一本で家族を養ったといいます。この点で、一七一五年当時では、ほかに類を見ない存在です。「その意味ではフランスの職業的文学者の第一号」[3]と言えるでしょう。

ルサージュは、『主人と張り合うクリスパン』と同じ年の一七〇七年に、一七世紀スペインの作家ベレス・デ・ゲヴァラ Luis Vérez de Guevara の小説から題名『びっこの悪魔』と設定を借用して『びっこの悪魔』で文名を確立します。この借用した設定は、フラスコに閉じ込められた悪魔を助けた大学生が、そのお礼にと、悪魔が屋根をはいで見せてくれる人々の暮らしと人生を見て回る、というものです。タイトルと設定はスペインの小説の借りものですが、その後の人々の人生の描写は概ねルサージュのオリジナルで、一八世紀当時のフランスの習俗・習慣を描写し風刺するものでした。なお、ルサージュは一七世紀スペインの小説から題名も設定も借用していることをまったく隠していません。序文の宛先をベレス・デ・ゲヴァラにしているくらいです。以下に第二版の一七二六年の序文をご紹介しますが、初版でもゲヴァラ宛てになっていました。

ゲヴァラ殿、私が新しい装いのこの著作を献じたのは、あなたにです。もしあの当時私があなたにオマージュを捧げることを義務と任じたならば、今日そのオマージュを新たにすることを免除する何物もあってはなりません。私はすでに宣言しました、そして再び公に宣言しますが、あなたの『びっこの悪魔』*Diablo cojuelo* から私はタイトルとアイディアを得たのです。(Lesage, *Le Diable boiteux*, in *Romanciers du XVIIIe siècle*, « Bibliothèque de la Pléiade », Gallimard, 1987, p. 271)

つまり、初版でも第二版でもスペインの作家ゲヴァラにオマージュを捧げ、あなたの作品からタイトルとアイディアをいただきました、と宣言しているわけです。

ルサージュは戯曲『チュルカレ』(一七〇九)では、徴税請負人を批判します。先ほども言ったように、徴税請負人は当局から税の徴収を任されていた存在ですが、私腹を肥やす(つまり税金からピンハネする)者が多く、当時の人々の憎しみの対象でした。『チュルカレ』では、徴税請負人のチュルカレが、美貌の男爵夫人（未亡人）と、彼女の愛人の騎士の、下僕フロンタンに手玉に取られて財産をなくすという筋です。この芝居は、コメディー・フランセーズで上演されました。コメディー・フランセーズは今もありますね。もともとは一六八〇年、ルイ十四世の命で二つの劇団を統合させる形で作られました。したがって王立劇場です。今はコメディー・フランセーズは国立劇場で、パリ一区にあります。話を『チュルカレ』に戻しますと、この芝居は現実の徴税請負人たちの反対運動でなかなか上演ができず、——ルサージュは上演しないよう金銭を提示されたという話です——やっとのちの摂政（この段階では摂政ではない）、オルレアン公の仲裁で上演されたのですが、上演が早めに打ち切られてしまいます。現実を批判する劇は風当たりが強いということですね。この後、ルサージュはコメディー・フランセーズと縁を切り、——弱気で気に食わんとかあったんでしょう——縁日芝居を書き始めます。縁日芝居というのは、サンジェルマンやサンロランの広場で市が立つ、縁日に芝居小屋もあるわけですが、ですから王立のコメディー・フランセーズとは、見物客も異なり、格が違ってきます。その縁日芝居のために書いた一〇〇篇の劇で身を養っていくんですね。

『ジル・ブラース物語』の舞台はスペインに設定されていますが、実際には一七一五年以降の、すなわち、ルイ十四世が死んだ後の、摂政時代の享楽的社会風俗を、さまざまな階層を経る主人公を通して描いています。悪漢小説の流れをくみますが、悪漢小説の主人公があくまで一貫してアウトサイダーであるのに対し、ジル・ブラースは社会的に成功していきます。また、悪漢小説のピカロ（悪漢）が世の中を冷めた目で眺め、キャラクターに変化がないのに対し、ジル・ブラースは少しですけれども内省し成長する主人公と言えます。この主人公が内面的に「成長」するということと、回想スタイルの小説であるという形式とがリンクするわけです。さらに、当時のフランス社会のさまざまな階層を生き生きと描き出すという点で、のちのリアリズム小説の祖とも見なすことができるでしょう。ちなみに一九五〇年代にフランス・スペイン合作で映画化もされています。

さて、本題です。今から読んでいただく場面ですが、小説の冒頭、一七歳のジル・ブラースが、サラマンカ大学に入るために、生まれ故郷のスペイン北部にあるオヴィエドを出ます。その途中、彼はペニャフロール（オヴィエドの西およそ二〇㎞の町ですから、大阪大学箕面キャンパスから天王寺駅までくらいの距離ですね。ただもちろん当時は電車は走っていません。このときジル・ブラースはロバで移動しました）という町の旅籠で食事をするのですが、ここで彼はある人物に出会い、さっそく人生の教訓を得ることになります。さてその人生の教訓とはいったい何なのでしょうか？

抜粋1

私のために作られたオムレツが給仕されたとき、私は一人で食卓についた。まだ私が最初のひとかけを食べないうちに、宿の亭主が、通りで自分を呼び止めた男を従えて入ってきた。この騎兵は長剣を携え、三〇歳くらいだった。彼は熱心な様子で私に近づき、こう言った。「学生殿、私はあなたが、オヴィエドの名誉、哲学の光であるジル・ブラース・ド・サンティラーヌ殿だと知ったところです。あなたがあの非常に学識のある方[a]、その評判がこの国にかくも広がっている才人だというのは本当なのでしょうか？」彼は宿の亭主とおかみに近づいて続けた、「あなた方は知らないんだ、あなた方が何を持っているかをあなた方は知らないんだよ。あなた方の家には宝があるのだよ。この若い貴族の中にあなた方は世界の八番目の不思議[b]を見ているのだ。」次いで、彼は私に向き直ると、私の首に腕を巻き付けた。彼は付け加えていった。「興奮して申し訳ない、あなたがいることで引き起こされる喜びをコントロールできないんですよ。」

私は即座には彼に返答できなかった、なぜなら彼は私を締め付けすぎたので、私は自由に息ができなかったのであり、彼の抱擁とキスから頭が自由になってやっとこう彼に言ったのである。「騎兵殿、私は自分の名前がペニャフロールで知られているとは思っていませんでした。」「どのように知られているかですって！」と彼は同じ調子で続けた。「私たちは二〇里四方にいるすべての偉大な人物の記録を取っているのですよ。あなたはここでは非凡な人と見なされています、私はスペインがあなたを生み出したことで、ギリシアがその賢人たちを生ましめたことでそうであるように、いつかうぬぼれるのじゃないかと信じていますよ。」[c] このような言葉の次には新たな抱擁がやってきて、私はそれを再び被らなければならず、私はアンタイオス[d]の運命のままになった。少しでも私に経験があったら私は彼の大げさな表現や誇張した言葉[e]に騙されることはなかっただろう。私は、彼の極端なお追従に、こいつはあらゆる町にいて、よそ者がやってくるとすぐに、彼のそばに忍びよって彼の費用で腹を満たそうとする、例の寄食者[f]の一人だとわかったことだろう。しかし私は若く虚栄心があったので、まったく別な風に判断したのである。この讃嘆者は私にはかなり紳士に見え、私は彼にいっしょに夕食[g]をとるよう誘った。「ああ！　喜んで」と彼は叫んだ。「私は高名なジル・ブラース・ド・サンティラーヌに出会わせてくれた星にあまりにも感謝していますから、自分の幸運をできるだけ長い間享受することにしますよ。」彼は続けた、「そんなに食欲はありませんから、食卓について、あなたのお相手をするだけにしましょう、幾かけかお付き合いで食べましょう。」（Alain René Lesage, *Histoire de Gil Blas de Santillane*, in *Romanciers du XVIIIe siècle*, « Bibliothèque de la Pléiade », Gallimard, 1987, p. 506–507)

解説

a．とても学識のある très savant をイタリア語風に savantissime と言っています。ふざけて使う例としてリトレ辞典にこのルサージュの引用が出ています。

b．世界七不思議 les sept merveilles du monde という表現があり、一七六二年版アカデミー・フランセーズ辞典によれば、エジプトのピラミッドなど、古代建築で奇想天外並外れたものを言うとされています。世界八番目の不思議は、それに匹敵するほどの不思議な建築や景観を形容する言葉として通常用いられますが、ここではジル・ブラースを大げさに誉めたたえる言葉として用いられています。

c．つまり、このおべんちゃら男は、ジル・ブラースを古代ギリシアの賢人たちと同レベルに持ち上げているわけです。

d．**図1-27・28**をご覧ください。アンタイオスは、ギリシア神話のポセイドンと大地の女神ガイアの息子で、大地に触れると強くなるので、ヘラクレスによって持ち上げられ——そうすると大地から離れる——絞殺されたそうです。したがって、ジル・ブラースは自分の体が宙に浮くくらい抱きしめられたと言っているのです。**図1-28**の絵がわかりやすいでしょう。

e．誇張法。レトリックの一つ。日常語にもあります。おなかがすいて死にそう、骨と皮しかない、など。ちなみに日本語版 Wikipedia の「誇張法」の説明には、唐代の詩人である李白の「白髪三千丈」(およそ九キロメートル) や、元大阪市長が府知事や市長になる前の「二万パーセントあり得ない」が誇張法の例として出ています (二〇二四年七月一六日現在)。

f．寄食者をパラサイト、とすると韓国映画の『パラサイト』(二〇一九) のイメージになってまさに寄生、知らないうちに食い込んでいく感じになりますが、本来寄食者 parasite は別に隠れてこそこそ寄生するわけではありません。一七六二年版アカデミー・フランセーズ辞典によると、「寄食者」は、つまり、他人の食卓に食べに行くことを仕事にしている居候、食客、と定義されています。貧富や身分の格差が激しい一八世紀には珍しくなかったようです。

g. 現代語では **souper** は夜食ですが、一八世紀では夕食の意。したがって一八世紀では **dîner** は昼食（現代語では夕食）、**déjeuner** は朝食（現代語では昼食）の意。

図 1-27　エウフロニオス『アンタイオスを絞め殺すヘラクレス』（紀元前 515-510 年ごろ、パリ、ルーヴル美術館）

図 1-28　フランシスコ・デ・スルバラン『アンタイオスを殺すヘラクレス』（1634 年、マドリッド、プラド美術館）

抜粋2

こう言ってこの称賛者は私と差し向いに座った。彼に食器一式が運ばれた。まず彼はオムレツにすごい貪婪さで跳びかかったので、三日間食べていなかったように思われた。彼がオムレツに専念している付き合いのいい[a1]様子に、私はオムレツはまもなくなくなるだろうとわかった。私は二つ目を頼んだが、それはすぐにできて、私たちが食べ終わると同時に、あるいはむしろ彼が一つ目を食べ終わると同時に、[b]私たちに供された。彼はそのオムレツにあいかわらず同じ速さで取り掛かり、わき目もふらずに食べつつ、しかしながら私に賛辞に次ぐ賛辞を与えることに成功していた。[c]それで私はいい気になったのである。彼はまた大いにしょっちゅう飲んでいた。あるときは私の健康に、またあるときは私の父と母の健康に乾杯し、[d]私の両親について、私のような息子を持つという幸運を、彼は十分には称えきれないというのだった。同時に、彼は私のグラスにワインを注ぎ、彼に返杯させる[e]よう仕向けていた。彼が私の健康を祈って乾杯するのに、私は十分に応えたのである。それは、彼のお追従とともに、私を少しずつ上機嫌にしていったので、二つ目のオムレツが半分食べられたのを見て、私は亭主に魚が食べられないかと尋ねた。あらゆる様子から、寄食者と通じていたコルクエロ殿は、私に答えた。「すばらしい鱒がございますよ。ですがそれを食べる者には高くつくことになるでしょう。あなた方には美味すぎますよ。」「何を美味すぎると言うんだね?」とそこで私のおべっか使いが高い調子の声で言った。「ご冗談でしょう、友よ。ジル・ブラース殿においしすぎるものなどあなたは何も持っていませんよ、彼は王子のように扱われるに値するのですからね。」

私は彼が亭主の最後の言葉にやり返したのがとてもうれしかった、彼はそのことで私の先回りをしたただけだった。私は自分が侮辱されたように感じて、高慢にコルクエロに言った。「あなたの鱒を私たちに持ってきてくれたまえ、余計なことは気にかけずに。」亭主は、願ったりかなったりで、準備し始め、まもなく運んできた。この新しい皿を見て、寄食者の目に歓喜が輝くのを私は見たが、彼は新たなお付き合い[a2]を示した、すなわち彼がオムレツにそうしていたように魚にもそうしたのである。しかしながら事故[f]を懸念して彼は屈服[g]を余儀なくされた、なぜなら喉まで食べ物が詰まっていたからである。やっと、思う存分飲み食いした後で、彼はお芝居を終わらせようとした。「ジル・ブラース殿」、食卓から立ち上がりつつ彼は言った。「あなたがしてくれた大盤ぶるまいに私は満足しているので、あなたに大事なアドバイスをせずにあなたとお別れすることはできませんよ、それはあなたに必要だと思いますからね。これからは称賛に用心なさい。知らない人には警戒しなさい。あなたは、私のように、あなたの信じやすさをからかいたがる人にまた会うかもしれませんよ、そしてその人々はもっとずっと先まで推し進めるかもしれないですからね。カモにならないようにね、そして自分が彼らの言う世界の八番目の驚異だなどと思わないようにね。」こう言い終えると、彼は私を鼻で笑い、立ち去った。(*Ibid.*, p. 507-508)

解説

a1・2　抜粋1の最後の部分を覚えているでしょうか。「幾かけかお付き合いで食べましょう」です。あれ、斜体になっている、なぜかな？　と思った方、そう、理由があるんです（原文が斜体だというわけではありません、本書の筆者（私）が訳す際に斜体にしました）。「お付き合いで」（フランス語だと par complaisance）、この表現と非常に似た表現が、今回の抜粋2の部分にあります。**a1**の「付き合いのいい」complaisant、a2の「新たなお付き合い」une nouvelle complaisanceですね。ここはルサージュは意識して同じような言葉を使っているはずですから、私もお付き合いして同じ言葉を反復して訳しました。反復が笑いを生み出すのは、吉本新喜劇に限りません。

b. ほぼ寄食者だけが食べている状況を皮肉っています。前項の「お付き合い」もそうですが、語り手のジル・ブラースは寄食者の行動を皮肉と笑いで表現しています。が、寄食者に食事と酒をたかられている若いジル・ブラースにはその視点はありません。年配の語り手ジル・ブラースと若い主人公ジル・ブラースのギャップが垣間見える部分です。

c. 食事をむさぼり食べつつ同時にジル・ブラースを誉めまくる寄食者に、おまえは二つ口があるんかい、と語り手はツッコミを入れているわけです。

d. よく言うフランス語の「乾杯」は、「あなたの健康に」à votre santé ! です。つまりあなたの健康を願って乾杯という感じでしょうか。ですから、「私の健康に、またあるときは私の父と母の健康に」とは、この寄食者はあるときはジル・ブラースの健康に、またあるときはジル・ブラースの両親の健康にという具合に乾杯したというのです。要するにそのたびにワインをぐびぐび飲んだわけですね。

e. ～に返杯する、フランス語的には古風な表現です。

f. 「事故」とは具体的には何か? という疑問が出てくるかもしれませんが、具体的には書いていないので、想像するしかありません。私は、「食べた物が喉につまって窒息」というのを思い浮かべましたが――なにしろ胃袋から喉まで食べ物が詰まっている状況だそうですから――、みなさんはどんな事故を想像したでしょうか。

g. 負ける、屈服する、すなわち、ここでは、食べ終えること。

さて、いかがでしょう。一七歳のジル・ブラースにとってきつい教訓となったのでしょうか。彼はサラマンカの大学に無事に入ることができるのでしょうか（それは、お話を読んでのお楽しみ、ここでは言いません。翻訳が岩波文庫から出ていますので、気に入った方はどうぞお読みください）。彼は、この後盗賊に拉致されて下男にされます。その後なんとか逃げ出し、その際に誘拐された貴族女性を救ってお礼に大金をもらうのですが、すぐに詐欺にあってすっからかんとなります。なかなか賢くならないジル・ブラースのジェットコースターストーリー……でも最後は大丈夫。なにしろ語り手は年をとって悠々自適となったジル・ブラースなのだから！　このような、語り手＝主人公という回想小説は、一八世紀に多く書かれました。解説部分で書きましたが、時を経て年配の語り手となったジル・ブラースは、先ほどのシーンで言うと、寄食者の言動を皮肉に描写しています。しかし、それは同時に若かりし自分自身への批判的なまなざしでもあるわけです。「あのころの俺はわかってなかったよなぁ……」というような。

4. 貴族とは

前の方で、ロココ文化華やかなりしころのポンパドゥール夫人と、革命前夜の王妃、マリー＝アントワネット、この二人のころのモードをお話ししました。学生たちからは、モードの部分について、次のような感想が出ていました。「おしゃれをするためにいろいろ苦労していて微笑ましい」。そうですね、洋の東西を問わず、時代の古今を問わず、おしゃれのためには苦難を厭わず、という人は少なからずいるようです。とはいえ、あのような労働に不向きでかつ非常に高価な衣服装身具を身に着けられるのは、やはり限られた特権階級でしょう。一八世紀、旧体制下の特権階級といえば、やはり貴族ですね。では、「貴族」とは何者なのでしょうか。

貴族は、起源としては、封建貴族、すなわち騎士として王や領主を守護することで騎士に取り立てられ、それが貴族身分となり、世襲制の身分となっていったわけです。したがって、生まれながらの身分であり、すなわち、貴族であるためには高貴な「血」がなければなりません。貴族の血筋のことを「青い血」sang bleuなどという表現に、とにかく生まれながらのものなのだというのが表れていますね。

では、一八世紀において、貴族の生まれではない者が、貴族という身分を手に入れることは不可能だったのか？　というと、そうでもないんですね。まず、何らかの手柄によって、高位の身分の人から貴族の称号を授与されるケースがあります。軍功とか。戦争が多かったですからね。あるいは法的行政的な手柄、王様の役に立ったとか。

次に結婚によってですね。ただし結婚についてはジェンダー差があります。基本的には男の身分に女の身分を合わせることになりますから、貴族の男性と平民の女性が結婚したらこの女性は貴婦人となりますが、逆だと女性は平民になってしまいます。――現代の日本の皇族もそんな感じですよね。眞子さんが小室さんと結婚して、皇籍離脱になるわけですから。もしかしたら今後変化するかもしれませんが――しかし、旧体制下においては、身分差のある結婚は忌避すべきものと見なされていました。女優と結婚したいという息子（貴族）を、父親（貴族）が激怒して、息子を監禁し相続権を剥奪したなんていう事例もありました。とはいえ、貧乏貴族とお金持ちのブルジョワの娘との結婚は、双方の利害が合致して、しばしば行われました。また、もともと貴族の生まれである女性が、男兄弟がいないために女相続人となって爵位を継承することもあります。

このほか、国は、行政、司法、軍務などの官職を売って財政をうるおすというか財政危機をしのぐこともありまして、富裕なブルジョワは官職を買って社会的身分の上昇を図り、何代もかかって、上級官職（高等法院の法官など）を手に入れて、最終的に貴族の称号を手に入れることもありました。もともとの代々の貴族を帯剣貴族 noblesse d'épée、官職を買うことで貴族となった新興貴族を法服貴族 noblesse de robe と言っています。文学作品の中には、ラクロ Laclos の『危険な関係』（一七八二）のように、この二種類の貴族の反発・対立が底流として感じられるものもあります。

次に、爵位についてです。

公 duc、侯 marquis、伯 comte、子 vicomte、男 baron 以上の五つの爵位が高位の貴族で、その下に騎士 chevalier ほかの下位の貴族がいました。ただ、この爵位は、フランスにおいては、原則として土地に由来するものであり、広大で豊かな土地であってもその土地が男爵領であれば、その所有者は男爵であり、貧弱な土地でも伯爵領なら伯爵となるわけです。

それにしても、革命前夜のモードはなかなか奇想天外なものがあります。ただ、洋の東西を問わず、また時代を問わず、権力者のモードは、基本的に富と権力を視覚化するものとして機能していたと言えます。ですから、光り物（金・銀・真珠・宝石）や希少なもの（紫は高貴な色というのは、昔は染料が高価だったから。染料や織物、刺繡など手の込んだもの）、あるいは大きなもの、などですね。一八世紀の特権階級の人々もまたこうした流れの中でとらえることができると思いますが、では、革命前夜の奇想天外なまでのあの過剰さは何なのか？　これは考慮に値すると思います。つまり、過剰なまでに貴族であるという自分たちのポジションを差異化し、際立たせようとするのは、何なのか？　ここに逆に力を蓄え自分たちを脅かしつつあった上層市民階級への無意識の怯えを読み取ることは不可能ではないでしょう。また、その過剰なファッションへ向けられるまなざしは、もはや特権階級への畏敬のまなざしではなく、風刺の対象へ向けられるまなざしになってしまっていることが、多くの風刺画に見て取れるように思います。

5. 小説の興隆

娯楽として、一七世紀は演劇、一八世紀は小説を楽しむ人が増加しました。もちろん一七世紀にも小説は存在したし、一八世紀にも演劇を楽しむ人はいました。ですが、興味深いことに、好ましからざる娯楽として、一七世紀には演劇が挙げられ、一八世紀には小説がたたかれたわけです。そこから逆に言えるのは、一八世紀は新しい文学のジャンルとして小説が勃興した時代だったということです。そう、まだ小説は文学ジャンルとしては相対的に新しいものだったんですね。で、そうした状況を生み出した背景としては何があったのかを考えると、識字率の向上、新しい読者層の出現、読書クラブなど書物への接近システムの存在が挙げられます。

では、当時の識字率はどのくらいだったのでしょうか？　残念ながら、当時は識字率の統計的調査などはありませんから、正確なことはだれも言えません。ですが、ロジェ・シャルティエの『私生活の歴史』（一九八六）[4]によれば、一七世紀末のフランスで婚姻の署名ができた者は、男性の二九％、女性は一四％でした。男性で三人に一人弱、女性では七人に一人でしかありません。ですが、一〇〇年後の一八世紀末には、それぞれ四八％と二七％となります。この婚姻の署名率をカッコつきの識字率と、歴史学者は見なしています（ほかに判断材料がないからです）。

しかしながら、小説すなわち散文の文学ジャンルとしての地位は低いものでした。その中で、「小説は有害だ」が時代の共通認識になってゆくのですが、これについてはまたのちに詳しくお話ししたいと思っています。

［学生からの質問・感想へのコメント］

一八世紀の識字率の低さに驚く感想がみなさんから寄せられました。そうですね、みんなが読めて書けるのが当たり前の現代（統計によって若干差はあるものの、日本もフランスも識字率は九九％）とは、大きな違いですね。では、みんなが基本的に読み書きできるためには、何が必要なのでしょうか？　それは、現代にはあるが、一八世紀にはないもの……そう、義務教育です。子どもに、その身分や経済力とかかわりなく基本的な教育を受けさせるシステムがあるか、どうかですね。一八世紀のフランスでは、教育を受ける機会は、身分、経済力、性差等々、つまり本人が選びようのない部分で決まっていました。現代日本では、少なくとも義務教育はおおよそ保証されていると言ってよいでしょうが、現代でも、国によっては識字率が五〇％を切る国もありますし、男性と女性で識字率が大きく異なる国もあります。

一八世紀、読めない者の方が多い階層であっても、読書を楽しむ方法がありました。集団的読書です。シャルティエは『読書と読者』（一九八七）において、農村における民衆本の普及について触れています。また、これはイギリスの例になりますが、ブリジェット・ヒルは『女性たちの十八世紀』（一九八四）において、リチャードソン Richardson の小説『パメラ』（一七四〇）が一八世紀ではときに朗読され、その聴衆がいたこと、またある村では『パメラ』のヒロインが玉の輿に乗ったのを知って喜んだ人々によって、教会の鐘が鳴らされたという逸話を紹介しています。[5] もっとも、この小説自体は、亡くなった女主人の息子に硬軟織り交ぜ誘惑される小間使いパメラを主人公としていますので、今ならさしずめセクハラを逆手に取ったシンデレラストーリーとして受け止められるかもしれませんし（一八世紀当時からそのような解釈がありました）、逆に、現代女性の多くは、上流社会に入ることができるからってこんなセクハラ男と結婚するなんて！　と思うかもしれません。なお、『パメラ』は『マノン・レスコー』（一七三一）の作者プレヴォー Abbé Prévost によって翻訳され、フランスでも大いなる人気と高い評価を得た小説です。

［註］

1. Michèle Ressi, *Dictionnaire des citations de l'histoire de France*, Editions du Rocher, 1990, p. 184.
2. Charles Collé, *Journal et mémoires de Charles Collé sur les hommes de lettres, les ouvrages dramatiques et les événements les plus mémorables du règne de Louis XV (1748–1772)*, t. 3, Firmin Didot, 1868, p. 165–166.
3. Cf.『集英社世界文学大事典』第四巻、集英社、一九九七年、七五九頁。
4. Roger Chartier, *Histoire de la vie privée*, t. III, Seuil, 1986, p. 115.
5. ブリジェット・ヒル『女性たちの十八世紀』、福田良子訳、みすず書房、一九九〇年、一二頁。

第二章　哲学者たちの文学

1. フィロゾーフたちの文学、闘い

ここで言う「哲学」とは、科学知識の発展に基づいた自由な思考、精神態度のことであり、科学知識一般をも指します。現代の哲学とは、指す対象が微妙に異なりますね。一八世紀においては、時代のモデル、規範となる人物のイメージは、一七世紀の紳士 honnête homme、すなわち、普遍的教養と中庸を得た良い趣味、作法を身につけた男性から、フィロゾーフ、すなわち、自由な思索を行う理性的科学的思考の持ち主へと変わりました。ここで代表的なフィロゾーフたちのお顔を拝見してみましょう。**図2-1**は『法の精神』のモンテスキューです。**図2-2**が『百科全書』を編纂したディドロですね。モンテスキューについては小説『ペルシア人の手紙』（一七二一）、ディドロについては、『ラモーの甥』の一節をご紹介する予定です。次、**図2-3**はヴォルテール Voltaire、比較的若いとき（と言っても四一歳ですが）の肖像画です。最後に**図2-4**、こちらがルソー Rousseau です。

さて、フィロゾーフたちが作品を発表するにあたっては多くの困難がありました。まず今日的な意味での言論の自由は、旧体制下にはありません。出版にあたっては、当局、すなわち王権の側に出版統制

図 2-3　作者不詳『ヴォルテールの肖像』（18 世紀、サン=カンタン、アントワーヌ・レキュイエ美術館）

図 2-1　作者不詳『モンテスキューの肖像』（1753–94 年、ヴェルサイユ、ヴェルサイユ宮殿美術館）

図 2-4　モーリス=カンタン・ド・ラ・トゥール『ジャン=ジャック・ルソーの肖像』（18 世紀の第三四半世紀、サン=カンタン、アントワーヌ・レキュイエ美術館）

図 2-2　ルイ=ミシェル・ヴァン・ロー『作家ドゥニ・ディドロの肖像』（1767 年、パリ、ルーヴル美術館）

局というのがありまして、許可が必要でした。したがって出版前に検閲を受けなければなりませんでした。発禁となることも、最悪の場合逮捕投獄されることもありえたわけです。ではおとなしく引き下がるかというとそうでもなくて、危険と見なされそうな著作は匿名で国外において印刷されることもよくありました。国外とはしばしばオランダであり、たとえばモンテスキューの『ペルシア人の手紙』もそうでした。オランダにはナントの勅令の廃止で亡命したプロテスタントたちが大勢いました。ナントの勅令の廃止については、一章で触れました。ルイ十四世晩年の出来事ですね。フランスのプロテスタントたちは、知的・物的資産を持ってオランダに亡命し、そこでは印刷などの知的活況が生み出されていたのでした。何というか、吉凶はあざなえる縄のごとしということでしょうか。なお、オランダで当時いかに印刷が盛んだったかうかがえる記事が、『文芸共和国便り』、これは一七世紀末から一八世紀初頭まで続いた文芸雑誌ですが（創刊はピエール・ベール、のちにベールが病に倒れ、ほかの人に引き継がれます）、その一六九九年九月号に出ています。「大量の書物を印刷している都市は世界中に一〇か一二しかない。イギリスではロンドンとオクスフォード、フランスではパリとリヨン、オランダではアムステルダム、ライデン、ロッテルダム、ハーグ、ユトレヒト、ドイツではライプツィヒ、これでほぼ全部である」。英仏では二都市ずつなのにオランダは五都市挙げられているのにご注目ください（ここで世界ってヨーロッパだけじゃないの、と思われるかもしれません。そう、基本的に当時のヨーロッパ人の頭の中には世界、特に知的世界＝ヨーロッパというかほぼ西欧ですね、そうなっています。少しずつアジアやアメリカ大陸にも目は向けられますけれども、「知」の世界は西欧という観念が普通です）。

話をもとに戻しますと、ヴォルテールを例に挙げれば、一七一七年、摂政――このときはルイ十四世が崩御しルイ十五世が即位して二年後、ルイ十五世がまだ幼いために摂政政治が行われていたころですから、政治の実質トップが摂政ですね――この摂政を風刺した詩のためにバスティーユに投獄されます。今だったら、たとえば日本で首相や大臣を風刺する詩が発表されたとしても、投獄されはしないわけですが、当時はそうだった。ヴォルテールは翌年出獄します。その後悲劇『オイディプス』であたりを取るのですが、貴族とのいさかいの末追放となり、一七二七年ロンドンに行きます。彼はまたパリに戻りますが、転んでもただでは起きないと言うべきか、ヴォルテールはこのときのイギリス体験をもとに一七三四年『哲学書簡』を著します。が、この著作で再びパリ追放となります。そこで恋人のシャトレ侯爵夫人 **Émilie du Châtelet**（一七〇六―四九）の領地シレーに行くんですね。ちなみにシャトレ夫人にはすでに夫がいるので、二人は結婚することはありません。このシャトレ夫人は、女性が高等教育を受ける機会がなかった時代において、女性科学者の先駆的存在でもあります。**図2-5**は、当時の貴族女性の肖像画としては珍しく、お仕事机で研究をしている雰囲気で描かれています（残念ながら彼女は一七四九年、四二歳の若さで、産後の肥立ちが悪く――ヴォルテールの子どもではありません、若い恋人との間の子ども――亡くなってしまいます）。ヴォルテールは一七六〇年以降はジュネーヴとの国境に近いフェルネの城に在住し、危うくなるといつでも国境を越えて逃げられるようにしました。闘う人生ですね。

図2-5　モーリス＝カンタン・ド・ラ・トゥール『仕事机のシャトレ夫人』（18世紀、個人蔵、ショワゼル、ブルトゥイユ城）

ディドロの場合はと言いますと。先ほども言ったように、啓蒙思想といえば『百科全書』の編纂刊行で知られるディドロですが、彼もまた苦労しています。一七四九年、宗教的懐疑主義を表現する『盲人書簡』によって、ヴァンセンヌに投獄されます。もちろん『百科全書』の刊行中もさまざまな迫害・妨害がありました。

また、ルソーの教育論『エミール』もパリ高等法院の命令で焼かれ、ルソーの逮捕が命じられました（ルソーは逃亡し、逮捕はされず）。

こうした当局との闘いのほか、フィロゾーフたちに限らず、当時の作家たちには、別の困難もありました。彼らには著作権がなかったんですね。したがって、作家本人の了解を得ずに本が出版されるということもありました。貴族女性の中には、出版を好まず（貴族が、とりわけ貴族女性が本を出版するのは、はしたないこととされていました）、自分の原稿がもとになった書籍が流通するのを阻止しようと私財を投じて買い占めようとする、ランベール夫人Madame de Lambertのような者もいました。また、フランスで出版されたものの粗悪な海賊版が出回ることもしばしばありました。人気のある小説の場合、作家に無断で別の人が続編を書き、出版されることもありました。マリヴォーの『マリアンヌの生涯』（一七三一―四二）などがそうです。

さて、すでにお話ししたように、今の「哲学者」よりも当時のフィロゾーフは少し概念の幅が広いと言えるでしょう。ですから、劇作したり小説を書いたりするフィロゾーフは決して珍しくはありません。ただもちろんその作品中に哲学的思想を読み取ることができますが。

2. 文化発信の場――アカデミー・サロン・カフェ

文化を発信する場として、アカデミー、サロン、カフェというものが挙げられるでしょう。

【アカデミー】 プラトンがアテナイ郊外に創立した学園アカデメイアが語源です。ルネサンス以降に作られた、文芸・学術の保護普及のための芸術家、学者の組織を言います。フランスにおけるアカデミーに関しては、一六三五年、アカデミー・フランセーズが、フランス語を国語として、そして国際語とすべく、リシュリューの進言を受けたルイ十三世の勅命により国家的機関として設立され、次第にフランス語・フランス文化の規範を示す存在となっていきました。一六八七年、ペローの詩の朗読で新旧論争が始まったのもアカデミーです。現在アカデミー・フランセーズは四〇人の終身会員で構成されています。つまり新しい会員が入るには、どなたかが亡くならないといけないわけですね。アカデミー・フランセーズの代表的な活動は、アカデミー・フランセーズ辞典の編纂です。初版は一六九四年、以来、時代に合わせて変更を重ねています。日本で言うと広辞苑がそうですね。広辞苑の初版は一九五五年なので、ちょっと歴史としては負けてますね。ただ、九世紀に空海による『篆隷万象名義《てんれいばんしょうめいぎ》』が、日本で書かれた最古の辞書だそうです。しかし中身は日本語ではないようですね（以上Wikipedia情報）。フランス語の最古の辞書は一五世紀のようです（フランス語、ブルトン語、ラテン語の三言語辞書）。話をアカデミーに戻しますと、ほかに、文芸、芸術、科学等のアカデミーが順次設立されました。

こうした組織は地方にもできていきます。地方アカデミーは、一七一〇年には九つでしたが、一七五〇年には二四と増加していきました。

［サロン］　サロンは、貴族女性、ブルジョワ女性の私宅に文人、知識人、芸術家が集まって社交と文芸的な会話を楽しんだものです。一七世紀にフランスで始まりました。一八世紀においては、アカデミー・フランセーズの会員になるには、著名な文化サロンを主催している夫人のもとへ行かなくてはならないということもありました。一八世紀の主なサロンとしては、ランベール夫人、タンサン夫人Madame de Tencin、デファン夫人、レスピナス嬢などのサロンが挙げられます。

［カフェ］　これは、もちろんコーヒーを飲ませる場所なのですが、当時はジャーナリストの前身であるヌヴェリストやフィロゾーフが出入りし、情報交換をする場所でもありました。

3. 文人、フィロゾーフの出身階層と経済的基盤

一八世紀になってくると、もはや文学は一握りの特権階級のみが担うものではなく、文学者たちの出身階層も多岐にわたってきます。

たとえば、すでにみなさんといっしょにテクストの一部を読んだルサージュですが、彼は、一章で説明したように、代々法律家の家系のブルジョワ出身、ブルジョワとはすなわち平民ですが、平民と言ってもかなり幅があるわけで、ルサージュの場合は上層と考えていいのですが、ただ財産を乗っ取られてほぼ資産なしの状態からさまざまな職を転々とします。

また、ヴォルテールも、法律家の家系のブルジョワの出であり、彼の父親は金貸し業も営んでいました。

もちろん、貴族階級に属する文学者やフィロゾーフもいます。たとえばモンテスキュー。彼はボルドー（ワインで有名なボルドーです）の高等法院の法院長を代々務めてきた家系の、つまり法服貴族の出身です。

また、小説、戯曲、新聞の発刊を手掛けたマリヴォーも、法服貴族の家系です。父親は地方の造幣局長になりました。

しかし、貴族ではなく、かつ、平民の中でも、上層ブルジョワの出身ではないという人もいます。たとえば、ディドロですが、彼はシャンパーニュ地方の刃物屋の息子でした。叔父のあとを継いで聖職者になる予定が、叔父が早くに亡くなったことで予定が崩れ、聖職者になることにも家業を継ぐことにも興味が持てず、パリに勉学に出ます。

ルソーもまた、ジュネーヴの時計職人の息子です。亡命した（一六世紀に）フランス系プロテスタントの家系でした。母親は産褥熱で彼が生まれた九日後に死亡、父親もルソーが一〇歳のころに失踪します。以来、彼は流浪の人生を歩み始めるわけです。

文学者たちの出身階層が多様化するにつれて、彼らの経済的基盤も多様化していきます。

［パトロン］　まず、パトロンですね。後援者と言いますか、貴族や裕福なブルジョワに経済的に支援してもらうわけです。ルサージュも一時期パトロンに年金をもらっていました。パトロンはフランス国内に限らず、啓蒙専制君主と呼ばれる国王たち――なんだか現代では啓蒙専制君主なんて違和感のある呼び方ですが――は、フィロゾーフを支援し自分の宮廷に呼び寄せることもしました。たとえば、ヴォルテールはプロシアのフリードリヒ二世（**図2-6**）をパトロンとした時期があり、プロシアの宮廷にも滞在していた時期がありました。ただし数か月後大ゲンカになったそうです。また、ディドロもロシアの

図 2-7　エリクセン『ロシア皇帝エカテリーナ 2 世』（1766–67 年、コペンハーゲン、コペンハーゲン国立美術館）

図 2-6　アントン・グラフ『フリードリヒ 2 世の肖像』（1781 年、ポツダム、サンスーシ宮殿）

エカテリーナ二世（図 2-7）をパトロンヌにしていました。もちろんフランス国内でも、ポンパドゥール夫人は百科全書派のフィロゾーフたちの有力な後ろ盾であったし、ルソーには、デュパン夫人、デピネー夫人、リュクサンブール夫人ほか多くの貴族女性の支えがありました。

［独自の財産あるいは職業］　次に、作家自身が独自の財産を持ったり、文筆業以外の職業を持ったりする場合もあります。たとえば、モンテスキューは、ボルドーの高等法院のメンバーで土地も所有していました。ヴォルテールは投機、金貸し業――父親が金貸し業をしていたので覚えたのでしょう――ほか、工場の経営、販売も行い、財産を作っていました。これには、経済的に自立していないと自由にものが

書けないという思いもあったようです。小説『危険な関係』の作者ラクロは軍人でしたし、『マノン・レスコー』の作者プレヴォーは聖職者でもありました。

[筆で] 文筆業で生計を立てるという場合もありえます。ただ、現代のようにはいかない部分として、今日のような著作権がないため、印税は入ってきません。原稿は買い取り制です。もちろん、自分自身が出版業や本屋を営んでいたら話は別です（そういう作家もいました）。小説のほか、劇作、定期刊行誌、出版企画等々の文筆業で身を立てた者、ルサージュ、プレヴォー、マリヴォーなどがそうした作家の例と言えます。前にもお話ししましたが、マリヴォーはローの金融政策の破綻により財産を失った人ですね。

4. モンテスキュー『ペルシア人の手紙』*とオリエントブーム

『ペルシア人の手紙』に取りかかる前に、学生たちから実際に寄せられた質問や感想とそれに対する筆者のコメントを挙げます。二〇二〇年当時の時事を反映しているので、いささかずれが生じていますが、それもまた当時の記録としてご覧ください。

[学生からの質問・感想へのコメント]

○「法服貴族について。官職を買った貴族も世襲なのか？　そうすると貴族がどんどん増えそう」

↓そうですね、もっともな疑問です。『ペルシア人の手紙』の作者モンテスキューは、高位の官職を買って貴族となった法服貴族の家系の人物です。ボルドーの法院長（現代でいえば司法のトップ）でもありました。世襲ですね。司法官が世襲とは！　と現代の感覚では驚くことになりますが。売官制度（官職を売ること）は、フランソワ一世の時代（一六世紀）から広く行われるようになり、国家の財政の補填ともなっていました。一七、一八世紀にはさらに盛んになったようです。ですから、何代も前から貴族のご先祖様をたどれる由緒正しき帯剣貴族と、帯剣貴族から見れば新興の、法服貴族との対立などもありえたわけです。では貴族がどんどん増えるのか、というと、もちろん増加はしたでしょう。ですが、そもそも貴族になれるほどの高位の官職自体がそれほど多数あるわけではないです。革命前夜一八世紀末のフランスの人口はおよそ二六〇〇万人、貴族の人数は、資料によって若干ばらつきはあるものの、三〇―四〇万人です。つまり、革命前夜の任意のフランス人一〇〇人中、貴族はせいぜい一・五人程度。二人はいないということですね。増加してもこの程度です。数としてはやはり少数派ですね。

次に、哲学者、苦労してるなーという声が複数寄せられました。

○「言論の自由がないなか、現代につながる思想が生まれていった、ということが改めて考えると少し驚き」、「哲学者の底力」、「哲学者の権威と酷い扱いのギャップ」、「政府を批判すると投獄されるような時代」、「彼らがそれほどの危険を冒してまでして世に伝えたかったことは何なのか」

同時に、今まで自分が持っていた哲学者のイメージとの違いを挙げる方も複数いました。

○「（哲学者に）小説を書くイメージはありませんでした」、「フィロゾーフの出身階層が様々」、「「哲学者」という名前であっても本当にさまざまな仕事をしている人がいる」、「追放や投獄されることがそれほど重く見られていないようにも見えました」

↓これはなかなか鋭い洞察を含んでいます。追放や投獄が平気、ということは決してないのですが、ある種の箔がつくというか、ときには本の宣伝効果があるという場合もあったようです。時代にもよりますし、人にもよるかと思いますが、いずれにせよ、事実は多面的に見なければならないということでしょうか。

出版統制に関して、「厳しい言論統制の抜け道としてオランダがあった、というのが興味深い」や「フランスはプロテスタントが亡命したことで大きな資産を失った」という感想もいただきました。出版統制についいては、また詳しくお話しする予定ですので、今しばらくお待ちください。

また、一八世紀には著作権がない、というのもみなさんには驚きだったようです。現代では当たり前の権利である著作権、みなさんもネットに軽々に他者の文章や音源をアップロードしてはいけないことはご存じでしょう。あるいは逆に、本書のもとになった授業が行われた二〇二〇年度はコロナ禍での配慮として、教育の場においては他者の著作物を教材として無償で配信できるという処置がなされました（それまでは教室内での紙媒体限定）。特別に、疫病下だから、ということですね。いずれにせよ、一八世紀にはよくある、勝手に他人の作品を出版するとか続編を書くとか、印税がないとか（原稿料はあります）、現代の感覚ではそんな馬鹿な、と思いますが、そのような事柄を禁じる法律が生じたのはもっと後、ということですね。「今私たちが当たり前だと思っている社会って所詮ここ（一、二）百年くらいのもの」ということです。

○「ランベール夫人は自分の原稿が出版されるのを止めようと奔走し、メアリー・シェリーは自分の原稿を自分のものとして出版させようと奔走する」

↓ランベール夫人（一六四七―一七三三）は、一八世紀前半の最も著名な文芸サロンの主催者ですが、実は生まれは一七世紀半ばです。メアリー・シェリー Mary Shelley は『フランケンシュタイン』（一八一八）の作者ですが、生まれは一七九七年、活躍したのは一九世紀ですね。彼女の母親は元祖女権論者のメアリー・ウルストンクラフトです。ランベール夫人とメアリー・シェリー、ともに時代のトップを行く知的女性にして文筆家ですが、一〇〇年以上の時の流れが二人の間にはあるわけで、そこにはやはり彼女たちを取り巻く状況と、彼女たち自身の意識の変化もあるでしょう。

○「パトロンが文人や哲学者を支援するのはなぜなのか？　どんな見返りがあるのか？　ヴォルテールのように投獄されるような哲学者が、なぜ国王に支援されるのか？」

↓これも現代の感覚からいくと、投資をするのは利益を得るためと同様、支援をするからには何か見返りがあるのかなと思うのかもしれません。この問題を考えるためには、「貴族」についてもう少し述べねばなりません。貴族は、貴族らしく生きねばならない、という理想がありました。弱者には施しを、文人・芸術家には支援を、というのが貴族や上流ブルジョワの一つの理想なわけです。もちろんその理想をすべての貴族が実践していたかどうかはまた別の話ですが、なんらかの形で文化に寄与することに、貴族としての誇りを見出していた人もいたわけです。そして、フィロゾーフや文人たちは、その世界では、一種のスターでもあったので、自分の好きなスターを支えていることに、喜びを感じる人がいるというのは、現代の私たちにも理解可能ではないでしょうか。推しメンとか、ファンクラブとか、タニマチとか、今でもそういうのありますよね。また、現代でも企業がイメージアップのためにメセナ（文化芸術のための企業支援）に乗り出すことがありますが、貴族や国王にもそうしたイメージ戦略があったと思います。また、投獄されるような啓蒙思想のフィロゾーフたちを支援した国王とは何者か。「啓蒙専制君主」という呼称を得ているのは、一八世紀後半のフリードリヒ二世（プロシア）、エカテリーナ二世（ロシア）、マリー＝アントワネットのお兄さんのヨーゼフ二世（オーストリア）たちです。つまり、彼らは当時の先進的な啓蒙主義に基づく国家運営を目指し、上からの近代化を図ったわけです。「啓蒙」

でありかつ「専制」なわけで、啓蒙思想のスターたちを支援することもあるのですが、遠く離れた場での手紙での交流のときはいいかもしれませんが、いざたとえばフリードリヒ二世がヴォルテールを招待して宮廷で対面すると、お互いに抱いていた幻想が崩れ、「こんなはずでは……」となったこともわからなくもないですね。

○「モンテスキューの『ペルシア人の手紙』はオランダで印刷されたとのことで、何がそれほど危険視される可能性があったのか。反体制的でもなかったような気がするが」

→これはもう、今後実際にテクストを読む予定なので、何がそれほど危険視される可能性があったのか、みなさんで考えていきましょう。ただ、一つ押さえておかねばならないのは、統制が厳しいときは、自主検閲になりがちだということですね。これは出版許可出そうにないな、下手すると投獄されるな、というとき、人の取る選択として、①そもそも出版をあきらめる、②認可されそうな穏当な内容・表現にあらためる、③別ルートで出版するなどの行動を自ら取ることになる傾向があるわけです。このような自主検閲は、表現の自由が保障された現代日本でもありそうに思います。もちろん一八世紀とはレベルが違うとは思いますが。

今回本書を執筆するにあたって、以上の質問、感想とそれへのコメントを読み返してみると、モンテスキューの専門家というわけでもない中、学生たちからの鋭い質問、素朴な（しかしむしろ厄介な）質問に、「ぐぬぬ……」状態になりつつ調べては返答するという苦しい闘い（授業のことです）をしていた思い出が鮮やかに蘇りました。

さて、ではいよいよ『ペルシア人の手紙』に取りかかりましょう。

[モンテスキューについて]

以前述べたように、モンテスキューは、代々ボルドーの高等法院の職に就いていました。法服貴族の家系に生まれ、一七一四年、前年の父の死（一七一三）に伴い、高等法院の参事官になります。つまり世襲ですね。一七一六年には、伯父から法院長職を譲り受けます。この法院長職を一〇年後に売却し、外遊の費用を作ります。一七二一年『ペルシア人の手紙』により文名を高め、ランベール夫人、タンサン夫人らの有力な文芸サロンに出入りし、一七二八年アカデミー・フランセーズの会員に選出されます。同年、彼はヨーロッパ外遊の旅に出ます。『法の精神』で提唱される三権分立の原則は、今日の政治思想においても引き継がれていると言えるでしょう。

[『ペルシア人の手紙』の成立過程]

『ペルシア人の手紙』の成立過程についてですが、その背景としては、年代順に言うと、ヨーロッパ圏内での初めての訳となる『千一夜物語』のフランス語訳（アントワーヌ・ガラン訳）が一七〇四年に出され、大成功したことがまず大きいです。その翌年、『千一夜物語』は今度は英訳されました。要するにオリエントブームが起こったわけです。**図2-8**は一七一四年版ガラン訳の『千一夜物語』の挿絵です。訳者アントワーヌ・ガラン（**図2-9**）は東洋学者でした。

次に、旅行記が流行したことが挙げられるでしょう。フランソワ・ルガ François Leguat『インド洋への航海と冒険』（一七〇八／原題は『フランソワ・ルガと一行の者たちのインド洋での航海と冒険』）や、ジャン・

図 2-8　デビッド・コスター、1714 年版のアントワーヌ・ガラン訳『千一夜物語』の挿絵（出典：Wikimedia Commons）

図 2-9　アントワーヌ・ガラン（原画リゴーとされる、モレルによる版刻、出典：Wikimedia Commons）

シャルダン Jean Chardin『ペルシア紀行』（一七一一／原題は『騎士シャルダン殿のペルシア旅行』）などが出版され、オリエントもの旅行記がヒットします。この二つはいずれも翻訳が出ています。

さらに、一七一五年、ヴェルサイユでのルイ十四世のペルシア大使謁見が続きます。この出来事もまたオリエントブームの要因の一つでしょう。またモンテスキューに『ペルシア人の手紙』執筆の大きなヒントを与えたと言われています。**図 2-10** は、ヴェルサイユ宮殿の鏡の間でペルシア大使がルイ十四世に謁見する場面を描いた絵画ですね。このとき、フランスとペルシアの二国間に貿易等の条約が締結されました。**図 2-11** は、これは版画ですが、ペルシア大使の一行がヴェルサイユへと向かう行列です。パリの人たちは、見慣れぬ異国の人々を、目を見張って見ていたのかもしれません。

以上のようなオリエントブームを背景にして、モンテスキューは『ペルシア人の手紙』を、一七二一年、アムステルダムで匿名出版します。ドイツのケルンでの出版を装ったけれども、実際はアムステルダムでした。しかしその後すぐにパリに出回り、サロンで大評判となりました。その年のうちに第一〇版が出るほどです。このように当たった本はしばしばそうなるのですが、偽版なども出回ったので、一七五四年、モンテスキューの死の前年六六歳のときに、一六一通の手紙と補遺とからなる決定版が発行されます。今日私たちが目にするのはこの版をもとにしていることが多いです。

図 2–10　作者不詳『1715 年 2 月 19 日、ルイ 14 世に謁見するペルシア大使』（1715 年ごろ、ヴェルサイユ、ヴェルサイユ宮殿美術館）

〔『ペルシア人の手紙』の構成〕

先ほども言ったように、手紙から構成される小説、すなわち書簡体小説です。一八世紀は書簡体小説が非常に流行しました。この後も書簡体小説を取り上げる予定です。『ペルシア人の手紙』の主な登場人物、そして同時に主な手紙の書き手となるのは、ペルシアからフランス

図 2-11　作者不詳『ヴェルサイユを訪問するペルシア人モハマッド・レザ・ベグ』（18 世紀、出典：Wikimedia Commons）

へ向かう二人のペルシア貴族、ユスベクとリカです。この二人が、故郷の友人や妻妾（つまり一夫多妻なので）、ハレムの宦官、旅先の友人たちに書き送った、あるいは受け取った手紙で、小説が構成されています。手紙の一信は一七一一年、書き手はユスベク、最後の手紙は一七二〇年の日付、書き手はユスベクの最もお気に入りの妻ロクサーヌとなっています。したがって、この小説の中で描かれる時期は、ルイ十四世晩年から、摂政時代ということになります。実際九一信では一七一五年のペルシア大使のフランス訪問について、一四二信ではローのシステム（一章でお話しました）に触れられています。

［内容］

まず一つは、「ペルシア人」という外国人のフィルターを通してフランスの文明批判、当時の習俗の批判、同時に政治や宗教つまりカトリックの批判も織り込んでいます。このとき、年長のユスベクと若いリカという世代の違う人物の視点の対比によって、フランス文明への対応の違いも表現しています。

ですが、読み進めていくと、個々のエッセー風の手紙を積み重ねていくうちに、フランスを批判するインテリ貴族ユスベク自身もまたハレムの専制君主であるという矛盾――これがおそらく全体を通底するもう一つのストーリーだと思いますが――が浮かび上がってきます。

［書簡体小説］

書簡体小説について、簡単に解説しておきます。

書簡体小説とは、手紙で構成された小説です。一八世紀フランスで非常に流行しました。その形式から、一声型、二声型、多声型の三種類に分けられます。この声《せい》は「声」、つまり、手紙の書き手が一人の場合は一声型、二人の人物の手紙のやり取りで構成されている場合は二声型、三人以上だと多声型となります。一声型の作品としてはマリヴォー『マリアンヌの生涯』、フランスではなくてドイツですが、ゲーテ Goethe の『若きウェルテルの悩み』（一七七四）、二声型にはこれまたフランスではなくロシアでかつ一九世紀の作品ですが、ドストエフスキー Достоевский『貧しき人々』（一八四六）、多声型には今回取り扱うモンテスキュー『ペルシア人の手紙』のほか、ルソー『新エロイーズ』（一七六一）、ラクロ『危険な関係』（一七八二）などがあります。書簡体小説の特質として、書簡体小説は手紙で構成されているので、一人称書きとなり、作者（作家）が姿を消すこととなり、社会批判がしやすいという部分がありま す。また、当時重要視された「本当らしさ」vraisemblance（これには小説が途方もない嘘っぱちばかり書いているという当時の批判への対抗策という側面があります）や、生き生きした心理感情表現が可能となるという利点があると考えられます。『ペルシア人の手紙』では、まさにペルシア人という外国人、他者の目を通してフランス文明を語る・批判するという視座を作り出していると言えるでしょう。

［学生からの質問・感想へのコメント］

○「アカデミー・フランセーズが終身会員で構成されているということでしたが、こんなにもずっと同じ人ばかりで後々考えが偏ったりしないのだろうか」

↓質問の意味をきちんとくみ取れているかどうかわかりませんが……アカデミー・フランセーズ（一六三五年創設）はさまざまな分野の人で構成されるように工夫されています。会員が亡くなると、新規の会員を、会員相互の推薦・投票で決定するシステムです。ただ、リシュリュー枢機卿によって設立されたわけですから、少なくとも当初は、文人・作家たちを権力の監視下に置こうという目的があったのは否めないでしょう。また、一八世紀末も今日もその保守的な傾向を批判する声はないわけではありません。アカデミー・フランセーズはフランス革命からの一〇年ほどは中断したとはいえ、発足からすでに四〇〇年近く経った今も存続しています。女性会員が初めて認められたのは、二〇世紀末の一九八〇年、作家のマルグリット・ユルスナールです。

○「カフェにはどの程度の情報が集まるのか、それが国内外問わないものなのか、また高貴な人々のゴシップなども取り上げられていたのか」

↓実はカフェについては、四章で詳しく取り上げる予定です。どうぞご期待ください。とだけ書いたら怒られそうなので、もう少し。パリで最初のカフェが開店したのは一七世紀末でしたが、そのおよそ三〇年後の一七二〇年代にはカフェは三八〇軒近くになり、カフェは会合や文学談義の場となります。革命直前にはカフェは一八〇〇軒、革命の場となります。煽情的なゴシップが流れる空間でもありました。今回取り上げた『ペルシア人の手紙』にも、パリのカフェは登場します。

今回の感想で多かったのは、①旅行記ブーム、②『ペルシア人の手紙』が外国人の視点でフランスを風刺していること、③書簡体小説についての三つでした。

①「インターネットが普及しすぐに映像や画像を閲覧できる現代と比べると、当時の旅行記は読者の異国の地への想像を掻き立て、ワクワクさせるものだったに違いない」、「旅行記のヒットが一つの要素としてあったと述べられていますが、やはりその背景には「擬似的な旅行体験」があったのではないか」

②「外国人を主人公にすることによってフランスの風刺や批判をうまく織り込んでいるのはかしこい手法」、「自分とは人種も違えば育ちの背景も違う他人の視点で、読者に違和感を与えずに文章を書くというのはすごい事だ」

③「フランス政治の批判を本で直接的に描くのではなくて、二人による手紙のやりとりという手法でそれを遠回しに批判している。どのように批判しているのかがとても疑問であり、興味深い」、「手紙のやり取りということで現代と異なり相手に届くまでに時間がかかるのでタイムラグがあるのも特徴の一つかな」

①の旅行記は、フランス人が外国に行った体験をまとめたものが主となりますが、『ペルシア人の手紙』は、外国人がフランス（パリ）に来た体験（そういう設定）を手紙にしているわけですね。立場を逆転させて、フランスを描くわけです。

そこで、次のような疑問が出てきます。みなさんから出た質問です。

○「モンテスキューはなぜペルシア人の視点を持つことが出来たのかということです。フランス批判はある程度出来たとしても、実際ペルシア人との交流や現地へ赴かないことには執筆は難しいのではないか」

↓モンテスキューは、実際に東方へ赴いた体験を書いた旅行記（前で挙げた旅行記）を読んで、参考にしたようです。ただ、完全には外国人の立場になりきれず、ところどころ綻びが見える部分もあります。それを探しながら読むのもまた一興ですね。

また、オリエントブームに関して、次のような質問が寄せられました。

○「オリエントブームがそのとき（アントワーヌ・ガランの『千夜一夜物語』の翻訳が出版された一七〇四年）に起こったのであれば、いつまで続いたと言えるのでしょうか。一九世紀や二〇世紀にも、オリエントブームのような現象は絵画などに見て取れます。それはオスマン帝国との戦争や介入に伴うオリエントブームの第二波ということでしょうか」

↓第一波、第二波という表現が確定しているかどうかはわかりませんが、一般的にはフランスにおけるオリエント（ヨーロッパから見て東方、ということで、中国や日本も極東——きわめて東——としてオリエントに入っています）ブームはやはり『千一夜物語』のヨーロッパにおける初訳発表に端を発すると言われています。もちろん、実際に東方に旅をした人々による旅行記の出版なども大いに影響したと言えるでしょう。それがいつまで続いたのかというのは、判定が難しいものがありますね。一八世紀の東方趣味の最も有名なものはやはりモンテスキューの『ペルシア人の手紙』でしょうが、ヴォルテールも『ザディグ』（一七四七）というバビロニアを舞台にした小説を書いていますし——ちなみにザディグエヴォルテール（ザディグとヴォルテールの意）というブランドがあるのをみなさんご存じでしょうか。わりと若い女性向けの服のブランドなんですが、このブランドのフランス語版ｗｅｂサイトによると、ヴォルテールの『ザディグ』の主人公の知的で哲学的な精神世界にちなんだ命名なんだそうです——、絵画においても人物にトルコ風の衣装が着せられたり、ハレム内のような背景でポンパドゥール夫人の肖像画

（一七四七）が描かれたりもしています。図2-12の絵画はオリエント風の衣装のポンパドゥール夫人です。図2-13はルイ十五世と王妃マリー・レグザンスカとの娘アデライドの肖像画ですが、トルコ風の衣装を着用しています。描いたのは、ジャン＝エティエンヌ・リオタール、スイスの画家（兄弟も画家）ですが、父親はナントの勅令の廃止でフランスから亡命した人です。彼自身は、ヨーロッパ各国の宮廷で仕事をしました。彼はコンスタンチノープル（イスタンブールの旧称）にも数年滞在し、「トルコ画家」というあだ名があるほどです。おっしゃるように、一九世紀にも、やはり一七九八年から一八〇一年にかけてのナポレオンのエジプト遠征や、ヨーロッパ列強とオスマン帝国との関係の影響下、絵画（アン

図2–12　シャルル＝アンドレ・ヴァン・ルー『トルコ皇帝の王妃』（1747年、パリ、パリ装飾芸術美術館）

図2–13　ジャン＝エティエンヌ・リオタール『トルコ風の衣装を着たマリー・アデライド・ド・フランス』（1753年、フェレンツェ、ウフィツィ美術館）

グル、シャセリオーなど）あるいは文学（ネルヴァル Nerval、ゴーティエ Gautier など）においても東方趣味が顕著です。一八世紀以来の東方趣味が一九世紀にさらに盛んになったと言えるでしょう。

次に、「ペルシア」という呼称について、次のような質問が寄せられました。

○「一七一五年のペルシア大使の謁見というのは、つまりサファヴィー朝の使者が来たということでしょうか。この謁見にしてもモンテスキューの『ペルシア人の手紙』にしても、「ペルシア」というきわめて大雑把な言い方をしていますが、当時の人々は中東の国のことを詳しくわかっていなかったのでしょうか」

↓たしかに、広辞苑やブリタニカ百科事典などを見てみると、「ペルシア」は西欧による旧称とあります。なんの旧称かという現在のイランですね。文字通り、モンテスキュー作『ペルシア人の手紙』、そして『ルイ十四世に謁見するペルシア大使』（**図2-10**）、いずれも一八世紀の西欧から見た呼称です。しかしながらこの二つの場合、茫漠と「なんかあのあたり」を指示しているというよりも、地理的には現在のイランとなる国を指示していたと見るべきでしょう。ただ、当時の一般的なフランス人がどれほど頭の中にオリエントの地図をイメージできたかとなると、難しいでしょうね。私も中学のときに地理で赤点を取ったので人のことは申せませんが。なお、イランという名称が国際的に用いられるようになったのは、一九三〇年代からです。現在は現地呼称が主流になりつつありますから、そのうち「日本」も英語やフランス語でも Japan や Japon ではなく、Nihon とか Nippon となるかもしれません。一方、「イラン」「ペルシア」の二つの呼称は、文脈によっては今も並存しているようです。現在の国としてのイランの政治・経済・社会について述べる際には「イラン」、歴史的な文脈、それこそ西欧から見た国、あるいは文化という文脈では「ペルシア」という語が用いられているように思います。言語としてはイラン語というのはなく（イランは複数言語が流通している）、ペルシア語がイランにおいては多数派の言語のようです。……この数行はここ一、二日の付け焼刃の知識なので、ぼろが出ないうちにここで本題に戻りましょう。『ペルシア人の手紙』の二人の貴族は、後で旅のルートの説明でも出てきますが、サファヴィー朝の時代の「ペルシア」（現在のイラン）からパリに来ています。

さて、では、ずいぶんお待たせしましたが、導入として、一信、二信を少し読んでみましょう。

一信では、ユスベクからイスパハン（イスファハーンという表記の資料もありますが、ここではイスパハンに統一します）にいる友人のリュスタン宛て、ユスベクはタウリス（現在のイランのタブリーズ）という都市から手紙を書いています。位置を確認してみましょう。スタートはイスパハン、現在はイランの都市です。一六世紀末にサファヴィー朝ペルシアの首都となり、一七世紀大いに栄えましたが、一八世紀前半に衰退します。一七一一年は衰退のちょっと前くらいです。一九世紀になってまた復興します（ちなみにイスパハンはダマスクローズ（薔薇）の産地としても有名で、それにちなんでイスパハンという名のピンクの薔薇のお菓子がピエール・エルメ（マカロンで有名ですね）にあります――話を戻すと、ユスベクは今タウリスにいます。友人のリュスタンはイスパハンですね）。

日付は一七一一年、イスラーム暦のサファール月（サファールは空虚の意。イスラーム暦では第二月ですが、太陽暦の二月とは対応していません）一五日。暦の対応関係はこのようになります。Zilcadé（一月）、Zilhagé（二月）、Maharram（三月）、Saphar（四月）、Rebiab（五月）、Rebiab II（六月）、Gemmadi I（七月）、Gemmadi II（八月）、Rhégeb（九月）、Chahban（一〇月）、Rhamazan（一一月）、Chalval（一二月）。

ですから、一七一一年四月一五日ということですね。

一信

（ユスベクからリュスタン宛て　一七一一年四月一五日）

われわれはコンには一日しか滞在しなかった。われわれは一二人の預言者をこの世に産んだ聖母（原註：モンテスキューはマホメットの娘ファトメと、その孫娘の、コンで祀られているファトメとを混同している）の墓にお参りしてから出発した。そして昨日、つまりイスパハンから出立して二五日目に、われわれはタウリスに到着した。

リカと私は、ペルシア人の中で、知への欲求で国を出、英知を骨折って探しに行くために静かな生活の心地よさを捨てた、最初の者かもしれない。

われわれは繁栄している王国に生まれた。だがわれわれは王国の境界がわれわれの知識の境界だとは思わなかったし、オリエントの光が唯一われわれの蒙を啓かねばならぬと思わなかったのだ。

われわれの旅について何と言われているのか教えてくれ。お世辞はいい。そう多くの賛同者はあてにはしていないから。手紙はエルズロンに宛ててくれ、そこに私はしばらく滞在することになるだろう。さらばだ、親愛なるリュスタン、私が世界のどこにいようとも、君には忠実な友がいると安心してくれ。（Montesquieu, *Lettres persanes*, ‹ folio plus classiques ›, Gallimard, 2006, p. 15–16）

二信の書き手は一信と同様ユスベク。同じくタウリスからイスパハンに送っていますが、宛先はユスベクの宮殿の中のハレム、つまり多くの女性（妻や妾）のいる場所の黒人宦官長です。宦官とはどのような存在かみなさんご存じでしょうか。ハレムは多くの女性がいるので、管理する男性が必要です。ですが、唯一の男性であるべきユスベクの邪魔をしないようにしなければなりません。つまり女性たちに欲望を抱いてはいけないわけですね。男性機能を喪失させられた存在です。このような宦官、去勢された官吏はアジア・中近東の古代国家には広く存在していました。日本には制度としてはなかったようです。大奥に出入りするからと言って去勢が必須になることはなかったようですね。ヨーロッパも制度としてはなかったようです。ただ、カストラート（イタリア語で去勢された者の意）と呼ばれる、去勢した歌手というのは一九世紀くらいまでいました。歌手なのでハレムの役人ではなく、ボーイソプラノを大人になっても維持するための去勢だったわけです。本人が望んでというよりも、親が経済的理由で子どもに施すケースが多かったそうです。ですから中流よりも下の階層の子どもたちですね。非人道的だというので、何度もやめようという話が出ましたが、最終的にほとんどいなくなったのは一九世紀末だったようです（最後のカストラートと呼ばれた歌手は二〇世紀初めに死去）。話を戻すと、イスラーム世界の宦官の場合は、イスラーム教徒の男性を去勢することは教義に違反するそうで、したがってイスラーム教徒ではない黒人奴隷が宦官になることが多かったそうです。では、一信のように友人宛てではなく、自分の召使である黒人宦官長に宛てたユスベクの手紙を見てみましょう。日付は一信の三日後です。

二信　（ユスベクから黒人宦官長宛て　一七一一年四月一八日）

おまえはペルシアで最も美しい女たちの忠実な守護者だ。私はおまえに自分が持っている最も大事なものを託したのだからな。おまえは自分の手に、私にのみ開かれる、あれら運命の扉の鍵を握っている。おまえが私の心のこの貴重な預かり物の世話をする限り、私の心は安んじて全き安全を享受するのだ。おまえは昼の喧騒の中と同様、夜の沈黙の中で安全を守るのだ。おまえの疲れを知らぬ世話が、美徳がよろめくときもそれを支えるのだ。もしおまえが守っている女たちが自分らの義務から出ようとしたら、おまえは女たちのそのような希望を失わせることになろう。おまえは悪徳の門、貞節の柱なのだ。

おまえは女たちに命令し、かつ女たちに従うのだ。おまえは女たちのあらゆる意志を盲目的に実行し、かつ同様に後宮の法を女たちに実行させるのだ。おまえは最も卑しい奉仕を女たちにすることに名誉を見出すのだ。おまえは敬意と恐れをもって、女たちの正当な命令に従うのだ。おまえは女たちの奴隷の中の奴隷として女たちに奉仕するのだ。しかし、おまえが慎みと控えめの法が弛緩していると思うときは、支配は入れ替わり、おまえは私自身となって主人として命令するのだ。

おまえが私の奴隷の中で最も下っ端だったときに、こうした位置におまえを置き、私の心の楽園をおまえに託すために、私がおまえを取り立ててやったことを常に覚えておけ。私の愛を分かち合う者たちの傍らで深い屈従の中に留まれ。しかし同時に、女たちに究極の依存を感じさせよ。あらゆる無垢な楽しみを女たちに与えよ。女たちの不安をごまかせ。音楽、ダンス、甘美な飲み物で女たちを楽しませよ。しばしば集まるように女たちに言い含めよ。女たちが田舎に行きたがるなら、おまえが連れて行けばよい。しかし女たちの前に出てくるようなあらゆる男は死ぬまでぶちのめせよ。女たちに清潔さを説き勧めよ、それは魂の清廉潔白の反映なのだ。ときおり女たちに私について話せ。女たちが彩るあの魅力的な場で女たちに再会したいものだ。さらばだ。(*Ibid.*, p. 16–17)

いかがでしょうか。一信と二信を比較してみると、同一人物が書いたとは思えないほど、雰囲気が異なります。友人宛てと、召使宛ての違いがあるので当然かもしれませんが。加えて、ハレムの女性たちの管理にも、やはり専制主義的なものが読み取れます。一信の開明的、知への欲求を示す表現と、二信の奴隷や女性たちへの態度との乖離が、今後を暗示するかのようです。

［学生からの質問・感想へのコメント］

○「モンテスキューが外遊の資金のために職を売却したと聞いて、かなり勇気があるなと思いました。私は身分には詳しくないのですが、高い身分なのでは……？　代々世襲ならば家族の反対等はなかったのでしょうか」

↓モンテスキューが売却したのは、ボルドーの法院長職、もともとモンテスキューの伯父が就いていた職でしたが、モンテスキューはこの伯父から相続します。それ以前に、すでに父の死去に伴って高等法院の参事官の職も譲り受けていました。彼が法院長職を売却したとき、家族の反対にあったかあわなかったかは不明ですが、彼に上から指図できる立場の人物は家族内にはいなかったと思われます（ちなみにモンテスキューはこの出来事の一〇年ほど前に、親類から勧められた縁談を間際になって蹴って、プロテスタントの家系の女性ジャンヌ・ド・ラルティグと結婚します。彼女は莫大な持参金をもたらしました）。すでに『ペルシア人の手紙』の成功によってパリで文名をあげたモンテスキューは、パリとボルドーを行き来する生活をしていましたから、ボルドーの法院長という責任ある職務を十分には果たし切れないという思いもあったことでしょう。

○「書簡体小説は手紙だけで構成されるので、一人称書きとなり、作者が姿を消すこととなり、という部分が分からなかった」

↓小説が、だれの視点で書かれているか、意識したことはあるでしょうか。非常に単純化していえば、小説は主に、三人称の神の視点、三人称の登場人物のだれか一人の視点、一人称のいずれかで書かれます（二〇世紀以降はさらに複雑化しますが）。三人称の神の視点の小説だと、その小説世界を操作している神の視点の持ち主は、つまり作者だと思われやすい。三人称の登場人物のだれか一人の視点でも、その人物の内心は結局作者と同一視されやすいです。では一人称の語り手「私」はというと、まさに作家自身と同一人物と思われやすい。けれども、書簡体小説はどうでしょう。書簡体なのでどの手紙もみんな一人称で書きます。しかも『ペルシア人の手紙』のように、複数の「私」がいると、作者は姿を隠しやすいわけです。

学生からの感想として、一信・二信が同一人物の手になるものとは思えないほど印象が異なるという声が複数寄せられました。そうですね。対等な人間関係における言語表現と、圧倒的な力関係の中の言語表現とのギャップが、むき出しにされています。この二つがこの小説の冒頭に置かれていることは、決して偶然ではないでしょう。

次に、二四信の若い貴族リカの手紙を見ていきましょう。イスパハンを出ておよそ一年、すでにユスベクとリカはパリで暮らしています。二四信はリカの、いわばフランス文明への感想といった形になっています。若いリカはユーモア溢れた筆致で、自分たちの祖国とフランスとを対比しています。

さて、以下は反省も込めて書きます。二四信を学生たちへの課題として翻訳してもらった際に、リカが男性であることに念を押していませんでした。「リカ」という語感からか、リカの文体をいわゆる女性言葉で翻訳した学生がいました。日本語は、ジェンダーによる文体差が大きい言語です。もちろん、フランス語をはじめヨーロッパ言語の多くにも、男性名詞・女性名詞に合わせて形容詞を一致させ、複合形の過去分詞と主語の性を一致させる等のルールがありますが……日本語は話者が男女いずれであるかが文章でくっきり表現される言語だなとあらためて思いました。

二四信はリカからスミルナ（現在はトルコのイズミール。港湾都市です）にいる友人イバン宛て。イバンにはユスベクもよく手紙を書いています。日付は一七一二年六月一二日です。イスパハンを出てすでに一年以上が経過しています。

二四信　（リカからイバン宛て　一七一二年六月一二日）

僕たちはひと月前からパリにいるんだが、あいかわらずずっとじっとしていられない。住まいを定める前に、連絡をとるべき人を見つけるとしても、必要なものを用意するとしても、そういうものは全部一度に不足するし、やることがたくさんあるんだ。

パリはイスパハンと同じくらい大きい。パリの家はとても高くて、占星術者だけが住んでいると断言したくなるほどだ。空中に建てられた都市、そこには六軒か七軒の家が互いに重なり合っていて、極端に大勢の人々が住んでいる、そんな都市を想像してくれ。そして、みんなが通りに下りると、お互いにかなり困ったことになる。

君はおそらく信じられないだろうね。ここに来て以来一か月、僕はまだだれも歩いている人を見ていない。フランス人ほど車[a]を利用する人々は世界にいない。フランス人は走る。フランス人は飛ぶ。アジアのゆっくりした乗り物や、僕たちのラクダの規則正しい歩みは、フランス人を失神させることだろう。僕はといえば、フランス式のペースには合っていないし、速さを変えずによく徒歩で行くから、僕はときおりキリスト教徒のように怒り狂う。[b]というのは、頭のてっぺんから足のつま先まで泥を撥ねかけられるのはまあ良しとしよう、[c]しかし、僕が規則的周期的に受ける、肘のつきは許すことができない。一人の男が僕の後ろから来て僕を追い越し、僕に回れ右をさせる。また別の男は、別の側から僕とすれ違い、一人目が僕から取り上げた方に突然僕を置き直す。僕は百歩と歩いていないのに、一〇里歩いたよりもへたばるのだ。

　今では、僕が君に深くヨーロッパの習俗や慣習を話すことができるなどと思わないでくれ。それについて僕自身は軽い考えしか持っていないし、かろうじてびっくりする時間しかなかったんだ。

　フランス王はヨーロッパで最も力のある王だ。彼は隣国のスペイン王のように金鉱[d]を持っているわけではない。しかしフランス王の方がスペイン王より多くの富を持っている、なぜなら彼は富を自分の臣下の虚栄心から引き出すんだが、それは鉱山よりも汲み尽くされることがないからだ。売り物としては名誉の肩書[e]だけを元手にして、彼は大きな戦争を企てたり続けたりした。そして人間の誇りという奇跡により、彼の部隊は支払われ、彼の城砦は備えられ、彼の海軍は装備されたんだ。

　しかも、この王は偉大な魔法使いなのだ。彼は自分の臣民たちの精神そのものに支配を及ぼす。彼は自分の望む通りに彼らに考えさせるんだ。仮に彼の国庫に一〇〇万エキュしかなくとも、二〇〇万エキュ必要ならば、彼は一エキュは二エキュの価値があると臣民たちを説得するだけでいいんだ。[f]それで彼らはそう思う。もし彼に持続させにくい戦争があれば、そして金がないなら、彼は一枚の紙が金だと臣民たちの頭の中に書き入れるだけでいいんだ。[g]彼は、臣民たちに触れるだけで、あらゆる病から治すと信じさせるほどであり、これほどまでに、彼が臣民たちの精神に持っている力と強さは大きいんだよ。[h]

　僕がこの国王について言っていることは君を驚かすことにはならないだろう。彼よりももっとすごいもう一人の魔法使いがいて、彼は、他人の精神の主人である国王に劣らず、国王の精神の主人なんだ。この魔法使いは教皇という名前だ。あるときはほかの者たちに三は一でしかない[i]と信じ込ませ、またあるときは人が食べているパンはパンではないとか、飲んでいるワインはワインではな

いとか。[j] この類のことが山ほどあるんだ。(*Ibid.*, p. 55–57)

解説

a. この時代の車はすなわち馬車です。

b. キリスト教徒（フランス人）にとって、イスラーム教徒はすぐ怒る得体の知れない異教の徒であるが、立場を変えれば、イスラーム教徒にとってはキリスト教徒は怒り狂う得体の知れないやからである、ということをモンテスキューは言いたかったのではないでしょうか。つまり双方が双方にステレオタイプイメージを持っているということです。

c. 当時パリの道路は泥だらけで、長いドレスの女性たちは雨上がりなどには徒歩では歩けないほどでした。どうやらリカは通りすがりの馬車に泥水を浴びせかけられたようです。

d. ペルーにある金鉱です。ペルーは一五三三年から一八二一年までスペイン領でした。

e. 官職の売買を指します。

f. 国王の勅書でお金の価値が恣意的に変動したことを指します。

g. 一七〇一年にフランスで初めて貨幣として手形（紙幣の始まり）が使用されました。それまでは硬貨。エキュは金貨もしくは銀貨。

h. 王権は神から与えられたとされ、王には触れるだけで病を癒す力があると考えられていました。王が病人に触って病を治す習慣は、フランスでは一一世紀ごろから、イギリスでは一二世紀ごろに始まりました。フランスでは、革命までこのロイヤル・タッチ（フランス語だとトゥシュ・ロワヤル）、日本語では瘰癧《るいれき》さわりと訳されたりしますが、瘰癧というのは結核の一種でリンパ腺が腫れるんだそうですが、この病人に王が触るというのは続きました。だからルイ十六世までですね。当然ルイ十四世もです。ルイ十四世が病人に手を触れている絵が描かれています（図2-14）。

i. 三位一体を指します。

j. カトリックのミサにおいてパンが聖体つまりキリストの肉に、ワインが聖血つまりキリストの血になることを指します。

図2-14　ジャン・ジュヴネ『瘰癧患者に触れるルイ14世』（1690年、サン＝リキエ、サン＝リキエ修道院）

いかがでしょうか。二四信は、第一段落から第三段落までは、パリのせわしなさをユーモラスに綴っていますが、その後、ルイ十四世と教皇という、政治のトップと宗教のトップを取り上げ、ペルシア人という外国人の視点から批判的に描き出しています。かなりアブナイ話題です。一七二一年段階では、ルイ十四世は亡くなっており、摂政オルレアン公が政治のトップでしたが、彼の政治も別の手紙でやり玉に挙げられています。「ペルシア人」フィルターがあっても相当危険なので、アムステルダムで出版されているのもムベなるかな、です。

次に、今度はリカからイバンに宛てた三〇信を見てみましょう。一七一二年一二月六日付。

三〇信（リカからイバン宛て　一七一二年一二月六日）

パリの住人は度を越した好奇心の持ち主だ。僕が到着したとき、まるで僕が天から送られてきたかのように、じっくり見られた。年寄、男、女、子ども、みんなが僕を見たがった。外出するときはいつでも、みんなが窓にはりついた。チュイルリー[a]にいるときはいつでも、すぐに自分の周囲に円ができるのが見えた。女たちも色とりどりの虹になって僕を取り囲んだ。観劇に行くときはいつでも、僕はまず一〇〇のオペラグラスが自分の顔に向けられるのに気づいた。要するに、僕ほど見られた者はいないってことだ。僕はときおり、ほとんど自分の部屋から出たことのない人々が、お互いにこう言いあっているのを聞いて微笑したものだ。「彼はまさにペルシア人風だと言わねばならないな。」感嘆すべき事柄だ！　僕は自分の肖像画を至るところに見つけたのだ。僕はあらゆる店に、あらゆるマントルピースに、自分が増殖するのを見たんだが、それほどみんな僕をあまり見かけなかったと嘆いていたんだ。

　これほどの名誉は重荷を課さずにはおかない。僕は自分がこんなに物珍しく稀な者だとは思っていなかった。そして、僕はどれほど自分に満足していても、大都市の休息を乱すことになろうとは思うことは決してなかっただろう、そこでは僕は全然知られていなかったのだから。それで僕はペルシアの衣装を脱いでヨーロッパ人の衣装を身に着けることを決心した、それでも何か驚くべきものが僕の風貌に残るのかどうかと。この試みのおかげで僕が実際になんに値するのかがわかった。あらゆる外国の装飾から離れて、僕は最も正確に評価された。僕には仕立て屋に文句を言う正当性があった、彼のせいで僕は一瞬でみんなからの注意や評価を失ったのだから。僕は時折一時間一座に留まった、だれにも見られずに、かつ口を開く機会を与えられることもなかった。だが、もしだれかが、偶然、僕がペルシア人だと一座の者に教えたときはいつも、すぐに僕は自分の周囲でざわめきを聞いた。「え！　え！　あの人ペルシア人なの？　途方もないことだ！　どうしたらペルシ

ア人になれるんだろう?」(*Ibid.*, p. 70–71)

解説

a. 図2-15参照(一七世紀後半のチュイルリー庭園を描いたデッサン)。幾何学的なフランス庭園の特徴が出ています。よく見ると、散歩している人が大勢います。ここはパリ市民が散歩する場所ということですね。

二四信では、「外国人」のまなざしでフランス文明を語っているリカですが、三〇信では、「外国人」としてパリの人に見られること、珍しがられることをユーモラスに語っています。一か所、作者モンテスキューの視点がうっかり飛び出す部分がありますが、みなさん気がついたでしょうか?(答えは例によって後ほど)

図2-15　イスラエル・シルヴェストル『チュイルリー宮からの庭園の眺め』(17世紀後半、パリ、ルーヴル美術館)

さて、次に三六信の冒頭部分を見てみましょう。今度はユスベクが書き手です。パリのカフェについて書いています。

三六信　**(ユスベクからレディ宛て　一七一三年二月末日)**

パリではコーヒーがよく飲まれている。つまり、非常に多くのコーヒーを飲ませる施設があるのだ。こうした施設の中には、ヌーヴェル（情報）について話されるものがある。また、チェスをやるようなものもある。そのうちの一つに、それを飲む者にエスプリを授けてくれるようにコーヒーを淹れてくれるところがある。少なくとも、そこから出てくる者すべての中で、入ったときより四倍エスプリがあるように思わない者はいないのだ。（*Ibid.*, p. 79）

エスプリが四倍になるようなカフェ、入ってみたいですね。でもよく読むと、「四倍エスプリがあるように思わない者はいない」なので、思ってるだけかもしれないという含みもありそうです。さて、このカフェは一七二一年までパリのモンテスキューの住居の近くにあったカフェ・プロコープがモデルとされています。カフェ・プロコープは一六八〇年代創業、パリで最も古いカフェレストランと言われています。現在もパリで営業中です。

［学生からの質問・感想へのコメント］

○「モンテスキュー『ペルシア人の手紙』は匿名出版されたのに、なぜ彼の作品だとわかったのか」

↓どこから、だれから漏れたのか確定的なことはわかりませんが、次のような仮説を立てることができると思います。モンテスキューから原稿が出版者（印刷者）へと、つまり人間から人間へと渡っている段階で、何人か知っている人が存在しているわけです。本それ自体には作者名は記されてはいない（匿名）けれど、知っている人が存在すれば、大評判となった作品なだけに、出版者や書籍商たちの間で口コミによって漏れていく可能性は大いにあります。また、モンテスキュー自身が原稿を知人に見せて相談したこともあったようです。作品が文芸サロンの会話の中に混じれば、サロンの外部にもいつのまにか知る人ぞ知るという状態になっているでしょう。一七二八年モンテスキューはアカデミー・フランセーズ入りを果たすのですが、このときには、彼が『ペルシア人の手紙』の作者であることから怒りを買っていた、宰相フルーリ枢機卿を説得せねばならなかったそうです。

○「**人々はペルシア人になりたかったのでしょうか？**」

↓リカの手紙三〇信の最後のフレーズですね。これを、ペルシア人になりたい、という願望の表れととるか、それとも別の意味があるととるかですが、私は、願望の表れというよりも、ペルシア人という、当時のフランス人にとっての圧倒的な「他者」を前にして、絶対に自分はペルシア人になれないけれど、という意味で言っているのかなと思いました。でもほかの考え方もあると思います。自由な解釈が許されるところが小説の醍醐味ですね。

○「**第二四信第二段落の「家が互いに重なり合っている」と言う部分なのですが、これは縦に重なり合っていると言う意味で合っていますか？　六、七階建てと言うことなのか、奥行き的に重なっているのか？**」

↓これは、縦に重なり合っているという意味で、要は六、七階建てということだと思います。ただ、普通に六、七階建てというと、リカの驚き（家が六つも七つも重なってる！）が表現できなくなるので、こういう書き方になっているのでしょう。なお、当時のパリ市街を描いた絵画があります（**図2-16**）。一七五一年の作品ですので、『ペルシア人の手紙』の三〇年後の作品になりますが、このような眺めをリカは言っているはずです。

お待たせしました。先ほどの、三〇信において作者モンテスキューの視点がつい出てしまった部分ですが、「あらゆる外国の装飾から離れて」ですね。ペルシア人であるリカが、自分の装束をそのように言っています。

図 2–16　ニコラ・ラグネ『ノートルダム橋とシャンジュ橋の間の船上の槍試合』（1751 年、パリ、カルナヴァレ美術館）

さて、今度はハレムに渦巻く愛憎劇を読み解いてみましょう。一四七信の宦官頭からユスベク宛て、一五三信ユスベクから宦官のソリム宛て、一六〇信ソリムからユスベク宛ての手紙を順に見ていきます。それぞれ短い手紙ですが、ハレムに渦巻く愛憎劇が垣間見えます。いよいよ大詰め、どうぞご堪能ください。

と言いつつ、翻訳を掲示する前に、以下、先取りしてちょっとネタばらし的解説を、例によって学生からの質問に答える形で書きましょう。

○「モンテスキューは絶対王政を批判する人なので、ユスベクを、王政を批判する立場に立たせていると思います。しかしユスベクはヨーロッパの思想や政治に理解をしめす人間のように描かれているのに、自分のハレムでの問題の対処方法を見ていると専制君主のように思われました」

↓そうですね、まさにこの矛盾したユスベクの心理・精神が、この小説の奥行きを深くしていると思います。

○「第一四七信で宦官がユスベクに tutoyer（親しい人への表現）をしているのはなぜか？」

↓tu という二人称は親密さを表し、家族・友人に、あるいは子どもに対して、または下位の人間、敵対する人間に対して（その場合は親密さではなくぞんざいさを表す）用いられる……のが基本ですが、宦官がユスベクにため口をきいているとは考えにくいです。実は、稀に、神や王に対して崇拝を表すために tu を用いることがあります。ものすごく上位の存在に向かって使用する tu です。現代ではまずお目にかかりませんが、『ペルシア人の手紙』の宦官たちはみなユスベクに tu を用いています。「御前様」とか「旦那様」という感じなのだと思います。

○「一四七信が二四信から六年もたっているのに驚いた」

↓そうですね、イスパハンを発って（一七一一年）から一年足らずでパリに到着し（一七一二年）、最後の手紙（一六一信）が一七二〇年という設定です。ですから八年ほどユスベクとリカはパリにいるわけですね。

○「第二信は黒人宦官長（宛て）でしたが今回の人物とは異なる宦官長だと思うのですが、この人は白人の宦官長ですか？　一五三信が第二信の黒人宦官長に宛てた手紙に似ている文がいくつかありました」

↓一四七信の差出人の黒人宦官長は、二信の宛先の黒人宦官長と同一人物です。黒人宦官長は、手紙の差出人としても宛先としても数回登場し、『ペルシア人の手紙』の重要な登場人物の一人です。一四八信がユスベクからの一四七信への返事なのですが、一四九信（差出人は黒人宦官のナルシット）の内容を見ると、黒人宦官長はユスベクの書いた一四八信を受け取る前に亡くなっています。一五三信は、ユスベクから黒人宦官のソリム宛てです。黒人宦官長が生きていたら、当然彼に指令を出すところですが、亡くなったので、ソリムに宛てて書いたのでしょう。

さて、読者のみなさま、お待たせして申し訳ありませんが、もう少しだけ解説にお付き合いください。書簡体小説のもう一つの機能についてひとこと言いたいのです。みなさんは、俵万智という歌人をご存じでしょうか。彼女の歌に、こういうのがあります。

手紙には愛あふれたりその愛は消印の日のそのときの愛[1]

この「愛」は親子の愛か、恋人の愛か、はっきりしたことはわかりません。いずれにせよ、手紙は、メールやLINEと異なりどうしてもタイムラグが生じます。「消印の日のそのときの愛」と、手紙を読んでいる今とでは「愛」が変化しているかもしれない……（ほかの解釈も可能ですし、この短歌の詠み手自身がこの歌の複数の解釈可能性をエッセーに書いています[2]）。

現代日本では、相手が手紙を投函して（消印の日）から自分が受け取って読むまでのタイムラグとして、国内なら二、三日というところでしょう。しかし、一八世紀の、しかもパリとイスパハン間の手紙のやり取りには、どれほどのタイムラグが生じたのでしょうか。これから読んでいく部分は、内容的には緊迫したものなのですが、それが相手に届き、さらにその返事が送られてくるとき、どれほどの時間が経っているのかも、書簡体小説を味わうポイントの一つでしょう。

一四七信　**（黒人宦官長からユスベク宛て　一七一七年九月一日）**

事態は耐え難い状態に至りました。御前様の奥方たちは御前様のご出立によって自分たちはまったく処罰されなくなったと思いこんだのです。ですからここでは恐ろしい出来事が起こっています。これから御前様にお話しすることになる耐え難い話に私自身震えております。

ゼリスは、数日前にモスクに行き、ベールが外れるがままにして、みんなの前で顔をほぼ丸出しにいたしました。[a]

私はザシが女奴隷の一人[b]と寝ているのを見つけましたが、これはハレムの法では厳しく禁じられていることです。

私は、思いもかけず、ある手紙[c]を取り押さえたのですが、これを御前様にお送りいたします。ですがこの手紙がだれ宛てのものかは調べがつきませんでした。

昨夜、若い男がハレムの庭園で見つかった[d]のですが、壁を乗り越えて逃走してしまいました。

このほかにも私のあずかり知らぬことがあるはずです。と申しますのは御前様が裏切られていらっしゃるのは確実だからです。ご命令をお待ち申しております。私がご命令を受け取るその幸福な瞬間まで、私は耐え難い状況にいることになりましょう。しかし、御前様がすべての奥方たちを私の裁量にお任せ下さらないならば、私はどの奥方たちにも責任は取れませんし、毎日同じような悲しい知らせを御前様にお送りしなければならないことでございましょう。(*Ibid.*, p. 312-313)

解説

a. ご存じの方も多いでしょうが、大人になった女性は人前で顔を見せてはならないという戒律を持つイスラーム教宗派があります。

b. LGBTQのL(レズビアン)を暗示する表現です。

c. ハレムにあってはならない手紙、文脈から言ってラブレター。

d. ハレムに素性の知れない若い男が忍びこんでいたわけです。

このハレムの風紀の乱れを訴える宦官長の手紙を受け取ってすぐに、おそらくユスベクは返事を書いたと思われますが(一四八信)、その日付は一七一八年二月一一日、一四七信から五か月以上経っています。つまり、そもそも宦官長の手紙が届くまでに時間がかかったわけですね。そしてこのハレム風紀粛清を命じるユスベクの返事は、単に時間がかかったのみならず、その間に宦官長が亡くなったために、読まれずにとり置かれてしまいます。一四九信で、宦官ナルシットはユスベクに宛てて、黒人宦官長が亡くなったこと、その数日後にユスベクから黒人宦官長に宛てた手紙（一四八信）が届いたが、開封すべきかどうかわからなかったので、置いてあるという趣旨の手紙を寄こします（一七一八年七月）。激怒したユスベクがナルシットに手紙を送るのは一七一八年一一月（一五〇信）という具合で、メールやLINEで即座にやり取りできる現代の私たちにとっては、もはや白ヤギさんと黒ヤギさんのお手紙なみの不条理さかもしれません（♪しろやぎさんからおてがみついた　くろやぎさんたらよまずにたべた　しかたがないのでおてがみかいた　さっきのてがみのごようじなあに　これが延々と反復されるという童謡があります）。激業を煮やしたユスベクが黒人宦官長の後継者と目すべき宦官ソリムに宛てた手紙が一五三信、一四七信からすでに二年以上が経過しています。

一五三信

（ユスベクからソリム宛て　一七一九年一〇月四日）

私はおまえの手に剣を与える。私が現在この世で最も重要とするものをおまえに委ねよう、それは復讐だ。この新しい任務に入れ。だが情けをかけるな、哀れみもだ。私は女たちにおまえに盲目的に従うよう手紙を書く。これほどの罪に恥じ入って、女たちはおまえのまなざしの前に崩れ落ちることだろう。私の幸福と休息はおまえに負うているにちがいない。私のハレムを私が残したままの姿にして戻せ。だがまず罪を償わせることから始めよ。罪ある者を皆殺しにして、罪ある者になろうともくろむ者を震えさせるのだ。これほど目覚ましい奉仕に対して、おまえはおまえの主人から何を望めないというのか？　おまえを現在の身分から引き上げることも、おまえがかつて願ったありとあらゆる褒賞も、おまえ次第となろう。（*Ibid.*, p. 318）

ユスベクの手紙がハレムに届き、ハレムでの暴力的な制裁が始まります。ユスベクの妻たちはユスベクに抗議や哀訴の手紙（一五六―一五八信）を書き送ります。一七二〇年五月、ソリムはユスベクに手紙を送ります（一六〇信）。

一六〇信　（ソリムからユスベク宛て　一七二〇年五月八日）

私は決意いたしました。御前様のご不幸は消え去ることでございましょう。私は罰を与えるつもりでございます。

私はすでに密かな喜びを感じております。私の魂と御前様の魂は安らぐことでございましょう。私たちは罪ある者を皆殺しにいたしましょう、さすれば無垢なる者は青ざめることでしょう。[a]ああおまえたち、[b]すべての官能に無知であり自らの欲望にすら憤激しているだけに作られているかのごとき女たちよ。恥と慎みの永遠の犠牲者よ、私はこの不吉なハレムにおまえたちをずらりと入らせないでいられようか、私がまき散らすことになる血におまえたちが驚くのを見るためだったら！　(*Ibid.*, p. 325)

解説

a. 無垢なる者は青ざめる……一五三信（ユスベク→ソリム）の「罪ある者になろうともくろむ者を震え

させるのだ」に呼応した表現でしょう。まだ罪を犯していないがその可能性のある者を、あらかじめ怯えさせる、つまり見せしめに罪人を皆殺しにしましょう、ということです。

b.「おまえたち」はハレムの女性たちを指しています。本来なら「御前様」の奥方たちですから「あなた方」と訳すべきところですが、ソリムの両義的な立場（二信でユスベクは黒人宦官長に向かって、自分のハレムの女性たちの「奴隷の中の奴隷」として仕え、かつ彼女たちの貞節が疑わしいときには「私（ユスベク）自身となって主人として命令する」よう言い渡しています。ソリムは黒人宦官長亡き後の後継者です）を考慮すると、今や彼は「御前様」の奥方たちにハレムの支配者として君臨し罰する立場になっています。「おまえたち」の方がふさわしいでしょう。

ソリムは後半、もう自分の言葉に陶酔状態ですね。前半の「私はすでに密かな喜びを感じております」には、サディスティックな響きすらあります。宦官として多くの美しい女性に日々接しながら、去勢されて男性としての性機能を喪失していることにより、さらに欲望が抑圧された状態にあるであろうソリムは、女性たちを暴力で屈服させることに何か性的な含みのある「密かな喜び」を感じているのではないでしょうか。彼がハレムの女性たちに向ける「すべての官能に無知であり自らの欲望にすら憤激しているだけに作られているかのごとき」という言葉は、実は無意識のうちに、宦官である自らを形容する言葉になっているのかもしれません。そして、「かのごとき」という表現には、女たちも、そして自分も、欲望を完全には抑圧できないことがにじみ出ているようです。

［学生からの質問・感想へのコメント］

○「ドイツのケルンでの出版をよそおったのはなぜ？　フランスを批判しているからフランスで出版するのはもちろんアウトなのだろうと思いますが、アムステルダムでも公にしない方がよかったのでしょうか」

→フランスでは出版許可が取れそうにないので、アムステルダムなどの外国で出版するが、さらに実際の出版地とは異なる場所を出版地と称するケースですね。版元を曖昧にしたい場合、そういうことがあったそうです。宗教的に異端とされたギュイヨン夫人の著作が、まさにそのケースで、実際にはアムステルダムでの出版だったのですが、ケルンでの出版と称されました。『ペルシア人の手紙』が同様の理由かどうかは、断言はできませんが、おそらくは。

この後出てくる一六一信の書かれた日付は、一六〇信の書かれた日付と同じ日です。訳をご紹介はしていませんが、一五九信（ソリム→ユスベク）の書かれた日付も同じ日です。今まで日付があいた手紙ばかりでしたが、この最後の三通は、同じ日に書かれています。しかも、一五九信と一六〇信は書き手（ソリム）も宛先（ユスベク）も同じ、しかも同じ日です。一五九信で、ソリムはユスベクに、貞節だと見なされてきたロクサーヌが若い男と抱き合っているのを発見し、その若い男をみんなで殺したと報告します。通常だったら、この報告がユスベクに届くのに五か月、ユスベクがソリムに処罰を命ずる手紙が届くのにさらに五か月となるところなのかもしれませんが、ソリムはその日のうちにユスベクの代理人として決断し、ユスベクに罪人たちを処罰することにしたと宣言するわけです。そして同じ日に、ロクサーヌは一六一信をユスベクに宛ててしたためます。一五九―一六一信はすべてユスベク宛てであることも忘れてはなりません。この三通の手紙は、書かれた日が同一ですから、ほぼ同時期にユスベクのもとに届いたことでしょう。この三通を読んだユスベクが何を思うかは、私たち読者の想像力に委ねられています。

一六一信　（ロクサーヌからユスベク宛て　一七二〇年五月八日）

ええ、私あなたをだましたわ。あなたの宦官たちを誘惑したし、あなたの嫉妬を手玉に取って、それで、あなたのぞっとするようなハレムを、悦楽と快楽の園にすることができたのよ。[a]私はもうすぐ死ぬでしょう。毒が私の血管の中を流れていくわ。だってここで私何をしようというの、私を生につなぎとめていたたった一人の男がもういないというのに？　私は死にます。でも私の影はお供とともに飛び立ちます。[b]この世で最も麗しい血をまき散らしたあの無礼な監視人たちを、私は自分より前に送り出したばかりだから。[c]

あなたの気まぐれを崇拝するためにだけこの世にいるんだって思えるほど私がお人よしだなんて、どうやったらあなたは考えられたのかしら？　あなたが何でもありの間、私のどんな欲望も打ちのめす権利があなたにはあると？　ちがうわ！　私は隷属状態で生きたかもしれない、でも私はいつでも自由だったのよ。私はあなたの法を自然の法に基づいて作り変えたし、私の精神はいつだって自立していたわ。

あなたは私があなたのためにした犠牲についてもっと感謝すべきじゃないかしら。たとえば、私があなたの目には貞節とまで映るほどへりくだったことについて。世界中に明らかにすべきだったことを心のうちに意気地なくしまい込んだことについて。要するに、あなたの気まぐれに私が服従したことを美徳という名で呼ばれるのを甘受して、美徳を汚したことについて。あなたは私が愛の陶酔を見せないって驚いていたわね。もしあなたが私をよく理解していたら、あなたは激しい憎悪を見出したことでしょう。

だけどあなたは幸せなことに私の心のような心があなたに従順だと長いこと思っていられた。だから私たちは二人とも幸せだったのよ。あなたは私をだましたと思っていたし、私はあなたをだましていたから。

こんな話し方は、きっと、あなたには新奇なものでしょう。あなたを苦しみで打ちのめした後でも、まだあなたに私の勇気に感嘆するよう強いられるかしら？　でも、もう終わりね、毒が私を焼き尽くし、力が抜けていくわ。筆が手から滑り落ちる。憎しみまで弱まるのを感じるわ。死ぬのね。(*Ibid.*, p. 325–326)

解説

a. ハレムの風紀の乱れの黒幕は、実はロクサーヌだったことが宣言されます。黒人宦官長がタイミングよく（?）亡くなってしまったのも、小説中に明記はされていませんが、ロクサーヌの差し金かもしれませんし、黒人宦官長の死亡後に届いたユスベクの手紙が結果として放置されたのも、ロクサーヌに誘惑された宦官が意図的にした可能性があります。

b. 自分の恋人（一四七信の黒人宦官長の手紙に出てきた、ハレムの中に素性のわからない若い男がいたが壁を乗り越えて逃げたというのはこの人物でしょう）が殺されてしまったから、自分にはもう生きる意味はない。しかし一人では旅立たず、道連れを作るというわけです。

c. 上記の道連れは、自分の恋人を殺した宦官たち（きっとソリムも含まれていることでしょう）、彼らにはもう死んでもらったというのです。

いかがでしたか？　ロクサーヌの悲しいしたたかさは、現代の女性にはもはや不要のものであることを願います。それにしても、黒人宦官長やソリムを通じて自分のハレムを遠隔操作していたつもりのユスベクは、この手紙を読んでどう思ったのでしょうか。この幕切れの鮮やかさには、舌を巻くしかありません。

『ペルシア人の手紙』はいわゆるバッドエンドです。ですから、爽快感のかけらもないなと思う読者もいることでしょう。ですが逆に、これに爽快感を感じる読者もいるかもしれません。人によって解釈の分かれるところです。しかも、ロクサーヌの手紙を読んだユスベクが何を思ったかは、小説中には書かれていません。それも含めて読者に解釈を委ねられているわけです。みなさんはどのように感じ、解釈したでしょうか。学生たちからは、次のような感想が寄せられました。

○「こんな手紙を受け取って（受け取ったころにはおそらくロクサーヌは亡くなってしまっているでしょうから）ユスベクはもはやいらだちとショックで死んだのではないだろうか」、「この手紙が最後だと、この後のハレムとユスベクが気になります」、「今回はなんだか読んでて悲しくなりました」、「この悲しい結末を読んで、個人的にはユスベクに対しては少しスカッとした部分もありました。罰が当たったというような感じでしょうか」、「ユスベクのもとに届く三通の手紙を彼はどれから読んだのかなあ、、」、「ロクサーヌのどんでん返しに驚きました」、「ペルシア人の手紙におけるユスベクのアンビバレントな状況が読み進めるにしたがって次第に浮き彫りになっていく点が読者を惹きつけたのであろうと考えられた。ペルシア人の目線でいくら当時のフランス社会・政治を批判的な態度で挑もうが、結局は自身の出来事と絡まっており根本的に異邦人でいることが不可能だということがよく知れた」

ユスベクが受けたであろうショックを多くの学生が指摘しています。そして期せずして複数の学生が「どんでん返し」という表現を使っていますね。またユスベクのショックを慮りながらも、スカッとしたという感想や、ロクサーヌの強さに感動したという感想も。

このようなどんでん返しが仕掛けられた『ペルシア人の手紙』ですが、この仕掛けは周到にモンテスキューによって仕組まれたものと言えるでしょう。冒頭のユスベク→友人と、ユスベク→黒人宦官長の二つの手紙の落差、そして、中盤、フランスの政治への批判と自らがハレムに敷く圧政との矛盾に、それは象徴的に表れているように思います。それにしても、三〇〇年後の異国（日本）の若者たちの心を揺らした『ペルシア人の手紙』、恐るべき小説ではないでしょうか。

5. 哲学的コント——ヴォルテール『カンディード、あるいはオプティミスム』*

さて、今度は哲学的コントについてお話ししたいと思います。「哲学的コント」ってあまり耳なじみがないことでしょう。まず、コントってM-1とかキングオブコントとか？　と一瞬思ってしまう……。では、言葉の定義からいきましょうか。コントとは何か？　です。コント conte という語がフランスで使われ始めたのは、一一、一二世紀からです。中世ですね。この時代には、コントという語は、真実の出来事にも、架空の物語にも用いられていました。日本語で言ったら、お話ぐらいでしょうか。二〇世紀以降は、一般的には、コントは短編小説という訳が当てられています。中世のコントと現代のコントのへだたりを埋めるものとしては、一二世紀から一四世紀にかけて作られた韻文のファブリオ、寓意的な動物物語などがコントとされてきました。ファブリオというのは、北フランスで流行した韻文の短い笑い話、風刺的な話であり、現在残っているのは一六〇編ほどで、多くは作者不詳です。いわゆる下ネタが多いです。はっきり申しますと下品と感じる人も多いでしょう。一四世紀以降ルネサンスのころは、チョーサー Chaucer の『カンタベリー物語』（一四〇〇）、ボッカチョの『デカメロン』（一三五三）がコントの代表格です。一七世紀古典主義の時代に入ると、ラ・フォンテーヌの『寓話集』（一六六八―九四）、シャルル・ペローの『童話集』（一六九五）がコントの代表格となります。また、ドーノワ夫人 Madame d'Aulnoy『妖精物語』（一六九七）のように、不思議な話、奇跡が混じったものといった意味合いが一七世紀末には強くなります。そしていよいよ一八世紀になると、哲学的コントと呼ばれるものが出てくるわけです（一九世紀に入ると、幻想、驚異、神秘、怪奇を扱った短編小説という認識になります）。

一七世紀までは、コントは散文にも韻文にも当てられる言葉でした。一八世紀には韻文のコントは稀なものとなります。散文のコントは、一七世紀に引き続き、不思議なもの、幻想的なもののほか、異国情緒あるものが人気となりますが、何といっても一八世紀のコントといえば、哲学的コントでしょう。その代表的なものとしては、ヴォルテールの作品、『カンディード、あるいはオプティミスム』（以下、『カンディード』と表記／一七五九）、『ミクロメガス』（一七五二）、『ザディグ』（一七四七）、ディドロの『ブーガンヴィル航海記補遺』（一七七二執筆、一七九六出版）、イギリスのスウィフト Swift の『桶物語』（一七〇四）や『ガリヴァー旅行記』（一七二六）などです。

この場合、「哲学的」は、一八世紀的意味での哲学は、すでにお話ししたように、科学知識の発展に基づいた自由な思考、精神態度を言いますので、そのような観点から考察を加えた短編小説となります。考察の対象は、社会・習俗、政治体制、宗教制度といったものになります。したがって基本的に権力を批判する観点が含まれることになりますので、しばしばそれこそ昔話風にしたり、寓話風にしたりして検閲を逃れる工夫をすることになっていきます。

ここでは、ヴォルテールの『カンディード』を取り上げます。なお、ヴォルテール自身は哲学的コントをさほど重要視してはいませんでしたが、今日では、彼の作品中最もよく読まれているものの一つが『カンディード』と言えます。

まず『カンディード』について軽く紹介しましょう。ヴォルテールは哲学的コントを書くにあたり、伝統的なコントの技法を用いています。快い語りの口調、そして時空を超えた空想世界の中で、物語が展開します。冒頭も、「昔々ウェストファリアの、テュンダー＝テン＝トロンク男爵の城に、」と始まり、まるでおとぎ話の始まりのようです。ストーリーは急展開であり、偶然かつ幸運なつまりご都合主義の出会いなどによって、主人公は危機を脱します。人物像はしばしばいわゆる「キャラ立ち」したもので、曖昧あるいは複雑な性格の人物は登場しません。たとえば『カンディード』の主人公はカンディードですが、これは「無邪気な」という意味があります。つまり、哲学的コント『カンディード』は、無邪気で人を信じやすい主人公カンディードが、さまざまな不幸な目にあっていくお話なんです。本当にこれでもかというぐらいひどい目にあいます。

タイトルに含まれる「オプティミスム」は、ライプニッツ（ドイツの哲学者・数学者・神学者）の楽天主義すなわち最善主義説（最善説）を意味します。楽天主義というと、現代では、「テスト勉強してこなかったけどなんとかなるやろ」「えー、おまえ楽天主義だな」などのように、現実を自分の都合の良いように考える思考の傾向の意味で使いますが、ライプニッツの最善説は少し違うんですね。じゃあどんなものかというと、現実世界にはなんらかの不都合なことがあるように一見見えたとしても、全体として見ると、調和がとれている、現実はありうべき最良のものである、なぜならば神がそのように配分したのだから。というものです。ヴォルテールは、このライプニッツのオプティミスムを批判するためにこの哲学的コントを書いたと言われています。ということは神に対する批判も含まれることになります。また、一見時空を超えた、つまり同時代のフランスとは関係ないことを描いているように見せつつ、同時代の出来事が次々に表現されています。

で、ちょっと『カンディード』初版の表紙を見てみましょう（**図2-17**）。ドイツ語から翻訳され、執筆したのはラルフ博士とあります。もちろんヴォルテールが最初からフランス語で書いています。初版は一七五九年、印刷されたのはジュネーヴです。

CANDIDE,
OU
L'OPTIMISME,
TRADUIT DE L'ALLEMAND
DE
MR. LE DOCTEUR RALPH.
MDCCLIX.

図2-17　ヴォルテール『カンディード』（1759年、初版）の表紙（Source gallica.bnf.fr / BnF）

［学生からの質問・感想へのコメント］

出版統制と、それに対する作家の側の対策についても多くの声が寄せられました。『カンディード』がドイツ語からの翻訳だという設定になっていること、寓話や昔話風にしていることなど、著作物への権力の側からの圧力への対策が印象的だったようです。一方で、こうした「対策」が新たな効果、面白さを生み出しているのではと指摘する意見もありました。

○「哲学的コントにしても、ペルシア人の手紙にしてもそうですが、むかしは何か批判とか思想を書くときは、間接的（昔話風、外国人目線）にしていたのですね。面白いと思ったのは、カンディードがドイツ語からの翻訳という形になっていることです。うまい免責（？）の仕方だなあと思いました」、「一八世紀の文学はどのようなジャンルであれ常に検閲との闘いなのだな、とおもいました。そして検閲の存在があるからこそ今見ればその工夫が面白い文学が生まれたと思うと、なにかしらの「障害」は良い役割を果たすものかもしれないと思いました」、「哲学的コントに関しても、世の中の権力批判する部分を寓話風にして検閲を逃れる姿は、現代と似通う点もあり、この時代のコントにも触れたいと思いました」、「哲学的コントというのは、検閲を逃れるために昔話風にしたり、寓話風にしたりした、とありますが、これが面白いと思いました。たしかに、当時の小説家からしたら社会や風俗、政治体を語るうえで検閲があるのは厄介だったと思います。しかし検閲があったからこそ、様々に昔話や寓話をかぶせて語ろうとするという発想を生み出したという点では、小説の面白さを残したのかなと思います」

主人公のカンディードは、幸福な少年時代を過ごしたウェストファリアの城を出て、世界中を旅します。第一章はテュンダー＝テン＝トロンクの城です。ここで彼は初恋のキュネゴンド姫や、カンディードに最善説（オプティミスム）を教える師のパングロスらとともに、少年時代を過ごします。第五章から九章ではリスボン（ポルトガル）、第一一・一二章では大西洋上、第一三章ではブエノスアイレスといった具合。第二二章ではヨーロッパに戻りますが、結末はコンスタンチノープル（トルコ）と、まさにグローバルな旅となります（**図2−18**）。

さて、すでにお話ししたように、カンディードは行く先々でさまざまな不幸、困難に出会うわけですが、その不幸の始まりは、彼が幸福に暮らしていたお城から追い出されることにあります。このお城の主はカンディードの伯父なのですが、伯父の娘、すなわちカンディードにとっては従妹に当たるキュネゴンドと恋に落ち、それが伯父に露見したことで、カンディードはお城から文字通り蹴り出されます（**図2−19**）。こうしてお城暮らしのボンボンだった彼は、厳しい社会に放り出され、サバイバルしていくことになります。彼の出会う不幸のうち、二つだけ紹介すると、一

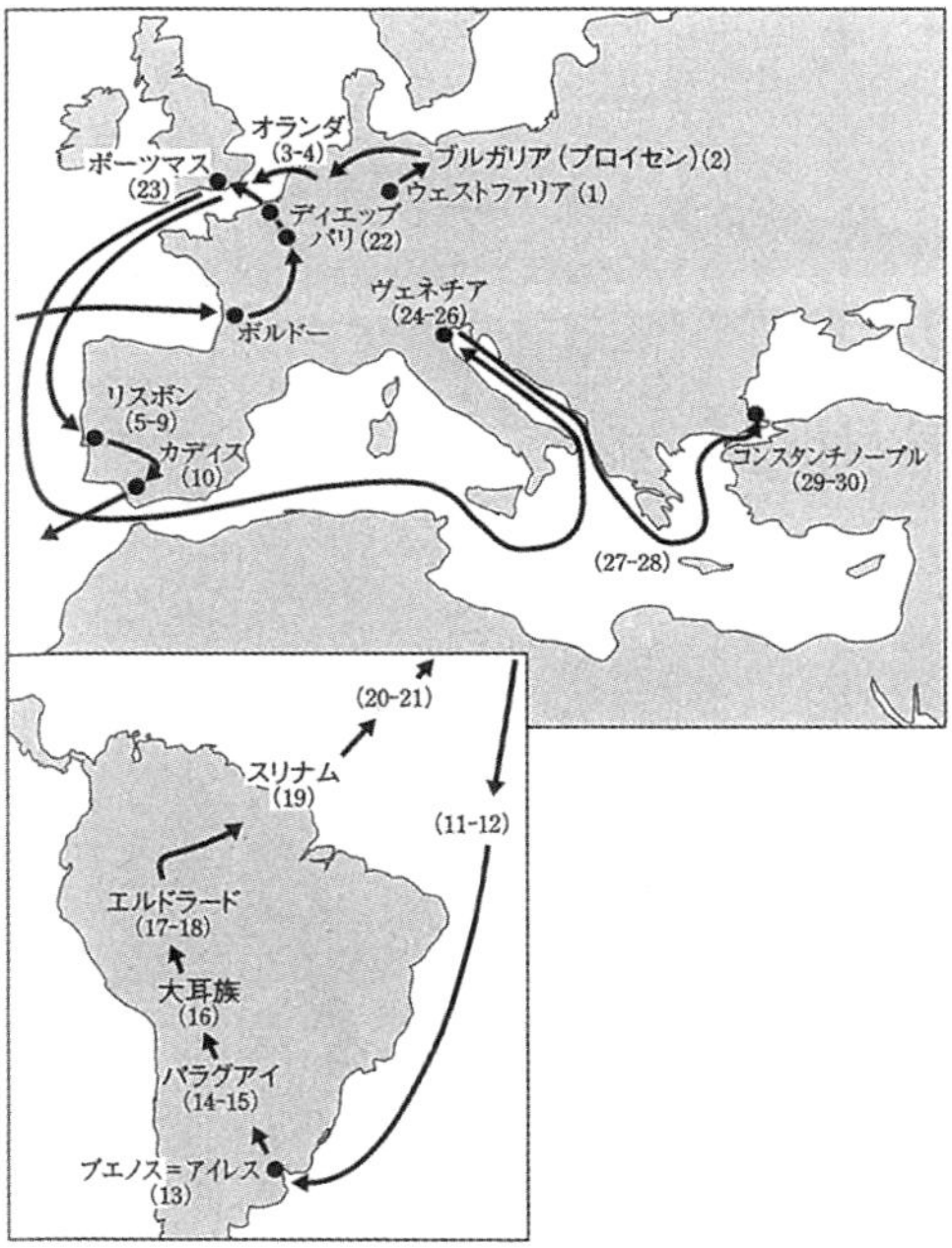

図2-18　カンディードの旅の行程（（　）内の数字は該当の章を示す）（ヴォルテール『カンディード　他五篇』、植田祐次訳、岩波文庫、2005年、262ページより転載）

つは戦争です（図2-20）。彼は心ならずも兵士となって戦争に加わります。そこで彼が目にしたものは、戦争の巻き添えを食って略奪と殺戮の対象となった村でした。母親が死んでしまったことがわからずにすがりつく幼子、死にきれずに呻く村人……カンディードは、かつて師であったパングロスから教え込まれた最善説が揺らぎ始めるのを感じます。ご紹介する二つ目の不幸は、彼自身の不幸ではなく、他者の、つまり黒人奴隷の不幸です。この黒人奴隷との出会いによって、カンディードは今まで自分が知らなかった不幸を知るのです（図2-21）。黒人奴隷は自分の悲惨な境遇を語り、こう言います。「このような代償であなた方はヨーロッパで砂糖を召し上がっているんですよ。」

さて、物語の早い段階で初恋のキュネゴンドと離れ離れになったカンディードですが、キュネゴンドを忘れたどころか、常に再会を目指してがんばってきました。しかし、再会したかと思えばまた別れ別れとなるのを繰り返します。キュネゴンドも、苦難の連続なのです。やっと最後のあたりで二人は再会を果たすのですが、なんと、カンディードはせっかく出会えたキュネゴンドを見て、思わず後ずさりをします（図2-22）。なぜでしょう？ そう、長年の苦労の果てに、キュネゴンドはかつての美貌を失い、がっくり老け込んでいたのでした。しかし、カンディードは、一瞬しり込みしたものの、キュネゴンドと結婚します。めでたし、めでたし？ なのかは少し微妙ではありますが……さてここで、少々問題提起です。キュネゴンドががっくり老け込んだ「おばはん」になったのなら、同年代のカンディードもい「おっさん」になっていたかと思われますが、それにはまったく触れられていません。カンディード、もっと自分を振り返りなよ！ という気もします。それとも、キュネゴンドの老け込みが激しすぎたのでしょうか？

とはいえ、この微妙なめでたしめでたしが『カンディード』の結末なのではなく、「カンディードと

図 2–21　ジャン=ミシェル・モロー原画、ジャン=シャルル・バコワ版刻、1784 年版『カンディード』の挿絵（チューリヒ、スイス連邦工科大学チューリヒ校図書館）

図 2–19　ジャン=ミシェル・モロー原画、ジャン・ダンブラン版刻、1784 年版『カンディード』の挿絵（チューリヒ、スイス連邦工科大学チューリヒ校図書館）

図 2–22　ジャン=ミシェル・モロー原画、ジャン=ルイ・ドゥリニョン版刻、1784 年版『カンディード』の挿絵（チューリヒ、スイス連邦工科大学チューリヒ校図書館）

図 2–20　ジャン=ミシェル・モロー原画、ジャック・ジョゼフ・コワニー版刻、1801 年版『カンディード』の挿絵（出典：Wikimedia Commons）

その仲間たち」のその後が結末となっています。

導入として、まずは冒頭の第一章を翻訳してみます。この作品では、各章ごとに章内容をまとめた見出しが付いています。

第一章　どのようにカンディードが美しい城で育ったか、どのようにそこから追い出されたか

昔ウェストファリアの、テュンダー＝テン＝トロンク男爵の城に、生来最も穏やかな品行の一人の少年がいた。少年の顔つきからは感情がわかった。彼は十分正しい判断力、そして最も単純な精神の持ち主だった。私が思うに、こうした理由で、彼はカンディードと名付けられたのである。古くからの召使たちは、彼が男爵の妹と近隣の善良で正直な貴族との息子ではないかと疑っていたが、男爵の妹は、この貴族が貴族としての由緒正しさを七一までしか示せず、家系のその先は時の風化で失われてしまったというので、彼とは決して結婚したがらなかったのである[a]。

男爵殿はウェストファリアの最も権勢のある領主の一人であった、なぜなら男爵の城には門が一つと窓がいくつかあったからである。大広間にも、タピスリーが飾られていた。家畜小屋のすべての犬は、必要な際には猟犬の群れとなった。馬丁は猟犬係だった。村の助任司祭は彼の司祭長だった。みな男爵を閣下と呼び、男爵がふざけた話をすると彼らは笑ったのである[b]。

男爵夫人は、体重約三五〇リーヴル[c]で、それゆえ大いなる尊敬を招き、さらに家柄をいっそう尊敬すべきものとする重みをもって家の誉れとなっていた。娘のキュネゴンドは、齢一七歳、血色の良い、新鮮で、肉付きがよく、そそらせる娘だった[d]。男爵の息子は、あらゆる点において父親に似つかわしかった。パングロス師は城の預言者であり、カンディード少年は彼の年齢と性格とから本

気で師の教えを聞いていた。
パングロスは形而上的神学的宇宙論的暗愚学[e]を教えていた。彼は、原因のない結果はないこと、また、可能な最善世界において男爵閣下の城が城の中で最も美しいこと、そして男爵夫人が可能な最善男爵夫人であることを、見事に証明していた。
彼が言うには、「物事は別様にはありえないのは明らかだ。なぜなら、すべては一つの目的のためにあるゆえに、すべては必然的に最善の目的のためにあるからだ。鼻が眼鏡をかけるためにできていることに注目したまえ、それゆえわれわれは眼鏡をかけるのだ。脚は見るからに何かを穿かれるために設定されており、そしてわれわれはキュロットを穿いている。[f]石は切られるために、そしてそれで城を作るために形成された、ゆえに閣下は非常に美しい城を持っておられる。この地方一の偉大な男爵は最善の住まいでなければならないからな。そして、豚は食されるためにできておるから、われわれは年中豚を食べるのである。したがって、すべては善なりと述べた者たちは、愚かなことを言ったのだ。すべては最善なりと言うべきだったのだ。」[g]
カンディードは注意深く聞き、無邪気に信じていた。なぜなら彼はキュネゴンド嬢が並外れて美しいと思っていたからであった。彼女にそのように言う大胆さは持ち合わせていなかったけれども。カンディードは結論付けていた、テュンダー＝テン＝トロンク男爵に生まれる幸福の次の、第二位の幸福はキュネゴンド嬢であることだと。第三位の幸福は彼女に毎日会うこと、第四位の幸福は、この地方きっての、したがって地上で最も偉大な哲学者パングロス師の話を聞くこと。[h]
ある日、キュネゴンドは、城のそばを散歩していて、「庭園」と呼ばれている小さな林で、藪の中でパングロス博士が、彼女の母親の侍女であるとてもかわいいとても素直な小柄なブルネット娘に、実験物理学を教えているのを見た。キュネゴンド嬢は科学に大いに才があったので、息をこらして、彼女がその目撃者となった度重なる実験を観察した。彼女は明白に博士の充足理由、原因と結果を見、わくわくして、じっと物思いにふけり、女学者になる望みで胸をいっぱいにして城に戻った。自分が若いカンディードの充足理由になれるだろうし、カンディードも彼女の充足理由になると考えて[i]。

城に戻り、カンディードに出会った彼女は赤くなった。カンディードも赤くなった。彼女は彼に途切れ途切れの声であいさつし、カンディードは自分が何を言っているのかわからずに彼女に話しかけた。翌日の昼食後、みなが食卓を離れたときに、カンディードとキュネゴンドは屏風の後ろで出会った。キュネゴンドはハンカチを落とし、カンディードはそれを拾い、彼女は彼の手を無邪気に取り、若者は若い令嬢の手に無邪気に接吻した、機敏に、繊細に、特別な好意を込めて。彼らの唇が出会い、彼らの目が燃え上がり、膝が震え、手がさまよった。テュンダー＝テン＝トロンク男爵殿が屏風のそばを通りかかり、そして、この原因と結果を見て、尻を蹴り上げてカンディードを城から追い出した。キュネゴンドは気を失った。彼女が我に返るやいなや、男爵夫人に平手打ちされた。可能な限り最も美しく最も心地よい城では上を下への大騒ぎとなった。(Voltaire, *Candide ou l'optimisme*, dans *Romans et contes : en vers et en prose*, Librairie générale française, 1994, p. 206–208)

解説

a. ここでは、ドイツにおける貴族の由緒正しさのこだわり――フランスよりもこだわりが激しかった――が誇張されて茶化されています。

b. 挙げられている例が、まったく権勢ある領主らしくないものばかりです。城には門が一つと窓がいくつかって、全然豪華絢爛な城ではないですよね。田舎の小貴族の趣です。ヴォルテール流の、強烈な皮肉が一文一文に塗されています。

c. リーヴルは重さの単位。一リーヴル＝四八九・五グラム、したがっておよそ一七〇キロ。男爵夫人、なかなかの重みがありますね。

d. 男爵令嬢を形容する表現としては、なかなかに失礼な言いようです。

e. もちろんヴォルテールの造語。

f. 一八世紀の上流男性はキュロット（半ズボン）を穿いていました。革命期のサンキュロット（sans-culotte、半ズボンを穿いていない者）という呼称は、革命派の小ブルジョワを貴族が蔑称として呼んでいたものが、のちに革命派自身が自称するようになったものです。

g. ライプニッツの最善説のパロディですね。

h. カンディードが無邪気な井の中の蛙であることが示されています。

i. ここで言う実験物理学のレッスンが何なのか、みなさん想像してください。

第一章で、可能な最善世界における最も美しい城から蹴りだされたカンディードは、第二章で、世間知らずのゆえにブルガリアの兵士にされてしまいます。過酷な地獄の訓練に耐えきれず逃亡を図り、捕まってむち打ちの刑を受けるカンディード。ようやくその傷が癒えたころ、第三章で、彼は戦争の過酷さを知ることになります。第三章では、ブルガリア軍とアバール軍との戦争が取り上げられていますが、これは、それぞれプロシアとフランスを暗示しています。『カンディード』が執筆、出版されたのは、七年戦争（一七五六―六三）のさなかでした。また、プロシアの啓蒙専制君主フリードリヒ二世に招かれたヴォルテールが、一七五三年彼の不興を招いてプロシアを去る際、フランクフルトで逮捕され一か月にわたり監禁された恐怖と屈辱の記憶も、執筆時のヴォルテールにとってはまだ色あせていなかったことでしょう。

第三章　どのようにカンディードはブルガリア人たちから逃げ出したか、そしてどうなったか

この二つの軍隊[a]ほど美しく、優雅で、輝かしく、統制の取れているものはなかった。トランペット、ファイフ、オーボエ、太鼓、大砲が地獄には決してないようなハーモニー[b]を作り出していた。大砲はまず両陣営のおよそ六〇〇〇人をひっくり返した。次いでマスカット銃の一斉射撃によって、最善世界[c1]から地表を汚染する約九〇〇〇から一万人を削除した。銃剣もまた数千人の死の充足理由[c2]となった。全部で三万の魂に達したかもしれない。カンディードは、哲学者のように震え、この英雄的な殺戮の間できる限りうまく身を隠した。

とうとう、二人の王が両陣営でテデウムを歌わせている[d]間に、彼は原因と結果[c3]について熟慮しにどこかよそに行くことを決断した。彼は積み重なった死体や死にかけた人々を乗り越え、すぐに隣村に着いた。村は灰燼に帰していた。それはブルガリア人が国際法に則って[e]焼き払った、アバールの村だった。こちらでは撃たれて穴ぼこになった老人たちが、喉を切り裂かれて妻たちが死んでいくのを見ていたが、彼女たちの血まみれの乳房には子どもがぶらさがっていた。あちらでは幾人かの英雄の自然の欲求を満たした後で腹を裂かれた娘たちが最後の息を引き取っていた。半ば焼かれて、一思いに殺してくれと叫んでいる娘たちもいた。地面には脳みそが飛び散りそのかたわらには

切断された腕や足があった。
カンディードは最速で別の村に逃げ出した。その村はブルガリアに属しており、アバールの英雄たちは村を同様に取り扱っていたのだった。カンディードは、ぴくぴく動く手足の上や瓦礫を越えてあいかわらず歩いていたが、やっとのことで戦争の舞台の外側に到着した、振り分け袋に少々の食料を入れ、決してキュネゴンド嬢のことを忘れることなく。食料の蓄えはオランダに着いたときには足りなくなった。しかし、この国ではだれもが豊かであり、また人々はキリスト教徒であると彼は聞いていたので、彼がキュネゴンド嬢の美しい目のために追い出される前には男爵殿の城でそうであったように、みなが彼に良くしてくれることを疑わなかった。(*Ibid.*, p. 212-214)

解説

a. すでに触れたように、ここではブルガリア軍（プロシアを暗示）とアバール軍（フランスを暗示）との戦争が描かれます。

b. 「トランペット、ファイフ、オーボエ、太鼓、大砲」といずれも音を出すものとして列挙されています。それらの音の作り出す「ハーモニー」なわけですが、最後の「大砲」はもちろん音を出すためのものではなく、直後にあるように人を死に至らしめる道具です。人を死に至らしめる道具を「ハーモニー」の一つとして扱う表現には、戦争の残酷さへの皮肉が込められているように思います。

c1-3. 第一章でも出てきましたが、いずれもライプニッツの哲学用語です。もちろんヴォルテールは皮肉として用いています。

d. テデウムは戦勝の祝賀曲としても歌われます。二人の王が戦勝の祝賀曲を歌わせているとは、両陣営ともが「勝ったぞ」と言っていることになります。もちろんヴォルテールの皮肉です。

当時も戦争に際しての国際法があったということですが、今日ならば民間人には手を出さないとかでしょうが（昨今のニュースを見ていると必ずしもそうではありませんが）、村を焼き払うのは当時の国際法では可能だったということなのでしょう。

いかがだったでしょうか。取り上げませんでしたが、第二章ではむりやり兵士にされたカンディードのむごい訓練風景が描かれていました。そして第三章ではブルガリア軍に虐殺されたアバールの村（とアバール軍に虐殺されたブルガリアの村）が描かれます。描かれる出来事自体はむごく目をそむけたくなるようなものですが、ヴォルテールのどこか乾いた皮肉なユーモアが不思議な可笑しみを醸し出しているように思います。

さて、ブルガリア軍を脱走したカンディードは、再洗礼派のジャックに救われます。第三章末尾で、カンディードは汚らしい乞食に出会いますが、その乞食の正体は第四章冒頭で明らかになります。そこではキュネゴンドの消息もわかります。

ところで、『ペルシア人の手紙』や『カンディード』を読んでいく中で、みなさんは当時の書き手は政治的な圧力に常に配慮しながら書かざるを得なかったことに気づかれたことと思います。では、当時の出版物への圧力・制度とはどんなものだったのでしょう。ここで一八世紀の「出版統制」について少しお話ししたいと思います。

［一八世紀の出版統制］

一八世紀旧体制下のフランスでは、出版統制が存在しました。出版統制の機構としては、主に以下の三つです。王権の直属である出版統制局、司法のエキスパートである高等法院、聖職者会議、これらが三つ巴の状態となっていました。そして、出版の事前検閲を担っていたのは王直属の出版統制局でした。その検閲基準は反宗教・反王権・誹謗中傷・反良俗かどうかであり、それに照らして出版許可の諾否が決定されました（出版後の介入としては高等法院・聖職者会議ですが、裁判所の前で焚書などが行われました）。出版許可には認可・特認・黙許・黙認など、さまざまなレベルがありました。小説もまたこの検閲に引っかかることがありえました。一七三七年には大法官ダゲソーによる「小説禁止令」もあり、小説にとってまさに厳しい時代だったと言えます。ただし完全に小説がなくなったかというとそうではなく、いろいろ抜け道があった模様で、たとえば『ペルシア人の手紙』がそうであったように、オランダで印刷されてフランスに流入することなどは常套手段でした。そして、出版統制は一八世紀後半には徐々に空洞化していきます。[3]

一八世紀全体の出版統制のシステムを克明子細に述べるのは、私の能力と専門を凌駕しますので、不十分な点が多々あるかと思います。まずは専門家のふんどしで相撲をとらせていただきましょう。そして、出版の可否を判断する検閲を担った出版統制局に限定して説明します。

検閲がどのような流れで実施されていたかというと、出版をもくろむ業者は、印刷前の原稿を出版統制局に提出し、許可を求めます。出版統制局長は、原稿の専門性を鑑みて、適切な検閲人にその原稿の検閲を依頼します。興味深いことに、この検閲人は官吏（つまり公務員）ではなく、民間人だということです。つまり出版統制局は検閲の現場を民間委託していたことになります。原稿を検閲した検閲人は、どのレベルの許可（あるいは不許可）がふさわしいか意見を付して報告書を出版統制局に提出します。

先ほども言ったように、出版認可には、さまざまなレベルがありました。以下、列挙し簡単に概要を記します。[4]

［認可／特認］　出版を許可する場合は「認可」を与えます。さらに、原稿提出者は、「特認」を求めることができます。特認は、一定期間その出版物の独占的な印刷と販売を許可するものです（現代の版権のようなもの）。

［黙許］　黙許には、大法官の印璽が与えられず、検閲人の承認書も印刷されません。ですが黙許も認可の一形態です。

［黙認：地下認可／みのがし］　ひそかに出版販売されるなら、警察が自ら摘発することはないと口頭で約束するものです。

今日の感覚・常識からすると、何なんだこのいい加減さは？　と思いたくなることでしょう。出版の可否やレベルは、いかようにも判断できそうですし、緩くも厳格にも、検閲人や統制局の匙加減次第、検閲人の選定・決定は統制局長ですから、結局その時期の統制局長によってかなり情勢が変化したようです。そして一八世紀後半から革命前夜にかけて、出版統制は空洞化していくわけです。

それでもやはりこうしたシステムが機能している以上、とりわけ一八世紀半ばまでは、ものを書く人々は、その書き方、出版の形態等に配慮せざるを得ませんでした。すでに述べたように、フランスでの出版をあきらめ（つまり出版統制局に許可を求めずに）、オランダなどの外国で印刷することも大いにあったし、またそれゆえに海賊版が横行することにもなりました。発禁書が名を高め、非合法で印刷されて貴重書として流通するということもありえたわけです。

さて、『カンディード』第三章後半、オランダの人々の豊かさと慈悲心に期待したカンディードですが、あっけなく期待は裏切られます。カンディードは信奉していた最善説が悲惨な戦争体験で揺らぎ始めていたのですが、再洗礼派のジャックに窮地を救われ、またもや信奉します。第三章末尾でカンディードが出会ったみじめな風体の物乞いの正体とは、だれなのでしょうか。それが第四章で明らかになります。

ところで、一八世紀の出版統制について学生から寄せられた感想の中に『図書館戦争』（有川浩、角川書店、二〇〇六−〇七）について触れられたものがありました。映画化もされた小説ですが、残念ながら、小説も映画も私は未見です。かなり話題にはなっていたので、いつか読むか見るかしたいなと思っていました。一八世紀のフランスや『図書館戦争』の世界とは異なり、幸いなことに、現代日本では表現の自由が保障されています。したがって自分の気に入らない表現や主張も常に存在しうる社会でもあります。とはいえ、何を言っても書いてもよいかというと、やはり誹謗中傷の類は規制されてしかるべきでしょうが、線引きの難しい事柄ですね。強力な権力機構が線引きを担う方が、何も考えなくて済んでらくちんなのかもしれませんが、どんなに面倒でも、社会全体で合意を作っていくシステムを維持していきたいと私は思います。

では、『カンディード』に戻りましょう。

第四章

どのようにカンディードはかつての哲学の師、パングロス博士に出会ったか、そしてその結果何が起こったか

カンディードは恐怖よりも同情にゆり動かされ、このぞっとするような物乞いに、誠実な再洗礼派ジャックから受け取った二フローリン[a]を与えた。幽霊は彼をじっと見て、涙を流し、首に飛びついた。カンディードは恐れをなして、後ずさりする。哀れな者[b]がもう一人の哀れな者[c]に言った。

「ああ！　あなたは親愛なるパングロスをもうわからないのかね？」

「何ですって？　あなたが、親愛なる師よ、あなたが、こんな恐ろしいありさまに！　それではどんな不幸があなたに起こったのでしょう？　なぜあなたはもはや最も美しい城にいらっしゃらないのですか？　珠玉の娘、自然の傑作であるキュネゴンド嬢はどうなったのですか？」

「もう精魂つきた」そうパングロスは言った。すぐにカンディードはパングロスを再洗礼派の家畜小屋に連れていき、そこでパンを少し食べさせた。それでパングロスが回復したので、カンディードは言った。

「それで、キュネゴンドは？」

「彼女は死んだ。」そうパングロスは言った。

この言葉にカンディードは気を失った。カンディードは友のおかげで、たまたま家畜小屋にあった悪くなった酢少々で気を取り戻した。[d]カンディードは目を開ける。

「キュネゴンドが死んだ！　ああ、最善世界よ、あなたはどこにあるのか？　いったいどんな病気で彼女は死んだのですか？　父君に足蹴りされて私が美しい城から追い出されるのを見たせいではないでしょうね？」

パングロスは言った、「ちがうよ、彼女はブルガリア兵に腹を裂かれたんだ、可能な限り強姦された後でね。ブルガリア兵たちは男爵殿の頭を割った、彼は娘を守ろうとしたんだよ。男爵夫人はばらばらにされた。私のかわいそうな弟子[e]は、まさに妹と同じ目にあった。城に関しては、石一つ、根こそぎ残っていない、納屋一つも、羊一頭も、鴨一羽、木一本も。だがわれわれの恨みは晴らされたよ、というのはアバール人がブルガリアの領主の隣接する男爵領で同様のことをしたからね。」

(*Ibid.*, p. 215–216)

解説

a. 当時のオランダの通貨。

b・**c**. **b**はパングロス、**c**はカンディードを指します。

d. 当時は失神した人に気付け薬として、酢や塩が用いられました。匂いで目覚めさせるわけです。

e. キュネゴンドの兄、男爵の跡取り息子。

いかがでしたか？　キュネゴンド、死んじゃったのか、前に聞いた話と違うなあと思われた方もいらっしゃるかもしれません。ご心配なく。キュネゴンドは不死身です。この続きはどうぞ各自でご確認ください。複数の翻訳が出版されています。

[註]

1. 俵万智『サラダ記念日』、河出書房新社、一九八七年、五〇頁。

2. 俵万智『よつ葉のエッセイ』、河出文庫、一九九二年、三三頁。

3. Cf. Georges May, *Le Dilemme du roman au XVIII*^{e} *siècle*, PUF, 1963. Françoise Weil, *L'Interdiction du roman et la librairie 1728-1750*, Aux amateurs de livres, 1986.

4. Cf. 木崎喜代治『マルゼルブ――フランス一八世紀の一貴族の肖像』、岩波書店、一九八六年。

第三章　小説の勃興と小説バッシング

1.　読者層の拡大と小説の位置付け

一八世紀は、小説が勃興した時代と言われています。なぜ小説が勃興したのか？　から始めましょう。

第一に書物を読む基礎能力が上がった。つまり識字率が上がったということですね。これは一章でも述べたので少しくどいかもしれませんが、あらためて書きます。シャルティエの『私生活の歴史』によれば、一七世紀末のフランスで婚姻の署名ができた者は、男性の二九％、女性は一四％でしたが、百年後の一八世紀末には、それぞれ四八％と二七％となります。婚姻の署名率が識字率だなんて言えるのかという疑問は当然生じますが、それ以外今のところ識字率を測ることのできるものはないので、歴史学者はこれをもとに論じているんですね。この婚姻の際の署名率をカッコつきの識字率としているということです。そうすると、一八世紀において、女性の識字率は常に男性のそれのほぼ二分の一であり、女性は一七世紀末から一八世紀末の間に、識字率が倍増したことになります。もちろん現代の識字率とは比較になりませんが、読者層が拡大されるにあたっての土台となるべき能力が準備されつつあったと言えるでしょう。

読者層拡大の条件としては、次に、書物を読むための時間と金銭のある人々が拡大されねばなりませんが、印刷の普及により、啓蒙思想の作家の著書も「一七七〇年代までには中産階級と、職人や商店主の上層部の購買力に収まるようになって」[1]いました。廉価な小説本であれば、さらに購買層は拡大します。ラインハルト・ヴィットマンは、イギリス・ドイツ・フランスにおいて、従来の仕事、研究のための読書、すなわち聖職者、官職者、知識人等による宗教書、法律書、学術書の読書から、快楽としてのあるいは娯楽としての読書に移行していったと述べています。[2]

さらに、一八世紀半ばのパリでは、遺産目録から判断される書物の保有率は、聖職者が六二%、宮廷貴族が五三%、商人が一五%、親方職人一二%、平職人一〇%、家僕が一九%と階層差があります。[3]なお、今みなさんの脳内には、書物の保有率という言葉を聞いた瞬間に、本棚およびそこに並ぶ多数の書物が浮かんだと思いますが、ここで言う書物の保有率とは、一冊でも本を所有している者の割合です。ですが、書物を購入所有する経済力がない層にとって、書物の接近を容易にする読書クラブ、貸本屋、私設図書館的な施設が、一八世紀後半に興隆したことも大きな影響を与えたようです。このような施設が、当時の読書人口の底上げに大きな役割を果したと考えられています。[4]

しかしながら、一方で、小説すなわち散文の文学ジャンルとしての地位は低いものでした。今は文学というと、まずまっさきに小説が浮かびますが、当時は小説の地位は低いものだったんですね。つまり、地位が低いものが娯楽として流行ってくる。そうすると、それがバッシングされる、ということです。これは現代の私たちも経験していることです。たとえば、映画もかつてくだらないものと見なされていました。また、テレビも、一九五〇年代の日本では、テレビによる一億総白痴化なんていうことが言われました。漫画も、一九五〇年代、悪書追放としてたたかれました。ビデオもそうです。次はみなさんも知っていると思いますが、ゲーム、今はスマホでしょうか。新しい技術が生まれ、それが流行るとそこに有害性が見出されるというのは、文化史、社会史的には「あるある」なわけです。小説のどこが新しいテクノロジーなのかと思われるかもしれませんが、活版印刷の発明と印刷技術の普及の中で書物の普及が生じたという文脈で小説が相対的に安価な娯楽になったわけですね。その中で、「小説は有害だ」が時代の共通認識になってゆくわけです（蛇足ですが、私はゲームやテレビやスマホが無条件ですばらしいと言っているわけではありません）。

2. 小説有害論と女性

では、どんな小説有害論が出ていたのかというのを検討したいと思います。先取り的に言うと、特に若い女性にとって有害と言われていました。なぜ？　とみなさんは思われるでしょう。なぜなのか、考えてみましょう。

ここで取り上げるのは、主に「女子教育論」「啓蒙的医学書」「絵画」です。それぞれどんな風に小説の有害性が言われているのか、見てみましょう。

それでは、まず「女子教育論」を検討しましょう。フェヌロン Fénelon、ランベール夫人、ルソー、ラクロの著作を取り上げます。一人目のフェヌロン（図3-1）はルイ十四世の孫の教育係も務めた聖職者です。一七世紀末に書かれた彼の『女子教育論』（一六八七）は、性別役割を基調としていますが、その後の一八世紀の女子教育論の流れを作ったものと言えます。その根幹をなす主張は、①女子教育は必

図 3-1　ジョゼフ・ヴィヴィアン『カンブレー大司教フェヌロン』
（18 世紀、ミュンヘン、アルテ・ピナコテーク）

要、②ただし家庭内役割のためとなっており、したがって哲学や科学は女子教育には不要としています。

彼はこの書物において、小説の読書について次のように述べます。

> しっかりと教育されまじめな事柄に専念している女性たちは通常ほどほどの好奇心しか持っていません。（……）反対に、教育が行き届かず不勉強な娘たちは、常に落ち着かない想像力を持っているのです。堅固な糧がないため、教育が行き届かず不勉強な娘たちの想像力は空虚で危険な対象に熱心に向かいます。才気のある娘たちは、しばしば才女ぶって、虚栄心を養うかもしれぬあらゆる書物を読むのです。彼女たちは、小説、演劇、空想的冒険物語といった、世俗的愛が混じったものに熱中します。（傍線は引用者による、以下同）（Fénelon, *De l'éducation des filles*, dans *Œuvres*, t. I, « Bibliothèque de la Pléiade », Gallimard, 1983, p. 94–95）

フェヌロンは、「好奇心」と「想像力」とは近接した概念であり、それは容易に「才気」と結びつき、小説を読むという危険な行為へと向かわせることになると、警鐘を鳴らすわけですね。小説の読書は虚栄心を養い、世俗的愛に接近させるという点で危険だと言うのです。どうでしょう、みなさん。ホントだ！　と思いますか、それともそんなわけないよと思いますか？

次に、フェヌロンに大きな影響を受けた、ランベール夫人（**図3-2**）の女子教育論『娘に与える母の意見』（一七二八）を検討します。ランベール夫人は一八世紀前半の代表的な文芸サロンの主催者として名高い人物です。自身も『息子に与える母の意見』（一七二六）、『老年論』（一七三二）ほかのエッセーを執筆しました。ただし、本人に出版の意図はなく、彼女の著作は著者本人の同意なく出版されたものであることは、第二章で触れた通りです。

注目に値するのは、フェヌロンが女性にとって不要とした哲学の学習を、彼女が控えめながら推奨していることです。ランベール夫人は「もしその能力があるならば」と条件を付けてはいますが、若い女性が哲学を学ぶ意義を、女性自身の精神を鍛え明晰化するものと考え、女性への哲学教育を実質的には推奨していると言えるでしょう。では、そのランベール夫人は小説の読書について何と言っているでしょうか。

図3-2　ニコラ・ド・ラルジリエール『ランベール侯爵夫人の肖像』
（1710年ごろ、パリ、カルナヴァレ美術館）

小説の読書はもっと危険です。私は小説の読書からすばらしい効用を引き出してもらいたくなどありません。小説は精神に虚偽を持ち込みます。小説は、決して真実から採られず、想像力をかきたて、慎みを弱め、心に無秩序を持ち込みます。(Madame de Lambert,

Avis d'une mère à sa fille, dans *Œuvres*, Librairie Honoré Champion, 1990, p. 112)

やっぱり小説はアウト！　ということなんですね。彼女の、若い女性による小説の読書への考えはフェヌロンと同様であり、この時代の伝統的観念の枠組みに留まっています。「若い女性が小説を読むこと」への危険視は、この時代の多くの人々に共有されるものであったことがうかがわれます。

次に、一八世紀後半の女子教育論として、ルソーとラクロを取り上げます。ルソーの小説形式の教育論『エミール』（一七六二）の第五編のほとんどすべては、エミールの伴侶となるべき女性ソフィの教育について述べるという形で、女子教育論に充てられています。ソフィ（女性）は、何よりもまずエミール（男性）の配偶者として想定され、あたかも神がアダムにイヴを与えるように、家庭教師によってエミールに与えられます。したがって、彼女が受ける教育は、男性のよき伴侶となるための教育です。

> ソフィは彼女の夫の、先生ではなく、弟子になるだろう。自分の趣味に夫をむりやり従わせようとするどころか、夫の趣味に合わせるだろう。彼女は女学者である場合より夫にとって値打ちがあるだろう。夫は彼女にすべてを教えるという喜びを持つことになるだろうから。（Jean-Jacques Rousseau, *Émile*, dans *Œuvres complètes*, t. IV, « Bibliothèque de la Pléiade », Gallimard, 1969, p. 769-770)

ルソーは結婚する男女の文化的平等、すなわち、妻には夫につりあう教育が必要だとしてはいますが、それは夫＝教師と妻＝生徒という固定的な役割のもとの「文化的平等」であって、その逆はありえず、ときには役割が交換可能な「文化的平等」ではありません。ソフィはエミールの教師にはなりえないのです。したがって、「女学者」という言葉は、否定的な女性の性質を示す言葉として用いられています。

したがって教育のある男が教育のない女を妻とすることも、ゆえに教育を受けられないような階級の女を妻とすることも、適当ではない。しかし、私は、単純な、粗雑に育てられた娘の方が、女学者で才気走っており、私の家に文学論議をしにやってきて、議論を仕切ってしまうような娘よりは、百倍ましだと思う。（……）外では、そういう女は常に滑稽であり、きわめて正当な裁きを受けている、（……）。（*Ibid.*, p. 768）

ルソー的観点からすると、今本書を読んでいる女性は全員アウトになりそうです。このように、「女学者」「才女」「滑稽」はネガティヴワードとして機能しています。

図 3–3　アレクサンドル・クシャルスキ『ラクロの肖像』
（1760–90 年、アミアン、ベルニー美術館）

じゃあもう一八世紀にはみんな小説はだめだと言ってるのかと言うと、そうではないことを言っている人も存在するという例を次に挙げましょう。

ラクロ（**図 3–3**）の教育論を見てみましょう。軍人でもあったラクロは、小説『危険な関係』（一七八二）で有名ですが、今日では、フェミニスト的な『女子教育論』（執筆一七八三―）でも知られています。ラクロの『女子教育論』は三篇のエッセーで構成され、第一エッセーは一七八三年、第二エッセーはそれからほどなく、第三エッセーはフランス革命以後（一七九五年から一八〇二年の間）の執筆とされています。この三つのエッセーはラクロの生前は出版されることはなく、いずれも二〇世紀に入っての初版です。第一エッセーは、一七八三年、『危険な関係』刊行の数か月後に、シャロン＝シュール＝マルヌのアカデミーの論題「女子教育を改善する最良の方法はなにか」に応じて書かれたものです。ラクロはこの論題に次のように答えます。

私に課された第一の務めは、口当たりの良い誤りを辛い真実に置き換えることである。すなわち、あえて言おう、女子教育を改善する方法は何一つない、と。(Laclos, *Œuvres complètes*, « Bibliothèque de la Pléiade », Gallimard, 1979, p. 389)

ラクロは、「大改革」(*Ibid.*, p. 391) が起こるまでは、女性への教育は、かえってその女性を不幸にするだけだと言います。隷属状態にある女性たちが、なまじ教育を受けると、そこから抜け出そうと試みて、かえって危険な目にあうのだと。第二エッセーでも、この逆説的でペシミスティックな考え方に変化はなく、ルソーの『人間不平等起源論』（一七五五）を下敷きとして、自然状態と社会状態を対比し、社会状態の女性は隷属状態にあるとしています。

どこであれ既知の世界を見て回るといい、至るところで男性が強く暴君的であり、女性が弱く隷属状態にあるのを見出すことになるだろう。(*Ibid.*, p. 419)

なんだか本書の男性読者がいたたまれなくなるかもしれないですね。これはあくまで一八世紀に書かれたものなので、どうかその点を忘れないでください。さて、このように、第一・第二エッセーは、女子教育論というよりも女性の状況論となっています。具体的に女子教育について述べられるのは、一〇年を隔てた第三エッセーにおいてであり、そこでは読書の効用が明確に語られます。

読書は実際には教育の不十分さを補完する第二の教育である。(……)個人的な経験はしばしば高い代償を伴い、そしてつねに手遅れなのだ。したがって、ほかの者たちの経験を利用するのが有益である。書物の中にこそ、それは見出されるのだ。(*Ibid.*, p. 434)

さらには、従来危険視されてきた小説の読書にも、その危険性に触れつつも、有用性を指摘します。

このような歴史の不十分さを補うのは小説であり、このような視点でこそ小説は大きな有用性を持ちうるのである。(……)もしかすると、その見解を導くものがなければ、若い女性が危険なくして読書できるような著作はないかもしれない。(*Ibid.*, p. 440)

しかしラクロの力点は小説の危険性よりむしろ有用性にあることが、次の箇所で明確になります。

こうしたジャンルにおいて、ほとんどすべては巧みな導き手もしくは読書する人の精神次第である。(*Ibid.*, p. 440)

ラクロは、良い導き手が存在するかもしくは本人が理性的でありさえすれば、小説や演劇全体を禁止する必要はないと説きます。ラクロの独自性は、ある作品に有用性もしくは有害性を見出す契機として、作品それ自体ではなく読者の主体性に重きを置いた点にあると言えるでしょう。小説それ自体には、有用性も有害性もあるけれども、読書から有用性を引き出すかどうかは、導き手と読者次第だというのがラクロの立場と言えます。

次に、医学的言説における小説の読書を検討します。医学書で小説の読書が取り上げられるなんて奇妙だなと思われるかもしれませんが、たとえば現代のゲームやスマホ依存について医者が書いた本をイメージしていただければ、一八世紀はそれが「小説」だったということで理解可能ではないでしょうか。

一八世紀には、医師による反オナニスムキャンペーンとでも形容すべき一般向け啓蒙書が多数出版されました。その流れを作ったのはティソ、そして女性患者を取り上げたのがビヤンヴィル、ボーシェーヌです。とりわけティソはその後一〇〇年以上にわたる自慰有害論の流れを作ったと言えるでしょう。

キリスト教においては、生殖を目的としない性的行動は罪とされることから、自慰は一八世紀までは宗教上の罪でした（「オナニスム」という語は、聖書の「オナンの罪」に由来します。この「オナンの罪」は自慰もしくは中絶性交とされています）。ですが、それはよくある罪であり、性的逸脱行動として糾弾する罪としては優先順位の高いものではなかったんですね。また、身体に害を及ぼすと医学の側から言われることもありませんでした。流れが変わる発端はイギリスの小冊子『オナニア』（一七一五）、自慰は心身に重大な影響を与えることを大げさに書き記し、結末部分で治療薬を宣伝するものでした。したがって今日の表現で言えばマーケティングのような冊子でした。そこにティソが登場します。ティソ（一七二八―九七）はスイスの医師、モンペリエ大学で医学を修め、『オナニスム』（フランス語版は一七六〇年、その二年前にラテン語版）のほか、複数の医学書（多くは一般向けの啓発的な書物）を出版します。『オナニスム』によってフランス（及びヨーロッパ）の一九世紀後半――医学以外の場に限定すれば二〇世紀半ばまで――にまで至る反オナニスム運動の流れを作りました。「病」として認識されるようになったわけです。一九世紀半ばには反オナニスムの医学的な根拠は崩れましたが、教育界あるいは世俗的には二〇世紀半ばまで反オナニスムの気風は残り、青少年に多大な影響を与えました。

ティソが『オナニスム』に書き記した恐怖の症例は同時代に広く共有されることになります。少し紹介しましょう。

> 私が見出したのは、生者というよりは、痩せて、青白く、汚い、藁に横たわる死体であった。胸の悪くなるような臭いを放ち、ほぼ動けない。彼はしばしば色の薄い水っぽい血を鼻から流し、絶えず口からよだれを垂らしていた。下痢のため、彼は寝床に自分ではそうと気づかぬまま、糞便を垂れ流していた。（Samuel-Auguste Tissot, *L'Onanisme*, Garnier Frères, 1905, p. 28）

鬼気迫る描写ですね。ここでティソは、医学的言説における客観的叙述というよりは、恐怖を煽る小説的表現をむしろ意識的に使用しています。「胸の悪くなるような臭いを放ち」「色の薄い水っぽい血」「よだれ」「下痢」「糞便を垂れ流し」と、体液・体内の物質を外に出すようになった「死体」は、精液の浪費がもとになっているのだと、この情景を見ている読者に示しているのです。精液とほかの体液がオーバーラップし、グロテスクな恐怖を演出していると言えるでしょう。しかしティソは人々を救済するための啓蒙書としてまじめにこの書物を書いています。そして、ティソのオナニスム有害論はヴォルテールの『哲学辞典』（初版一七六四、当該部分を含む版は一七七四）においても踏襲されることになり、一八世紀後半の共通認識となっていきます。

次に、ビヤンヴィルの『ニンフォマニア』（一七七一）を検討します。ビヤンヴィルはオランダの臨床医師で、同書を含め数冊の書物を出版しています。一八八六年版の序文では、『ニンフォマニア』はフランス語版が二つ、英語版一つ、及びドイツ語版二つが出版され、同書によってビヤンヴィルは名誉を得たが、今日（つまり一九世紀末の段階）では忘却されていると述べられています。ビヤンヴィルの書物がティソの影響下で執筆されたのは、『ニンフォマニア』序文でティソに賛辞を捧げていることからも明らかです。この書物は対象を女性に特化し、小説の読書がクローズアップされています。

小説の読書、官能的な絵画、卑猥な歌、魅力的な男性の言葉や優しいしぐさによって、少し前にはずっと制御すると誓っていたような衝動をすぐに表に出してしまうのである。(J. D. T. de Bienville, *La Nymphomanie ou traité de la fureur utérine*, Office de librairie, 1886, p. 61–62)

ここでは、「小説の読書」は「官能的な絵画」「卑猥な歌」「魅力的な男性の言葉や優しいしぐさ」と同列に扱われています。また「少し前にはずっと制御すると誓っていたような衝動」とは、文脈から自慰を意味していると判断できます。では、自慰へと誘うような小説とはどのようなものでしょうか。ご紹介するのは、同じく『ニンフォマニア』の一節で、一六歳の貴族の令嬢リュシルが、修道院にいたころの下僕ジャノーへの秘めた恋心をきっかけにニンフォマニアに罹患する様子が述べられています。

（……）敬虔でためになる本を読めばふさぎ込むことになるので、彼女は『成り上がり百姓』やこうした類の小説以外もう読まないが、このような小説が彼女の血管の中に毒と陰鬱な炎を育てて彼女を憔悴させ、彼女の精神には危険で狂った希望を育んでその炎を抜き難いものにするのである。（*Ibid*., p. 78–79）

例として挙げられている『成り上がり百姓』（一七三四―三五）は一八世紀の作家・劇作家のマリヴォーの手になるもので、若さと美を武器に成り上がっていく農民出身の若者を描く小説ですが、決して「毒と陰鬱な炎を育てて」というビヤンヴィルの記述から連想されるようないかがわしい小説ではありません。ただ、主人公の名はジャコブで、リュシルが思いを寄せる下僕の名はジャノーですので、そこに連想が働いているのかもしれません。

ほかにも小説の読書によって若い女性がオナニスムへと導かれることが強調される箇所があります。自慰のきっかけの一つとして、小説の読書が繰り返し取り上げられているところが、ティソの『オナニスム』と異なる部分と言えます。

では、とりわけ女性にとって小説がオナニスムへと導く契機だと強調されていることは、医学書においてどのように根拠を与えられているのでしょうか。

その返答はピエール・ルーセルの『女性の身体と精神の組織』（一七七五）とボーシェーヌの『女性の神経病における精神疾患の影響について』（一七八三）に見出すことができるように思います。歴史学者ドミニク・ゴディノーは著書『近代フランスにおける女性』（二〇一五）でルーセルの思考の枠組みを「女性は男性のようにその理性によってではなくその性によって定義される」と指摘しています。というのは、『女性の身体と精神の組織』冒頭で、ルーセルは次のように女性を定義するからです。

（……）その結果女性はただ一か所が女性なのではなく、検討しうるあらゆる面についてもまた女性なのである。（Pierre Roussel, *Système physique et moral de la femme*, chez Vincent, 1795, p. 2）

自然は人類に両性による生殖を決定します。しかし性差は生殖器官のみに留まらず、身体すべてに性差が表れることとなります。このようにルーセルは主張するのです。しかしなぜ女性だけが強調されるのでしょう。男性もまたただ一か所が男性なのではなく、身体のすべてが男性だとは結論付けることにはならないのでしょうか。性差が生殖器官だけではなく身体と精神の全面に現れると自然決定論的に結論されるのは、女性に対してです。これは「標準」が男性であることと、女性の他者性を強調し、女性の存在すべてが性的存在となっていることを、自明のものとする思考の枠組みの中での記述となっているように思います。

ルーセルは、小説の害について男性女性にかかわりなく触れてはいますが、「自然」の要請で決定された身体的差異とモラルとを結び付け、小説の読書は男性にとってよりも女性にとってより危険だと述べます。

小説の読書は女性にとってより危険である、なぜならそれは女性に男性を誇張した姿形で示すので、女性を、避けがたい嫌悪や、理性的には満たそうと望むべきではない空虚へと向かわせることになるからである。（*Ibid.*, p. 42）

つまり、小説における男性像は、実際よりも嫌な、もしくは逆に理想化された存在として描き出されるので、小説を読む女性に嫌悪を抱かせたり、あるいは実現不可能なすばらしい男性を追い求めさせることになったりするのだと述べられています。二一世紀の今日でも、二次元オタクと呼ばれる人の中には（男女を問わずですが）そのような傾向の人もいるのかもしれません。

このように、女性にとって小説の読書は害をなすと述べられる一方で、ボーシェーヌの著書『女性の神経病における精神疾患の影響について』からは、女性と小説の読書が強固に関連付けられていると読み取ることができます。彼は、女性は小説しか読まないと述べているのです。この書物は女性の神経症を取り扱っており、ティソやビヤンヴィルのように自慰に特化したものではありません。しかしやはり小説の読書が女性の病に大きな影響を与えることが繰り返し強調されていることが次の部分に見て取れます。

> 女性たちの読書とは小説である。そしてその中でも情熱が最も高揚した小説が彼女たちのお気に入りなのだ。（……）彼女たちは今や本当らしい事柄を欲しているのだが、女性たちの感情が完全に動揺し混乱するほどの驚嘆すべき感情も欲している。（E.-P. Chauvot de Beauchêne, *De l'influence des affections de l'âme dans les maladies nerveuses des femmes*, Méquignon l'Aîné, 1783, p. 37–38）

ここでは、女性の読書とはまず小説の読書であり、感情を動揺させられることが女性の好みなのだと断言されています。さらに、次の部分では女性の気鬱症について述べる中で、小説の読書が大いに影響していると述べています。

女性たちに残されている時間とは、楽しみごとの合間を縫う時間である。彼女たちはそれをときに読書に費やす。だが女性たちはどんな読書を選ぶのか？　常に、自分たちの想像力に火を点け、女性たちの感覚の中に、自分をむさぼり焼き尽くす火を持ち込む読書なのである。（*Ibid*., p. 216）

やはり読書は、「自分たちの想像力に火を点け」、「自分をむさぼり焼き尽くす火」となる、性的逸脱行動を誘発するものと暗示されています。しかもそのような自分たちに害をなす読書を、女性たち自身が選んでいると述べられています。

また、医学書ではありませんが、ドミニコ会の聖職者であるラリマンの著書『自殺の防止方法』（一七七九）からは、小説を読むことが自殺の契機ともなりうることが示唆されています。もう小説どれだけ有害なんでしょうね。

（……）親は子どもの手から、そのような有害な本を取り上げることです、そこで描かれる出来事は不吉かつ奇妙なものなのですから。『クリーヴランド』を読んだことで、不吉な考えでいっぱいになった子どもたちもいて、正気に戻すのに数日かかったほどです。（Le. P. Laliman, *Moyens propres à garantir les hommes du suicide*, B. Morin, 1779, p. 55）

『クリーヴランド』は、プレヴォーの回想体小説（一七三一―三九）。清教徒革命の立役者であるクロムウェルの私生児クリーヴランド（架空の人物）を主人公とし、彼の波乱万丈の人生を父からの迫害、女性との恋愛、新大陸での冒険とともに描いたものです。私はこれを読んでいないので、不吉な考えでいっぱいになるかどうかはコメントできません。ちなみに、この小説のタイトルページにはクリーヴランド自身が書き、ルノンクールによって翻訳されたと記されています。クリーヴランドはイギリス人ですから英語からフランス語に翻訳したと言うのです。で、この翻訳者ルノンクールはプレヴォーの小説『ある隠棲した貴人の回想と冒険』の語り手＝主人公であり、小説『マノン・レスコー』の語り手デ・グリューの話の聞き手かつ聞いた話を書いた人物とされています。もちろんマノンもデ・グリューもルノンクールもクリーヴランドも、すべて作家プレヴォーが創作した人物です。ですから、ルノンクールが翻訳したんじゃなくて、プレヴォーが書いてるわけですね。

話を戻しまして、自殺はもちろんカトリックの教義を侵犯するものですが、ジョン・マクマナーズの『死と啓蒙』（一九八二）によれば、一七六〇年代末に、自殺の波がイギリスからフランスに押し寄せ、一七七〇年代に自殺が流行しました。一七七九年、ラリマンは『自殺の防止方法』を著します。ラリマンによれば、恋愛・博打・危険な書物、つまり小説のことですが、それらが自殺の契機とされています。

以上のことから、一八世紀の女子教育論と啓蒙的医学書等においては、小説の読書を巡って次のようなパラダイムが成立していたことがうかがえます。

読書は危険、とりわけ小説の読書は危険。ときには自慰と同じ扱いであり、自殺の契機ともなりうる。女性の知性には構造的な欠陥があり想像力に溺れやすい。ゆえに小説の危険性に対してとりわけ脆弱。要するに、女子どもは小説の危険性から遠ざけなければならないというわけです。

3. 絵画における書物

次に、一八世紀の絵画における男性と書物、および女性と書物を見てみましょう。イメージの世界において書物や小説がどのように受け止められていたか、ということです。また、小説の読書の危険性、その危険性に対する男女の性差、こうした事柄を念頭に置いて見てみましょう。

まず、このような問いを立ててみました。「一八世紀のフランスにおいて、絵画という視覚芸術において、読書行為に性差はあるのか？」

では、まずは男性と書物が描かれた絵画をいくつか見ていきます。若いときのヴォルテールの肖像画（図2-3）、重農主義の経済学者であるミラボー侯爵の肖像画（図3-4）、ナポレオンに仕え、のちにスイス大使となった政治家のタレイラン伯爵の肖像画（図3-5）をご覧ください。これら三つの肖像画は、まさに伝統的な男性の肖像画において書物は知的社会的権力の印となっていると言えるでしょう。では、こちらの『牢獄のジャン=アントワーヌ・ルーシェ』（図3-6／近年までこの絵画はカミーユ・デムーランを描いたものとされてきました）はどうでしょうか。ルーシェ Jean-Antoine Roucher は、詩人でありかつアダム・スミスの『国富論』をフランス語訳したことでも知られています。恐怖政治のさなか、ロベスピエールを批判したことで投獄され、処刑されました。牢獄の中で、彼の手にある一冊の書物と、彼の視線の先にある妻（あるいは娘）の肖像画だけが彼の孤独な思索を支えているようです。なお、この絵を描いた画家ユベール・ロベールもまたルーシェと同時期に牢獄にいました（彼は処刑を免れ、ロベス

図 3-4　アヴェド『ミラボー侯爵の肖像』（1734 年、パリ、ルーヴル美術館）

図 3-5　グルーズ『オーギュスト=ルイ・ド・タレイランとされる肖像』（1792 年、サン=トメール、サンドラン美術館　©8Kstories Kévin Bogaert, Musées de Saint-Omer）

図 3-6　ユベール・ロベール『牢獄のジャン=アントワーヌ・ルーシェ』（1797 年ごろ、ハートフォード、ワズワース・アテネウム美術館）

ピエールの失脚後、釈放されます。また、古代遺跡から着想を得た多くの絵画によって、今日では「廃墟の画家」として知られています）。以上のように、一八世紀の絵画が男性と書物を描くとき、書物は男性の知的位階、思索的側面の表象となっていると言えるでしょう。[5]

では、次に女性と書物を描いた絵画を見てみましょう。図3-7はフラゴナールの『読書する若い女性』です。人物は書物に集中し、静謐な雰囲気が漂っています。では、こちらの再婚した新妻マルグリットを描いたとされる、シャルダンの『私生活の楽しみ』（図3-8）はどうでしょうか。男性と書物を描いたものは、公的なイメージがあったわけですが、こちらは私生活、そして知的・思索的ではなく、「楽しみ」の読書だとタイトルに示されています。さらに、ボドゥワンの作『読書』（図3-9）と『正午』（図3-10）ですが、前者では、私室で一人読書の後、胸も露わに、書物を置いて、夢見るようなまなざしであり、彼女の読書が官能を刺激するものであることが、暗示されています。絵画の鑑賞者はこの若い娘を覗き見る立場に置かれることになります。

図3-7　フラゴナール『読書する若い女性』
（1769年ごろ、ワシントンD.C.、ナショナル・ギャラリー・オブ・アート）

図3-8　シャルダン『私生活の楽しみ』
（1746年、ストックホルム、スウェーデン国立美術館）

図 3-9　ボドゥワン『読書』（1760 年ごろ、パリ、パリ装飾芸術美術館）

図 3-10　ボドゥワン原画、エマニュエル・ド・ゲント版刻『正午』（制作年不明、ワシントン D. C.、ナショナル・ギャラリー・オブ・アート）

後者の場合も、娘は放心状態であり、そして画面の中には鑑賞者と視線を共有する彫像まで描かれ、この画題が書物によって官能を刺激された若い娘を覗き見るものであることが前者より明確になっています。

こうした絵画はボドゥワンのもののみだったわけではありません。オーギュスト・ベルナールが描く読書中の女性（**図 3-11**）も、書物によって心をかき乱され、うっとりとまなざしを宙に向けています。画面には、この若い女性のくつろいだ、加えて胸も露わな部屋着姿とともに、女性の私室での読書を示す印がちりばめられ、アベラールとエロイーズの恋愛書簡によって感情、いやむしろ官能をかきたてられた若い女性が表象されています。グルーズ夫人を描いたものと言われる『眠り

図 3–11　オーギュスト・ベルナール『エロイーズとアベラールの書簡を読む女性』（1780 年ごろ、シカゴ、シカゴ美術館）

図 3–12　グルーズ原画、ジャン＝ミシェル・モロー版刻『眠り込んだ哲学』（1778 年、ワシントン D. C.、ナショナル・ギャラリー・オブ・アート）

込んだ哲学』（図 3-12）では、描かれた女性は椅子に座ったまま、顔を仰向け眠り込んでいます。無防備な彼女の寝姿は、無邪気な若い女性の愛らしさを示すと同時に、画面を見る者を女性の寝顔を盗み見る立場へと誘う要素を含んでいます。また、『眠り込んだ哲学』というタイトルそのものに、女性の読書への揶揄が認められないでしょうか。こうして見ると、風俗画に描かれる無名の若い女性の読書は、知的なものであるよりはまず娯楽と見なされ、ときには危険で有害な読書として描かれる傾向がありますね。これは男性と書物を描いた絵画における読書とは大きく異なった傾向です。ただし、先に取り上げた男性と書物を描いた絵画は、風俗画ではなく肖像画であり、そこに描かれる男性は名を冠しています。それに対して、今取り上げた女性と書物を描いた絵画においては、グルーズ夫人とシャルダン夫人を描いたとされる作品以外は、女性はみな名を持たず、しかもグルーズ夫人の場合タイトルは『眠り込んだ哲学』、シャルダン夫人の場合も『私生活の楽しみ』であって彼女らの名は明示されていません。女性もまた名を持ち、肖像画となるときは、書物が女性の知的な印と される場合もあるのでしょうか。

図1-15と**図1-18**はともにルイ十五世の正式の寵姫であるポンパドゥール夫人を書物とともに描いたものです。いずれも、無名の女性を描いたものにあったような揶揄や覗き見る視線は見受けられません。特に、一章でも触れたように**図1-18**の『ポンパドゥール侯爵夫人の肖像』において、彼女の背後には、ディドロ編纂の『百科全書』第四巻やモンテスキューの『法の精神』などの分厚い書物が並ぶのが見え、百科全書派の擁護者であった夫人の知的立場を示す肖像画となっています。では、名前を持つ女性が書物とともに描かれたとき、その女性は常に揶揄や非難のまなざしと無縁でいられるのでしょうか。ここで、フランソワ・ブーシェが描く対照的な二つの絵画を見てみましょう。まず一つは**図1-15**のポンパドゥール夫人、次にオミュルフィー嬢を描いたもの（**図3-13**）です。この二つの作品は、同じ画家によって、かつルイ十五世の愛人という点では同一の立場の、二人の女性を描いたものです。しかし、正式の寵妃であり政治的な助言もしていたポンパドゥール夫人と、宮廷外の別宅に居住していた、貴族ではないオミュルフィー嬢、この二人の描かれ方の落差はあまりにも明らかです。ポンパドゥー

図3-13　フランソワ・ブーシェ『ソファに横たわる裸婦（ルイーズ・オミュルフィー嬢）』（1751年、ケルン、ヴァルラフ・リヒャルツ美術館）

ル夫人は豪華なドレスを身にまとい、書物を手にして聡明さと自信に満ちたまなざしを向けています。一方のオミュルフィー嬢は、一糸纏わぬ姿でベッドにうつぶせになっています。彼女のまなざしがこちら（鑑賞者）に向けられることはありません。画面左手下方には、開いたままの書物が、打ち捨てられたもののように置かれています。

以上の絵画における女性と書物の分析から、次のように述べることができるでしょう。総じて、女性の読書は私的娯楽と見なされています。また、貴族女性の肖像画においては、ポンパドゥール夫人以外にも、しばしば書物が画面に登場しますが、無名の女性に対するような揶揄や窃視《せっし》する視線は感じられません。逆に、無名の若い娘の読書は、風俗画という、肖像画よりも低いと見なされたジャンルであることを考慮に入れても、しばしば官能的なものとして描かれていたと見なすことができるでしょう。そして、名を明記されていても、身分の低い女性の場合には、性的存在として描かれることがあるのではないでしょうか。[6]

4. 小説の序文

さて、次は小説の序文を取り上げます。結論から言うと、作家たちの戦略の一つとして小説の序文をとらえていきます。さまざまな先行研究で述べられていることですが、一八世紀の小説の序文には、大いに工夫が凝らされています。その「序文」の分析・吟味を通して、なぜこのような工夫を凝らしたのか？　を見ていこう、というわけです。

序文に工夫が凝らされたことの背景としては、一八世紀において小説が勃興する一方で、バッシングされたことが挙げられるでしょう。識字率の向上、新しい読者層の出現、読書クラブなど書物への接近システムの存在によって、小説という新しい文学ジャンルが盛んとなりました。小説が普及する一方で、小説バッシングが巻き起こったわけです。また、小説有害論は、とりわけ女性にとって有害という文脈で述べられていました。ですので、女子教育論、啓蒙的医学書、さらには絵画等においても、小説の有害性が喧伝されていたのはすでに述べた通りです。

そして、今日と大いに異なる点として、出版統制、要するに検閲ですね、これを作家たちは意識せざるを得ないわけです。その対策として、外国での印刷等がありました。

【小説の序文の定義】

ここから本題の序文の検討に入ります。まず、本書では、次の四つのくくりで「序文」を取り扱います。

① 一八世紀の小説の序文を取り上げる
② 本文テクストに前置するものを「序文」とする
③ 作家本人によって書かれたもののみ取り上げる
④ 設定として、作家以外の人物（編集者・原稿を発見した人・登場人物など）が書いたことになっているものも含める

次に取り扱う作品ですが、一八世紀前半の小説としては、ルサージュの『びっこの悪魔』（一七〇七）、ロベール・シャール Robert Challe の『ドン・キホーテ続編』（一七一三）、プレヴォー『マノン・レスコー』（一七三一）、マリヴォー『マリアンヌの生涯』の四作品の序文を検討します。一八世紀後半の作品とし

ては、ルソーの『新エロイーズ』、ラクロ『危険な関係』、ベルナルダン・ド・サン=ピエール Bernardin de Saint-Pierre の『ポールとヴィルジニー』(一七八八)を取り上げます。

〔一八世紀前半の序文〕
ルサージュ『びっこの悪魔』

さて、一七世紀以来フランスでは、セルバンテス Cervantes の『ドン・キホーテ』(一六〇五―一五)、『模範小説集』(一六一三)を始めとしてスペイン文学の翻訳・翻案ものが流行し、とりわけ一七世紀にスペインで興隆した悪漢小説――すでにご紹介した『ラサリーリョ・デ・トルメスの生涯』(これは一六世紀の作品ですが)のほか、マテオ・アレマン Mateo Alemán『グズマン・デ・アルファラーチェ』(一五九九―一六〇四)など――の影響を大きく受けた作品が現れました(シャルル・ソレル Charles Sorel『フランション滑稽話』(一六二三)、ポール・スカロン Paul Scarron『サラマンカの学生』(一六五四)など)。なかでも、ルサージュの『ジル・ブラース物語』がその代表例と言われています。この章で取り上げる『びっこの悪魔』『ドン・キホーテ続編』もそうしたスペイン趣味の流れをくむ作品です。

図 3-14　作者不詳『アラン=ルネ・ルサージュ』(18 世紀、出典: Wikimedia Commons)

『びっこの悪魔』は、一章でも述べたように、同名タイトルのスペイン小説『びっこの悪魔』(一六四一)の翻案であり、ルサージュ(図 3-14)は序文の中で、ルイス・ヴェレス・デ・ゲヴァラへの献辞の形で序文を書いています。なお、今回取り上げた序文は初版の序文ではなく、一七二六年版の序文です。

ゲヴァラ殿、私が新しい装いのこの著作を献じたのは、あなたにです。(……)私はすでに宣言しました、そして再び公に宣言しますが、あなたの『びっこの悪魔』から私はタイトルとアイディアを得たのです。(……)私はあなたの翻訳者であることを誇りにしたことでしょう。しかし、私は原文から遠ざかることを余儀なくされました、あるいは、より正確に言えば、私は同次元の新しい著作を作ったのです。(……)私は今日その新しい版を出しますが、それをまたあなたに献呈致します、ルイス・ヴェレス殿。しかし、一九年を経て、再び世に出すのにより値するよう、手直しし、言わば、世相に合わせて書き換えなければなりませんでした。(Lesage, *Le Diable boiteux*, in *Romanciers du XVIIIe siècle*, « Bibliothèque de la Pléiade », Gallimard, 1987, p. 271)

ルサージュの序文は、スペイン作家ゲヴァラの作品の翻案であることを明言しながら、実際には書き換えたことを強調しています。いわば責任回避をしながらオリジナリティを強調するという離れ業を演じているようなものです。

ロベール・シャール『ドン・キホーテ続編』

一方、ロベール・シャール『ドン・キホーテ続編』の序文は、ある意味で責任回避と自分を匿名の存在にすることに徹しています。シャールのこの作品は、もちろん一七世紀スペインの作家セルバンテスの『ドン・キホーテ』の続編ですが、間に一人入ってまして、フィヨ・ド・サン＝マルタン Filleau de Saint-Martin（フランス人、一六三二―九五？）がセルバンテスの『ドン・キホーテ』をフランス語に翻訳しているのですが、この人物は結末部分を書き換えてドン・キホーテが死なないようにしてストーリーを続けています（一六七七―七八）。それの続編がシャールのもので、この作品は匿名で出版され、序文の「私」は翻訳者だという設定になっています。つまりそもそも翻訳しただけだというエクスキューズが序文でなされているわけですが、その翻訳するに至った経緯が序文では次のように述べられています。

エンリケスは友人シッドに、『ドン・キホーテ』の続きを書いてほしいと依頼する。しかしエンリケスはインド旅行中に死亡。そこでシッドは書いた続編を焼却しようと考えたが実行する前に死亡した。シッドの相続人たちはその原稿を顧みることがなかったが、ある下僕が原稿を読んで保管する。原稿は別の下僕の手に渡り、曲折を経てあるフランス人の手に渡る。「私」はそのフランス人に頼まれその続編を翻訳することになった、というものです。[7]

つまり、小説本文が虚構であることは明確にしつつ、序文の書き手である「私」がその虚構の作り手であることを何重にも、ほぼ序文のパロディかと思えるほど大げさに否定しています。

この二つの作品の序文では、作品が虚構の産物であることは明確になっていますが、次の二つの作品の序文では、序文を書いたのは作中人物とされ、つまり、序文は虚構の否定として機能しています。また、道徳的考察の強調を伴っています。

プレヴォー『マノン・レスコー』

プレヴォー（**図3-15**）の『マノン・レスコー』は、『ある隠棲した貴人の回想と冒険』第七巻として出版されました。そして、『ある隠棲した貴人の回想と冒険』の語り手＝主人公ルノンクールによって書かれた序文（そういう設定）となっています。くどいようですが、あくまでプレヴォーが書いたものです。

私はシュヴァリエ・デ・グリューの恋物語を自分の回想録に入れることができたけれども、両者には必然的なつながりがないので、別々に読むほうが読者はより満足するであろうと私には思われた。(Abbé Prévost, *Histoire du Chevalier des Grieux et de Manon Lescaut*, in *Romanciers du XVIII*ᵉ *siècle*, « Bibliothèque de la Pléiade », Gallimard, 1987, p. 1223)

図 3-15　ゲオルグ・フリードリヒ・シュミット『アントワーヌ＝フランソワ・プレヴォー』（1745 年、ドレスデン、ドレスデン国立美術館）

ここで私＝『ある隠棲した貴人の回想と冒険』の主人公兼語り手のルノンクールが『マノン・レスコー』の序文の書き手と設定されることで、そしてこの「私」が作品中、『マノン・レスコー』の語り手のデ・グリューの話の聞き手となることで、この序文は作品が虚構であることを否定するよう機能しています。

さらに、以下の序文の一節にはある種の予告効果、こんなストーリーですよ、という予告があります。同時に、語られていることが道徳的な考察になっていくことをも予感させます。

読者は、デ・グリュー氏の行いの中に情念の力の恐るべき例を見ることになるだろう。私は無分別な若者を描かねばならないのだが、その人物は幸福になることを拒絶して、極度の不幸に自ら身を投じるのである。（……）彼は不幸を感じまた不幸に打ちひしがれながら、周囲が彼に絶えず提供し、いつでも不幸を終わらせることを可能にする救済手段を利用しない。(*Ibid.*)

次の部分には、読者を道徳的に教化するという「奉仕」が語られています。したがって、虚構の話ではない、実際の話であるとしつつ、それを読むものにとって「役に立つ」ことが主張されています。

快い読書の快楽に加えて、そこには習俗の教化に奉仕しえないような出来事はないであろう。そして、私が思うに、読者を楽しませながら教化することこそが読者への重要な奉仕なのである。(*Ibid.*, p. 1224)

しかも上記の部分は、「楽しませながら教化する」というかなり意図的な書き方、すなわち事実を単に述べたのではなく作者が関与した書き方になっていることが暗黙の了解になっているようにも読めます。ですから、「虚構じゃない」というのとはある種矛盾してはいますよね。

マリヴォー『マリアンヌの生涯』

マリヴォー（**図3–16**）の『マリアンヌの生涯』の初版にはタイトルページに作者であるマリヴォーの名が明記されています（この時代にはそれは必須ではない）。その上で、マリヴォーは編者として序文に登場し、加えて編者の友人だという手稿の発見者による文章が続きます。もちろん（くどいようですが）いずれも作家自身の手になるもので、今日底本となっているガルニエ版でもこの序文が含まれています。

この物語は読者を楽しませるためにわざわざ作られたものだと人々が疑うかもしれないので、私は告げるべきだと思うのだが、友人が以下に言うように、私はこの物語を実際に見つけた友人から私自身が手に入れたのであり、私はあまりに混乱しおざなりにされた何か所かに手を入れたほかは何もしていないのである。（Marivaux, *La Vie de Marianne*, « Classiques Garnier », Bordas, 1990, p. 5）

図 3–16　ルイ＝ミシェル・ヴァン・ロー『ピエール・カルレ・ド・シャンブラン・ド・マリヴォーの肖像』（1743 年、パリ、コメディー・フランセーズ）

「編者マリヴォー」による序文では、この時代にしばしば使用された手法である「本当らしさ」、つまり虚構の否定がなされています。この話は「読者を楽しませるためにわざわざ作られたもの」ではなく、編者である自分は、文章の手直し以外には何もしていませんよという主張です。

人は冒険物語の中に冒険自体しか望んでいないのであり、「マリアンヌ」はといえば、自分の冒険を書きながら、それを考慮しなかった。彼女は自分の生涯の波乱について思い浮かんだいかなる考察も控えなかった。(*Ibid.*)

加えて、ここでは、もし「読者を楽しませるため」のものならば、読者受けの良いように「冒険自体しか」入れないが、この話には「考察」が大いにあることが予告されます。したがって、これは読者受けを考慮に入れない、真実の話なのだ、と強調しているわけです。

次に、編者の友人である手稿の発見者が何と言っているか見てみましょう。

この物語を読者に供する前に、どのようにして私がこれを見つけたのかを読者に教えなければならない。六か月前、レンヌから数里のところに私は別荘を購入したのだが、この家は、三〇年前から、五、六人の手から手へと次々に渡ったものだった。私は二階の続き部屋の模様替えをさせようとしたのだが、壁の作り付けの箪笥の中に、これから読者が読むことになる物語を含んだ数冊の手記の、すべて女性の手になる原稿が見つかった。(*Ibid.*, p.7)

ここでは「手稿の発見者」によって「六か月前」「レンヌから数里」といった具体性のある表現によってこの原稿が発見された経緯が述べられます。編者による序文の補強証拠の趣があります。もちろんこの編者による序文も、原稿発見者による序文も、マリヴォーの書いたもの、つまり彼の仕掛けですね。

こうして見ると、プレヴォーの『マノン・レスコー』もマリヴォーの『マリアンヌの生涯』も、虚構の否定と道徳的考察とが強調されている序文と言えるでしょう。

［一八世紀後半の序文――小説の有害性と有用性を巡る弁証法］

それでは、一八世紀後半の小説の序文として、ルソーの『新エロイーズ』、ラクロの『危険な関係』、ベルナルダン・ド・サン＝ピエールの『ポールとヴィルジニー』を検討しましょう。

ルソー『新エロイーズ』

一八世紀も後半になると、小説の序文にはある種の型――その先駆的な表れは先ほどの『マノン・レスコー』と『マリアンヌの生涯』にありますが――ができているように思われます。この型を確立したのはルソーの『新エロイーズ』の序文だと私は考えています。その型とは、

①　一般的に小説は有害
②　しかし私のこの作品は有用
③　しかもそもそもこれは虚構ではない

というものです。

この時代遅れの調子を帯びた書簡集は、女性には哲学書よりも適している。乱れた生活においてもなにかしら貞潔への愛を保った女性には有用でさえありうる。(Jean-Jacques Rousseau, *Œuvres complètes*, t. II, « Bibliothèque de la Pléiade », Gallimard, 1961, p. 6)

ここでは、出版者の立場で、作品の女性にとっての有用性を主張しています。しかし、次の箇所では、一転して有害性への配慮を示します。

> 娘たちについては、別の話だ。純潔な娘は決して小説を読まなかった。それに私は、本を開いたらどう対処すべきかわかるよう、かなりはっきりした題名を付けた。こんな題にもかかわらず、あえて一ページでも読もうとするのは堕落した娘だ。（*Ibid.*）

「はっきりとした題名」とは、「エロイーズとアベラール」（**図3-11**の絵画でも触れました）を連想させる「新エロイーズ」というタイトル、すなわち女生徒と家庭教師の恋愛が描かれることを予告しているということです。つまり、この小説が「純潔な娘」向けではないことをあらかじめ示し、しかるべき有害予防策を講じているというわけです。

次の部分では、ルソーは有害性を認めつつ有用性へと転じるという試みをしているかのようです。

> （……）だが、そんな娘は自分の堕落をこの本のせいにしないでほしい。あらかじめ取り返しがつかなくなってしまっているのだから。読み始めた以上、すっかり読んでしまうように。もう危険を冒すことは何もないのだから。（*Ibid.*）

大きな都市には芝居が、堕落した人々には小説が必要である。私は自分が生きる時代の習俗を見た、そしてこの書簡集を出版したのである。(*Ibid.*, p. 5)

ルソーは、小説は腐敗した習俗の必要悪だと述べているように思われます。さらに、この書簡を書いた人々は「フランス人ではなく、才人でもなく、アカデミー会員でもなく、哲学者でもなく、田舎の(……)若者」(*Ibid.*, p. 6)なのだと、序文では述べられます。これは作家によって書かれた小説ではないと仄めかすことにより、責任の軽減を図ってもいるわけです。このような序文のパターンはラクロの『危険な関係』やベルナルダン・ド・サン＝ピエールの『ポールとヴィルジニー』にも継承されています。

ラクロ『危険な関係』

ラクロの『危険な関係』の「編集者の序」では、まず、有用性が主張されています。

この作品の有用性は、よりいっそう疑いの余地があるかもしれないが、私にとってはより容易に明らかにできるようだ。少なくとも、品行の良い人々を騙すために品行の悪い人々が用いる手段を暴露するのは、風紀良俗に奉仕することだろうと思われるし、この書簡集はそうした目的に効果的に貢献しうるだろうと思う。(Laclos, *Œuvres complètes*, « Bibliothèque de la Pléiade », Gallimard, 1979, p. 7)

このように「風紀良俗に奉仕する」という「有用性」を主張しています。

次に、やはり有害性への配慮が示されます。

しかしながら、悪用は常に有益の傍らにあるものであるから、私にはここで大いに心配すべきように思われる。そこで、若い人たちにはこの本を読むよう勧めるどころか、こうした類の読書はすべて彼らから遠ざけるのが非常に重要だと思われるのだ。(*Ibid.*, p. 8)

やはりルソーと同様に、若い人にはやめておこうと配慮しています。
さらに、有用性と有害性の止揚がやはり次のように試みられます。

「(……)結婚の日にこの本を娘に与えたら、彼女にとって誠に有益になることでしょう。」もしすべての母親がこのように考えるなら、私はこの本を出版したことを永遠に誇りに思うだろう。(*Ibid.*)

ある母親に原稿を読ませたらこのように述べたと言うのです。因みに、一八年後、ラクロはパヴィーアの司教に「この道徳的な本を読むべき、とりわけ若い娘は」(*Ibid.*, p. 1075)と言われたことを誇らしげに妻への手紙に書き記しています。したがってラクロは本気でこの作品の道徳的教訓的価値に自信を持っていたと言えるでしょう。

しかし『危険な関係』においては、「編集者の序」に先立つ「出版者の序」において、タイトルや「編集者の序」の内容を否定する次のような記述がなされています。

この作品のタイトル、この作品について編集者が彼の序文で述べている事柄にもかかわらず、われわれはこの書簡集が本物であることを保証はしないということ、そしてこれは小説でしかないと考えるべき強固な理由がわれわれにはありさえするのだということを。（*Ibid.*, p. 3）

一方、ラクロはタイトルそのものに実在の人々の書簡集だと示し、またエピグラフとしてルソーの『新エロイーズ』の序文「私は自分が生きる時代の習俗を見た、そしてこの書簡集を出版したのである。」を引用していることから、ラクロが『新エロイーズ』の序文を強く意識し、かつ読者にもそれを想起させる意図を持っていたことが推測できるでしょう。

図 3-17　エリザベス・ハーヴェイ、ポール・クロード=ミシェル・カルパンティエ『ベルナルダン・ド・サン=ピエールの肖像』（1847 年、ヴェルサイユ、ヴェルサイユ宮殿美術館）

ベルナルダン・ド・サン=ピエール『ポールとヴィルジニー』

最後に、同じくルソーに大きな影響を受けたベルナルダン・ド・サン=ピエール（**図 3-17**）の『ポールとヴィルジニー』の序文を検討します。

この部分は、三つの内容に分かれています。まず一つ目です。

私は熱帯地方の自然の美に、小さな

社会の精神的美を結合させたかった。また私は大きな真理を明らかにしようとした、とりわけ次のものを。私たちの幸福は自然と美徳にしたがって生きることにあるのだということである。(Bernardin de Saint-Pierre, *Paul et Virginie*, « Classiques Garnier », Bordas, 1989, p. CLVII)

この序文には、まず、「自然と美徳にしたが」うという教訓が描かれるのだということが述べられています。これがこの小説の有用性ですね。次を見てみましょう。

私がこれから話そうとしている家族は実在したし、彼らの物語は主な出来事に関して真実であると、私は断言できる。(*Ibid.*, p. CLVII–CLVIII)

ここでは、描かれた家族は虚構のものではないということ、つまりやはり虚構の否定がなされています。

私は社交界に出入りしているある美しいご婦人と、社交界から遠いところで生活しているまじめな男性たちとに、その草稿を読み聞かせた。これほど性質の異なる読者に、この読書が及ぼす効果を探るためである。私は彼らがみな涙を流すのを見て満足した。(*Ibid.*, p. CLVIII)

ここではさまざまなタイプの読者に共通して、涙という「読書が及ぼす効果」が得られたと述べられています――これは従来の序文のパターンにはなかったものと言えるでしょうが――やはり読者にとっての効用の一つと見なされています。

このように、一八世紀後半の小説の序文には、ルソー、ラクロ、ベルナルダン・ド・サン＝ピエールに典型的に表れるように、有用性と有害性、虚構の否定が組み込まれているわけです。

一八世紀、新しい文芸ジャンルである小説が勃興する中で、小説が有害であるという言説やイメージが多方面で成立し、それは特に女性の美徳にとって決定的なダメージとなると見なされてきました。作家たちは、そうした時代特有の「自明の論理」――今風の言葉で言えば「空気」とか「同調圧力」といったものでしょうか――に囲まれ、小説を発表するに際し、序文に工夫を凝らしていったと考えられるでしょう。その工夫とは、まず、作家と作品とに距離を構築することです。一八世紀初頭の序文では、作家によって、あるいは作品によって、かなり作品との距離の取り方が異なっていますが、なんらかの距離が認められます。

一七三〇年代に入ると、序文で積極的に、道徳的価値＝有用性の主張をするようになり、かつ作家自身が書いたのではないという設定が顕著になります。序文は作品の有用性を主張しつつ、作家自身と作品の作り手を隔てる防御壁として機能していたと言えるでしょう。

小説の有害性が明確に主張される一八世紀後半においては、小説の序文で作家たちは有害性と有用性を巡って論理を構築しているように思われますが、同時に、虚構かそうでないかを意図的に撹乱し、いわゆる「作者の意図」を意図的に判断しにくくしているように見えます。小説の「序文」は、まさに作家によって戦略的に仕掛けられた、虚構へと足を踏み入れる「敷居」となっているようです。同時に、作家たちは、虚構を虚構として楽しめる、いわば近代的な読者と、虚構をリアルなものとして受容する読者の、双方をひきつけようとしていた可能性もあるように思います。そのための仕掛けとしても、「序文」は機能していたのではないでしょうか。

［註］

1．ロバート・ダーントン『禁じられたベストセラー――革命前のフランス人は何を読んでいたか』、近藤朱蔵訳、新曜社、二〇〇五年、一〇七頁。

2．ラインハルト・ヴィットマン「18世紀末に読書革命は起こったか」、ロジェ・シャルティエ、グリエルモ・カヴァッロ編『読むことの歴史――ヨーロッパ読書史』、田村毅ほか訳、大修館書店、二〇〇〇年、四〇七―四〇九頁。

3．Cf. ロジェ・シャルチェ『読書と読者――アンシャン・レジーム期フランスにおける』、長谷川輝夫・宮下志朗訳、みすず書房、一九九四年、一八一―一八二頁。

4．Cf. 宇野木めぐみ「読書クラブ」日本18世紀学会　啓蒙思想の百科事典編集委員会編『啓蒙思想の百科事典』、丸善出版、二〇二三年、五一〇―五一三頁。

5．Cf. ロジェ・シャルチエ編『書物から読書へ』、水林章・泉利明・露崎敏和訳、みすず書房、一九九二年、一〇九頁。

6．Cf. 宇野木めぐみ『読書する女たち――十八世紀フランス文学から』、藤原書店、二〇一七年、四六頁。

7．Robert Challe, *Continuation de l'histoire de l'admirable Don Quichotte de la Manche*, Droz, 1994, p. 83-85.

※本章は、以下の既発表論文・著書をもとに、加筆修正を行ったものである。

『読書する女たち――十八世紀フランス文学から』、藤原書店、二〇一七年、二一―四八頁。

「啓蒙の世紀の医学的言説における女性と小説の読書」、『女性空間』第三六号、日仏女性研究学会、二〇一九年、一二八―一四一頁。

「18世紀フランス小説の序文に見る作家の戦略――美徳の崩壊を巡って――」、『世界文学』第一三四号、世界文学会、二〇二一年、九―一九頁。

コラム

行商本の世界——民衆と文字文化

一—三章でお話ししたような一八世紀の文学、こうした「大作家」の文学は、一八世紀に小説が勃興したとはいえ、やはり限られた読者のものでした。というのは、当時の識字率は今日とは比較にならない低いものだったからです。ですから、一八世紀においては、ある書物が一五〇〇部印刷されたらすでに成功と言えるものでした。識字率は、もちろん地域差や階層差もありますね。地理的には北側が高め、南側が低めです。

では、民衆は文字文化からまったく切り離されていたかというと、そうではありません。行商本、ときには青本（トロワで出版されたものの表紙が青く、有名だったのでそのような呼称がある）と呼ばれる、民衆向けに作られた廉価な本が広く普及していました。廉価とはどのくらいかというと、一、二スー程度です。なお、一リーヴルは二〇スーです。一八世紀半ばの非熟練労働者の賃金は日当一—二リーヴル、月額二五—五〇リーヴルでした。ですから、月給五〇リーヴルで行商本が千冊買える見当ですね。ほかのタイプの本の値段と行商本を比較すると、本の値段はもちろんピンキリですが、ディドロの作品集全五巻で一二リーヴル、一冊約二リーヴルです。つまりおよそ四〇スーですね。ということは行商本の二〇—四〇倍です。現代日本のハードカバー本が三〇〇〇円から四〇〇〇円とすると、その二〇分の一の値段は高めに見積もって

図コラム行商本-1　作者不詳
『行商人』（1623年ごろ、パリ、ルーヴル美術館）

二〇〇円、四〇分の一は一〇〇円です。本の値段としては現代日本では破格と言えるでしょう。いかに行商本が廉価であるかがわかるのではないでしょうか。

この行商本は、一六世紀から一九世紀半ばにかけて、その名のごとく、行商によって地方に普及していました（**図コラム行商本-1**）。これがまず行商本の特徴の一つ目ですね。行商人は、行商本だけではなく、雑貨や布、小間物などを、都市や農村を回って売り歩いていました。ただ、行商本の普及の規模と様式は、明確にはわかっていません。こうした書物は、当局の検閲や出版社に管理された市場をすり抜け、記録には残っていません。また、今日完全な形で残っているものも数は多くはないからです。とはいえ、行商本の一〇〇以上の印刷業者、七〇の普及センターがフランスにおいて存在していたことがわかっています。特に一七世紀から一八世紀にかけて盛んでした。

行商本の特徴の二つ目は、廉価なことから容易に推理できるように、素材と作りが粗末ということです。紙質は悪く、綴じもいい加減だったようです。先ほど触れた青本、総称としては青本叢書という呼び名もありますが、一目瞭然ですね（**図コラム行商本-2**）。一六〇二年、トロワのニコラ・ウドーによって始められ、トロワは青本叢書の一大拠点となり、その成功はほかの都市にもすぐに波及しました。なお、現在トロワ図書館には青本叢書のコレクションが保存されており、ネット上でもいろいろ調べることができます。

では、行商本にはどのようなことが書かれていたのでしょうか。その内容としては、聖人伝、アルマナと呼ばれるカレンダー（農作業に役立つ）、薬の処方の仕方、ことわざ集、伝説、冒険物語、料理のレシピ、ジョーク集、世にも不思議な本当のお話（奇跡、連続殺人）などが挙げられます。なんだかまるで現代の週刊誌か何かのようだと思いませんか？

では、行商本の著者は何者だったのか？　基本的には無署名のものが多かったことから、印刷所の労働者や植字工が書いたものではないかと推測されています。まさに、エリート文化から隔絶された文字文化と言えます。名のある作家が表紙に出ている場合や、伝説や武勲詩もあるにはありますが、多くはその作品そのものというよりは読みやすくリライトされたものでした。

しかしどんなに平易な内容で挿絵が多かろうと、字が読めなければ書物を読むことはできません。低い識字率で――しかも民衆限定ならばさらに低くなるでしょう――民衆はどうやって本を読んだのでしょうか？

実は、農村には世代を超えた老若男女が集まって過ごす「夜の集い」（図コラム行商本-3）があり、その際に、文字の読める者が行商本を音読して読み聞かせることがあった

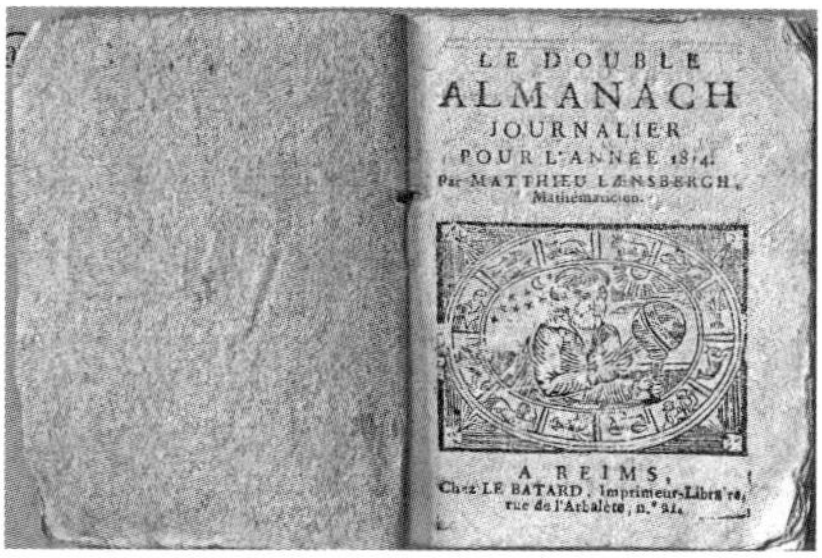

図コラム行商本-2　青本叢書（アルマナ）
（1814年、ランス、ランス図書館）

図コラム行商本-3　ジャック・ステラ原画、クロディーヌ・ブゾネ=ステラ版刻『冬季の農家の夜の集い』
（1661-67年、リヨン、リヨン図書館）

と言われています。多くの者は手作業をしながら耳から文字文化に接していたわけです。

　このように、民衆は、いわゆるエリートの文化とは隔絶していたにせよ、文字文化と接点を持っていました。

　なお、行商本は、農民だけのものではなく、都会の民衆もまた享受していたと考えられています。

　ここで少し当時の人口構成を確認してみましょう。

　旧体制においては、人々の身分は、第一身分：聖職者、第二身分：貴族、第三身分：ブルジョワ、都市労働者、農民となっています。数的には、それぞれ何％くらいだと思いますか？

　一八世紀末フランスの人口は二三〇〇―二五〇〇万人でした。

　第一身分と第二身分を合わせて一―二％、残りが第三身分です。ブルジョワと都市労働者を合わせて一〇数％、農民が七五―八五％とされています。もし一八世紀のフランスが一〇〇人の村だったらおよそ八〇人が農民ということですね。

　こうした人口構成の中で、行商本の文化的役割は大きなものがあったと思われます。この行商本は、一九世紀半ばにはだんだんとすたれていったわけですが、その一因としては、新聞の普及、そして新聞の連載小説だと見なされています。行商本の内容が、新聞で受容されるようになったということですね。その新聞も、今は紙の新聞の売れ行きが芳しくないそうですが、多くの人はニュースをスマホなどのネットで、また軽い読み物もネットで読んでいると思います。テレビもYouTubeなどの動画にとって代わられるのかもしれません。

第四章　文化交信の場――文芸サロンとカフェ

1. 一八世紀の主要な文芸サロン

文芸サロンを文化の交信の場と見なしてお話しするのが今回の内容ですが、まず、サロンとは何なのか？　から始めましょう。

文芸サロンとは、一七―一八世紀フランスにおいて貴族、大ブルジョワ、文人、芸術家が集まり、文学的かつ優雅な会話を目的とする会合やその場所を指します。身分を異にする人々の間に対等なコミュニケーションを成立させる機会ともなり、古典主義や啓蒙思想をはぐくむ場ともなりました。

一六一〇年ごろのランブイエ侯爵夫人の私邸での会合がその始まりと言われています。つまり、一七世紀のフランスで始まったわけですね。その後、ヨーロッパ各地にこうした文芸サロンは普及していきます。「文学の制作は本来孤独な作業であるが、フランスの国民性である社交性は文人たちをも人の輪の中に出入りさせた」[1]わけです。したがって、集まって社交するというのがまず一つ目のポイントですね。

もう一つのポイントは、主に女性がその主催者だったことです。貴族や大ブルジョワといった女性が、自宅のサロンに文人、芸術家、また上流社会の人々を招くわけです。男性でサロンを主催した人（ドルバック）もいますが、やはり主流は女性です。

では、一八世紀の主要なサロンを見てみましょう。

［一八世紀前半――デュ・メーヌ公爵夫人とランベール夫人のサロン］

まず、一八世紀前半です。デュ・メーヌ公爵夫人（**図4‐1**）のサロンは、一六九九年から、一八世紀半ばに至るまでの長期間にわたって開かれ、フォントネル、マルモンテル Marmontel、モンテスキュー、ディドロなどの文人たちが出入りしました。これだけ長期にわたるサロンなので、彼女のサロンは、前期と後期でかなり様相を異にします。もともとデュ・メーヌ公爵夫人は王族の一員でもあり、政治的野心の持ち主でした。前期のサロンはむしろ政治的なサロンでした。一七一五年、ルイ十四世が亡くなるとともに、彼女の野心に火が点きます。政治的に暗躍するのですが、一七一九年、挫折し、彼女は夫やサロンの常連の人々とともに逮捕され、牢獄生活を送ります。数年後解放されてからは、すっかり政治的方面からは遠ざかり、一七二五年以降の後期サロンは、政治性より文学、文化、哲学的なサロンへと性質を変えます。したがって文人やフィロゾーフたちが集まるようになります。後で出てきますが、のちに自らサロンを開くデュ・デファン夫人もこのサロンに二〇年間出入りしていました。

図4‐1　ピエール・ゴベール『デュ・メーヌ公爵夫人の肖像』
（18世紀、ソー、イル＝ド＝フランス美術館）

次にランベール夫人（図3-2）のサロンですが、ランベール夫人は、すでに本書の女子教育論の項目（三章）で登場しています。彼女は、官職を買って貴族となった新興貴族、つまり法服貴族の家系出身です（夫のランベール侯爵はもともとの貴族ですが）。彼女は、四〇歳ごろ夫を亡くし、ほぼ財産のない状態となります。実父の遺産を巡って実の母と泥沼の訴訟をしています。一六九二年、ついに訴訟に勝ち、獲得した財産で二人の子どもの養育とサロンの女主人という経済的基盤を確立します。六〇代でパリ一の文芸サロンの女主人となります。彼女のサロンは「アカデミーの待合室」とまで言われました。主な参加者は、フォントネル、モンテスキュー、マリヴォーなど。彼女のサロンは、曜日で客を分けており、火曜日は文人の日、水曜日は貴族の日でした。火曜日の文人の日には、作品が出版される前に朗読され、その判定を経てから出版されることもありました。なお、前に述べたデュ・メーヌ公爵夫人も、ランベール夫人のサロンに招かれたがっていたそうで、それも、貴族の日の水曜日ではなく、文人の日の火曜日に呼ばれたがったそうです。

【一八世紀前半から半ば──タンサン夫人とジョフラン夫人のサロン】

それでは、一八世紀前半から半ばにかけての主なサロンとして、タンサン夫人（図4-2）とジョフラン夫人（図4-3）のサロンをご紹介します。

タンサン夫人は、数学者ダランベールの実母でもあります。もっとも、彼女はダランベールの養育を放棄して、赤ん坊の彼を捨てるという行動に出ました。一七一七年、三〇代半ばで彼女は婚外子としてダランベールを産みました（実父には諸説あり）。また、タンサン夫人は、父に修道誓願を強いられたもののの、修道院を抜け出した人物でもあります。スキャンダルと政治力の女性とも言えるでしょう。もち

図 4-2　ヴィクトール・カシアン『タンサン夫人』（1836 年、出典：Wikimedia Commons）

図 4-3　ナティエ『ジョフラン夫人の肖像』（1738 年、八王子、東京富士美術館）

ろん知性も十分にあり、本書でのちに取り上げるように、小説も執筆しています。モンテスキューは『法の精神』について詳しく彼女に手紙を書いていますし、『法の精神』の初版はジュネーヴで出版されているのですが、ジュネーヴで出版されるよう、モンテスキューがジュネーヴ大使に引き合わせられたのは、タンサン夫人のサロンでした。文化の世界での政治力のある女性です。

タンサン夫人のサロンの参加者は、フォントネル、デュクロ、マルモンテル、プレヴォー、マリヴォーなど。タンサン夫人はサロン常連の文人のアカデミー入りに尽力しました。また、一七三三年のランベール夫人の死後は、ランベール夫人のサロンの常連をタンサン夫人が引き継ぎました。

タンサン夫人のサロンの様子について、百科全書派の作家、歴史家であるマルモンテルは『回想録』（一七八八）で次のように述べています。

マリヴォーが繊細さと明敏さを発揮しようとうずうずしているのは、はっきりと見て取れた。モンテスキューは、もっと落ち着いており、ボールが自分のところに飛んでくるのを待っていた。しかし待っていたのだ。（……）エルヴェシウスは、注意深く控えめに、いつかちりばめようと気の利いた言葉を拾い集めていた。私にとっては根気よく見習う気にならないようなお手本だった。だからこの会合は私にとってはあまり気が引かれることはなかった。（Marmontel, *Mémoires*, Mercure de France, 1999, p. 136）

サロンの文人たちが自分のエスプリの見せ所を競っていた様子がうかがえます。なお、マルモンテルはマリヴォーやモンテスキューよりも三〇歳以上年下ですが、なかなか辛辣ですね。関係者がほぼ亡くなった段階だからこそ書くことができたのかもしれません。また、彼はタンサン夫人のサロンよりも、次に紹介するジョフラン夫人のサロンの方が気に入ったようです。

女性の参加者はあまり多くはありませんでしたが、サロンは男女混合の社交でした。タンサン夫人のサロンには、近くに住むジョフラン夫人も呼ばれており、彼女はのちにサロンの主催者となります。

そのジョフラン夫人のサロンですが、ジョフラン夫人は平民の出身です。夫のジョフラン氏も身分は平民、つまりブルジョワですが非常に裕福でした。ジョフラン夫人は夫の財力と自分の知性とでサロンを開きます。タンサン夫人が亡くなると、ジョフラン夫人のサロンがタンサン夫人のサロンの常連を引き継ぎます。タンサン夫人が亡くなったとき、フォントネルは「それでは火曜日はジョフラン夫人のところに行こう」と言ったそうです。なんだか冷たい言葉に聞こえますが、ただこの一文だけでフォントネルのタンサン夫人への心情をすべて判断するのは早計でしょう。

図 4-4　ルモニエ『ジョフラン夫人のサロンでの、ヴォルテールの悲劇『中国の孤児』の読書会』（1812年、リュエイユ=マルメゾン、マルメゾン城）

なお、ジョフラン夫人のサロンでは、曜日によって集まる人々の分野が次のように分かれていました。月曜日は、ブーシェ、ヴァン・ローなど画家の日、水曜日は、マリヴォー、ダランベール、グリム Grimm など文人の日でした。

ジョフラン夫人のサロンは、穏やかさを大事にし、中庸を重んじていました。つまり、政治的・思索的な過激さを避ける傾向がありました。一方で、フィロゾーフたちへの経済的な援助は惜しまず、ダランベール、ディドロ編纂の『百科全書』が資金不足に陥ると、巨額の援助をしました。

ジョフラン夫人のサロンが思想的に中庸を重んじていることで、思想の自由がないと感じている参加者たちもいました。そこで、もっと自由に話せる場所に移動し、哲学的な議論をすることもあったようです。つまり、ジョフラン夫人のサロンでは控えていたような議論を、サロンから出てのちにするというわけです。

ジョフラン夫人のサロンを描いたと言われる絵画（**図 4-4**）がありますので、見てみましょう。この絵画は、一九世紀に描かれたものです。ですから、当然ジョフラン夫人のサロンを同時代に描いたわけではありません。しかも、この絵画では、ジョフラン夫人のサロンの常連をすべて集合させ、かつ、ジョフラン夫人のサロンには来ていなかった人物も登場させる形で描いています。時代的に同時に来ていたはずがない人物や、異なる曜日に来ていた人物も描かれています。したがって、通常このように大勢が集まっているわけではないので、割り引いてご覧ください。とはいえ、なかなか豪華な調度品に囲まれた広間に人々が集まり、朗読に聞き入っている様子がうかがわれ、当時のパリの著名な文芸サロンの雰囲気が伝わってきますね。

【一八世紀後半のサロン――デュ・デファン夫人とレスピナス嬢のサロン】

授業内で一八世紀前半を代表する文芸サロンをいくつか紹介した際には、学生たちからは、サロンを主催している人物が主に女性であることへの驚きや、サロンを開く場所の広さについての質問が出されました。なぜ女性なのかという問いには、学問的な世界や政治的な（少なくとも表の）世界から、基本的には女性は締め出されていたということが一つには挙げられるでしょう。女性が活躍できる場が限定されていたわけです。サロンを開く場所については、先に述べた**図4-4**のジョフラン夫人のサロンを描いた絵画は、すでに述べたように広さとしては割り引いて考えなければなりませんが、豪華なしつらいの調度品などは参考になるでしょう。

もう少しこじんまりしたサロンを描いた絵画（**図1-17**）もご覧ください（一章ですでに提示しました）。これは『モリエールを読む集い』というタイトルで知られる、一八世紀前半の絵画です。**図4-4**の絵画も、『ジョフラン夫人のサロンでの、ヴォルテールの悲劇『中国の孤児』の読書会』がタイトルですので、いずれもサロンでの文学作品、どちらも戯曲ですが、それをサロン参加者が集団で読む様子が描かれていますね。本書のコラム「行商本の世界」でも触れた通り、庶民は識字率が低かったけれども、みんなで集まって、字の読める者が朗読するという集団的読書をすることがありましたが、文芸サロン

図 4–5　J. アンシナ『デュ・デファン夫人』（制作年不詳、パリ、フランス医学図書館）

図 4–6　カルモンテル『ジュリー・ド・レスピナス嬢』（1760年、シャンティイ、コンデ美術館）

という知的水準の高い人々の集まりにおいても、朗読による集団的読書がごく普通に行われていたわけですね。

さて、では主要な文芸サロンの続きとして、一八世紀後半のサロンから、デュ・デファン夫人（**図 4-5**）とレスピナス嬢（**図 4-6**）のサロンをご紹介しましょう。

デュ・デファン夫人は、古い家柄の出で、若いころはむしろ浮薄な貴族女性で摂政オルレアン公の愛人だったこともある人物です。しかしその才気は評判となり、デュ・メーヌ公爵夫人のサロンにも二〇年以上出入りしていました。また、ランベール夫人のサロンにも出入りしていました。デュ・デファン夫人がサロンを開くのは一七三〇年ごろと言われていますが、そのサロンは半世紀近く続きました。彼女のサロンに招かれることは若い知識人にとって重要なことでした。彼女もまた自分のサロンの文人たちがアカデミーに選出されるための運動に尽力します。彼女のサロンには、ヴォルテール、モンテスキュー、ダランベール、グリム、コンドルセ Condorcet など多くのフィロゾーフが出入りしていました。

レスピナス嬢は、実はデュ・デファン夫人の姪で、しかもいわゆる「貧乏な親戚」に当たります。はじめはデュ・デファン夫人の朗読係でした。デュ・デファン夫人は晩年ほとんど失明状態だったんですね。レスピナス嬢は朗読係として一七五四年に呼び寄せられるのですが、知的で美しいレスピナス嬢は、だんだんデュ・デファン夫人の手足となってサロンの参加者をもてなす手伝いを始めます。やがて、サロンにやってくる文人たちは、むしろ彼女の私室に集まるようになります。つまり、レスピナス嬢の小さな私室にみんな行ってしまうわけですね。これはもう悪い予感しかないですね。しかもデュ・デファン夫人がアカデミー入りに尽力したダランベールと、レスピナス嬢は恋愛関係になって、この二人の女性の関係は決定的に悪化します。ついに一七六四年、レスピナス嬢は夫人の家を出て、しかしすぐそばの家に住まい、サロンを開きます。彼女がサロンを開くにあたって、ジョフラン夫人は資金を援助したそうです。デュ・デファン夫人のサロンに来ていたフィロゾーフたちは多くレスピナス嬢のサロンに行くこととなります。彼女のサロンには、ダランベール、コンディヤック、コンドルセ、チュルゴー、マルモンテルなどが集まりました。

[サロンを主催する目的とサロンに集まる人々]

以上、主要な文芸サロンを時代順に紹介しました。紹介したサロンの主催者はいずれも女性、別に私が恣意的に女性のサロンを選択したわけではなく、文芸サロンの主催者は女性が主流だったわけです。では、彼女たちはなぜサロンを主催したのでしょうか。その目的は何だったのでしょうか。今日何かを実行する場合、その目的としてまず頭に浮かぶのは経済効果、つまりお金儲けですが、サロンは会費を取っていたわけではなく、まあいわば場所代から何からボランティアというか、無料です。そう思うと、やはり、社会的な影響力を持って、一種の無償の仕事、社会・文化・政治を動かす力を行使したいという気持ちがあったのだろうと推量できます。今風に言えば自己表現とか承認欲求でしょうか。先にも述べたように、女性が活躍、進出できる場が限定的だったこともあるでしょう。

ただ、そのような文化的、社会的活動の願望があっても、もちろんだれもがサロンを開いたり維持できたりするわけではありません。まず経済力が必要です。人が集まるスペースが必要ですし、居心地の良い空間にするためにはそれなりの調度品が必要です。また、飲まず食わずの状態で優雅な会話はできませんので、飲み物や食べ物も必要です。こうしたものは基本主催者の自腹です。例外はレスピナス嬢で、先ほど説明したように、彼女は貧乏貴族であり、金持ちの叔母のデュ・デファン夫人と仲たがいをしてサロンを開いたわけですから豪華なおもてなしはなかったのですが、それでも集まるフィロゾーフたちがいたわけですね。

第二に、経済力のみならず、主催者として、並み居る才人たちを仕切る、まとめる、もてなす力が重要ですね。これには知性と精神力が必要でしょうから、経済力さえあれば良いというわけではありません。多くのサロンの主催者は、サロンを開く前に、先達のサロンに出入りして、サロン運営を学習しています。これは意識的にそうしたのか、結果としてそうなったかはわかりませんけれども。

第三に必要なものは、自由時間ですね。経済力があり、知性があっても、自由になる時間がなければどうにもなりません。

このように、経済力、知性と精神力、自由時間のある女性が、自分の力を行使する場としてサロンの主催に乗り出したのではないでしょうか。

このような文芸サロンに集まるのは、文人・芸術家・フィロゾーフ、あるいは貴族や大ブルジョワでした。つまり、才能で集まる層と、身分で集まる層がいたわけです。もちろん双方にまたがる人もいるのですが。サロンの参加者はしばしば複数のサロンに出入りし、それぞれのサロンの開催曜日が異なるので、それに応じて参加していました。

2. 小説に描かれたサロン——サロンの寵児マリヴォーのサロン主催者評

さまざまな文芸サロンの常連だったマリヴォーは、小説『マリアンヌの生涯』において、ランベール夫人、タンサン夫人を想起させる二人の貴族女性とそのサロンを、次のように描いています。

まず、ランベール夫人がモデルとされるミラン夫人について述べたのが次の部分です。ミラン夫人は小説の主人公マリアンヌが恋する男性の母親であり、マリアンヌの庇護者でもある人物です。


たとえば、ミラン夫人はたいへん思いやりのある方なので、そうしてほしいとお願いしたことだけを、あるいは、思い切ってお願いしたお世話のみを、きっちりとしてくださいました。(Marivaux, *La Vie de Marianne*, « Classiques Garnier », Bordas, 1990, p. 222)

次に、ミラン夫人に続いて同じく主人公の庇護者となるドルサン夫人、こちらはタンサン夫人がモデルとされています。

ドルサン夫人に関しては、そうではありませんでした。思い切って言えないようなことすべてを、彼女は才気によって見抜いていました。その才気が心に教え、心は知性を温め、必要な善意をあらゆる度合いで与えていたのです。そしてこの必要なことというのは、恩義を受ける側がそう思っていたよりもいつももっと先まで行ったのです。(*Ibid.*, p. 223)

どうもミラン夫人（つまりランベール夫人）については、お願いしたことはきちんとやってくれるけれど、それ以上気を利かせてくれることはない、それに比べてドルサン夫人（タンサン夫人）はカンが良くて頼みにくいことも察してくれる、そう言っているように読むことができそうです。ですが、ランベール夫人にも大いに引き立ててもらっているはずのマリヴォー、ここまで書いて大丈夫なのか、と少し心配にもなりますが、該当部分が出版されたのは一七三六年であり（この小説は一〇年以上かけて配本されています）、このときにはランベール夫人はすでに亡くなっています。ランベール夫人のサロンの常連はタンサン夫人に引き継がれていますから、この部分はその段階で当代一のサロンの主催者であるタンサン夫人へのオマージュと言えるでしょう。

引き続き『マリアンヌの生涯』から、ドルサン夫人（タンサン夫人）のサロンについて述べた部分を見てみましょう。

彼女のサロンでは、地位も身分も問題ではありませんでした。そこではだれも、自分の権威がよりあるとかないとか想起しませんでした。人に人が話していたのであり、彼らの間では、最良の理性が劣った理性の優位に立っていただけなのです。それ以外には何もないのです。(*Ibid.*, p. 226)

小説の登場人物に託して、タンサン夫人のサロンにおける自然な闊達さが強調されています。

3. カフェ——文化交信の場

[カフェ年代記]

では、次に、もう一つの文化交信の場であるカフェについてお話しします。

一八世紀のフランスにおいて、カフェは、作家やフィロゾーフが集い、議論する場であり、また、カフェで作品が生み出され、あるいは作品にカフェが描かれるという、文化の特権的な場の一つであったと言えます。まず、時代順にカフェがフランスにどのように根付いていったかをたどりましょう。

カフェ発祥の地はトルコと言われています。一七世紀に入りカフェはヨーロッパにもたらされました。一六六四年、フランス最初のカフェがマルセイユに登場します。一六七二年、パリのサン・ジェルマンにスタンドのカフェができます。一六八六年、イタリア人のプロコープによって、優雅なしつらいのカフェがパリに誕生します。

カフェは一八世紀に入って急増し、一七二三年、パリにおけるカフェはおよそ三八〇軒でしたが、革命の前年の一七八八年には、約一八〇〇軒となります。そして、カフェは「コーヒーを飲ませる場所」

から、人々が集い、情報を仕入れ、議論する場所となります。
一八世紀のロンドンのコーヒーハウスとパリのカフェの特徴を比較してみると、コーヒーハウスは、経済情報がとびかう実業的性格を帯び、カフェは文化的要素が強く、「万人に開かれたサロン」と称されました。サロンはやはり少数の文化的エリートや上流社会の人々のものでしたが、カフェはだれでも入ることが可能だったわけです。

［サロンとカフェ］

一八世紀の文化的なトポスであったサロンとカフェについて、その性格の差異は、寺田元一『編集知の世紀』（二〇〇三）において次のように述べられています。

精選された社交人たちが、お行儀よく社交術や談論術を展開したアンシャン・レジーム公認の文化圏であったサロンと異なり、カフェは、サロンと共通する文化批評の場でありながら、同時に、「町の無秩序」や「雑然とした会話、おしゃべり、中傷の場」でもあり、「パロディ、風刺、悪罵、嘲笑」など、いわゆる「ヌーヴェル」が展開される開放的空間でもあった。その意味で、サロンと違い、革命に連なる反体制的な世論を形成する場という性格すら最初から内包していた。（寺田元一『編集知の世紀――一八世紀フランスにおける市民的公共圏と『百科全書』』、日本評論社、二〇〇三年、三四頁）

政治的に中庸であることを望んだジョフラン夫人のサロンでは議論の主題としにくいような事柄を、サロンから退出したフィロゾーフたちがカフェに移動して議論することもしばしばありました。

[有名なカフェ]

当時の文化のトポスとして有名なカフェをご紹介しましょう。

①カフェ・プロコープ

このカフェは、初めは、テニス場の近くにあったため、テニス帰りの客が多かったのですが、コメディー・フランセーズが近くに移転したため、演劇カフェとなり、一八世紀に入って、文学、哲学カフェとなります。ビュフォン、ボーマルシェ Beaumarchais、クレビヨン・フィス、コンドルセ、ヴォルテール、ディドロ、ダランベール、米大使のベンジャミン・フランクリンなどが集まりました（**図4-7**）。

また、一七八九年以降は、革命家たちのクラブになります（一九世紀にはもとの静かな文学カフェに戻ります）。

なお、このカフェは現在もカフェとして営業を続けています。

②カフェ・ド・ラ・レジャンス

このカフェは一六八一年に開店しました。ディドロはここの常連で、チェスが名物です。このカフェを舞台に、ディドロは『ラモーの甥』を書きました。

③カフェ・ド・フォワ

一七二五年に開店。一七八九年七月一二日、このカフェのテーブルにカミーユ・デムーランが跳び乗り「武器をとって立ち上がれ！」と演説したと言われます。その二日後にバスティーユ襲撃が起こりました。こちらの版画がその様子を描いたものです（**図4-8**）。

4. 文学作品に描かれたカフェ

最後に、文学作品に描かれたカフェをご紹介しましょう。

[モンテスキュー『ペルシア人の手紙』におけるカフェ]

まず、すでに二章でご紹介しましたが、『ペルシア人の手紙』において、ペルシア貴族のユスベクは

図 4-7 『カフェ・プロコープ』（1779 年ごろ、Source gallica.bnf.fr / BnF）

図 4-8 作者不詳『民衆を扇動するカミーユ・デムーラン 1789 年 7 月 12 日』（1802 年、Source gallica.bnf.fr / BnF）

次のように述べていました。

パリではコーヒーがよく飲まれている。つまり、非常に多くのコーヒーを飲ませる施設があるのだ。こうした施設の中には、ヌーヴェル（情報）について話されるものがある。また、チェスをやるようなものもある。そのうちの一つに、それを飲む者にエスプリを授けてくれるようにコーヒーを淹れてくれるところがある。少なくとも、そこから出てくる者すべての中で、入ったときより四倍エスプリがあるように思わない者はいないのだ。（『ペルシア人の手紙』三六信より）

ここで「ヌーヴェル（情報）」を紹介する人々が登場しますが、この人たちはカフェの「ヌーヴェリスト」と呼ばれ、一八世紀に活躍した情報屋で、新聞記者の前身と言える存在です。カフェを舞台に情報を読み上げたり、脚色して語ったりしました。

［ディドロ『ラモーの甥』（執筆一七六二―七三？　オリジナル版の出版一八九一）におけるカフェ・ド・ラ・レジャンス］

もし天気があまりに寒かったり雨がちだったりであれば、私はカフェ・ド・ラ・レジャンスに避難する。そこで私はチェスゲームを見て楽しむのである。パリは世界で、そしてカフェ・ド・ラ・レジャンスはパリで最もこのゲームを巧みにする場所である。深遠レガル、緻密フィリドール、堅実マイヨが競い合うのは、最も驚くべき手が見えるのは、そして最も悪い言葉が聞こえるのは、レーの店なのである。というのはレガルのように、才人かつ偉大なチェスプレーヤーということも

図4-9　素描ヒルシュ、デュブーシェ版刻、1875年版『ラモーの甥』の挿絵（Source gallica.bnf.fr / BnF）

ありえるが、フベールやマイヨのように、偉大なチェスプレーヤーかつおバカということもあるからである。ある午後、私はそこにいて、観察してはいたがほとんど話さず、できる限り聞かないようにしていた。そのとき私は神様が変人に事欠かないようにしてくださったこの国の最も奇妙な人物の一人に声をかけられたのである。（Diderot, *Le Neveu de Rameau*, dans *Contes et romans*, « Bibliothèque de la Pléiade », Gallimard, 2004, p. 585）

語り手の「私」はこのカフェでラモーの甥と出会います（**図4-9**）。なお、レガル、フィリドール……はもちろんチェスの指し手の名前、名前の前に付加された「深遠」「緻密」等はあだ名です。余談ですが、王にもこのようなあだ名が付けられることがあります。たとえば、ジャン二世は善良王、シャルル四世は美男王という具合です（ここでは良いあだ名を挙げましたが、「禿頭王」のように今一つなあだ名もあります）。

さて、『ラモーの甥』で描かれたカフェは、一八世紀半ば過ぎのものですが、次の二つの作品は、世紀末の、革命前後に執筆出版されたものです。

［ルイ＝セバスティアン・メルシエ Louis-Sébastien Mercier『タブロー・ド・パリ』（一七八一—八八）のカフェ］

カフェは六、七百軒ある。暇な人のいつもの避難所であり、貧窮者の隠れ家なのだ。彼らは冬はそこで体を暖め、自分の家の薪代を浮かせる。アカデミーのサロンのようなことが行われるカフェもある。そこでは、作家や芝居が評価を下され、各々のランクや価値が割り当てられるのだ。口笛で舞台から追い出され、ありがちなことだが皮肉屋になった者、というのも、批評家の中で最も情け容赦のない者は、常に見下された作者だからだが、彼らと同様に、デビューするつもりの詩人たちが一般により喧しい。（Louis-Sébastien Mercier, *Tableau de Paris*, in *Paris le jour, Paris la nuit*, Robert Laffont, 1990, p. 69）

メルシエの『タブロー・ド・パリ』は革命前夜のパリという都市と、そこに生きるさまざまな階層の人々を描き出したもの（タブローには、絵画、情景、図表といった意味があります）であり、小説ではなくルポルタージュ風エッセーです。引用では、いわゆる文学カフェが取り上げられていますが、「批評家の中で最も情け容赦のない者は、常に見下された作者」とはなかなか辛辣な表現です。

［レチフ・ド・ラ・ブルトンヌ Rétif de la Bretonne『パリの夜』（一七八八—九四）のカフェ］

「カフェは長い間紳士の会合の場所でした。そしてこの会合場所が、部屋に閉じこもることを余儀なくさせる居酒屋や、髪粉（引用者註：この時代は髪型の仕上げに小麦粉等でできた髪粉をふりかけた）まみれになったり石鹸の泡が付いた髭というあまり優雅ではない見物をしたりの床屋よりも品が良

図4-10　ジャン=ミシェル・モロー、1791-94年版『パリの夜』の挿絵（出典：Wikimedia Commons）

いことは同意しなくてはなりません。ですが、カフェが輝いていたのは、初期のころだけでした。カフェは二〇年前から失墜してしまいました。」（Rétif de la Bretonne, *Les Nuits de Paris*, in *Paris le jour, Paris la nuit*, Robert Laffont, 1990, p. 923–924）

『パリの夜』は、作者レチフ・ド・ラ・ブルトンヌと思しき語り手の「私」が夜のパリを徘徊し、観察するという、ルポルタージュ風の、しかし同時に虚構もないまぜにした小説作品です（**図4-10**）。引用部分では、「私」がM＊＊＊侯爵夫人にカフェの歴史を説明していますが、この時期のカフェは、かつての輝きを喪失したように描かれています。もちろん一口にカフェと言っても、パリの中のどの界隈にあるかによって、客層も異なってきますから、決め付けるわけにはいかないのは言うまでもありませんが、一般的な傾向として、文化の最先端の場としてのカフェに陰りが見え始めたことを指摘しているのは確かでしょう。

［註］

1．川田靖子「文芸サロン」『集英社世界文学大事典』第五巻、集英社、一九九七年、七二九頁。

第五章　都市パリの変貌

1. 人口

本章では、都市パリの変貌について見てみましょう。小説にも多く描かれるパリですが、当然のことながら、一八世紀のパリの姿と、今日私たちが「パリ」と聞いて脳内に思い浮かべるものやテレビ、ネット上で見かけるものとは、大きく異なるものです。一九世紀後半のパリの知事オスマンによるパリ大改造によって、それ以前のパリと、それ以後のパリとは大きく様変わりしました。現代のパリの基礎となる都市改造が、一八五三年から一八六九年にかけて、このオスマン知事によってなされたわけです。

ここで、少しだけ歴史的、地理的に俯瞰して見てみましょう。ヨーロッパ内の人口の多い都市のランキングは、一五〇〇年はパリが一位、ナポリが二位、ミラノが三位でした。一六〇〇年にはパリ一位、ナポリ二位は不変ですが、ロンドンが三位に入ります。一七〇〇年、一八〇〇年はともにロンドン一位、パリ二位、ナポリ三位となります。[1] いずれにせよ、パリは一六世紀初頭以降今日までヨーロッパの都市の中で常にトップクラスの繁栄を維持していたと言えるでしょう。

次に、一八世紀のパリと現代のパリとをいくつかの観点で比較してみましょう。

まず、人口ですが、現代のパリの人口二一五万人（首都圏人口約一〇〇〇万人）に対し、一八世紀末（革命前夜）は、六〇万人前後と言われています。

次に都市の景観としては、先ほども述べたように、一九世紀半ばにオスマンの都市改造によって大きく変化します。

さらに空間の広がり、つまり都市のサイズですが、これはのちほど一七世紀、一八世紀、二〇世紀の地図から確認したいと思います。

2. 一八世紀のパリの風景——エッフェル塔も、凱旋門も、オペラ座もない！

今日多くの人々にとってパリの風景を決定付けることになるのは、歴史的モニュメント、もっと言えば観光名所ではないでしょうか。建物ですね。パリの観光名所として真っ先に思い浮かぶのは、やはりエッフェル塔、凱旋門、オペラガルニエ、ルーヴル美術館といったところでしょう。今挙げたモニュメントが建築されたのは、エッフェル塔が一八八九年、凱旋門が一八〇六―三六年、オペラガルニエが一八六二―七五年と、いずれも一九世紀です。ルーヴル美術館に関しては、ルーヴル宮は昔から存在していますが、ガラスのピラミッドは二〇世紀末、ミッテラン政権の際に建築されたものです。また、ルーヴル宮が美術館として開かれたのは、一七九三年、革命政府によってです。一八世紀のパリにも存在していたものとしては、ほかに、ノートルダム・ド・パリ、主要部分完成は一二五〇年ごろです。ただ、残念ながら、二〇一九年に尖塔や有名なバラ窓のステンドグラスなどが火事によって焼失しました。この建造物はパリ市民、フランス国民にとって歴史的原風景であったと思われます。炎に包まれる尖塔部分を呆然と見る市井の人々の姿がニュースで流れ、強い印象を受けました。復元の国家プロジェクトが進行中ですが、コロナ禍のもと、一時なかなか進捗しませんでした。ですが、現在は順調に進行しているようです。二〇二四年一二月には、クリスマスのミサが執り行われ、パリ市民や観光客が喜ぶ姿がニュース映像で流れました。話を戻しましょう。フランス学士院は一六二五年、コメディー・フランセーズは一六八〇年創立、現在の場所は大革命期のときからです。エリゼ宮は一七一八―二二年に建築されました。ルーヴル宮は、一三世紀初頭城砦として建造され、時代ごとに拡張されます。チュイルリー宮は一六世紀後半です。

図 5-1　デルヴォー、メリアンの地図（1615 年、パリ、カルナヴァレ美術館）

では、パリの規模の変化をたどってみましょう。まず、一七世紀初頭のパリの地図をご覧ください（**図5-1**）。なお、パリを東西に流れるセーヌ川が、この地図では垂直になっているので一瞬おや？　となりますが、この地図は上が東になっています。下側のセーヌ川寄り（つまりパリ西端）にルーヴル宮があります。セーヌ川中洲のシテ島を中心にパリがこじんまりしているのがおわかりでしょうか。ここには現在の凱旋門の場所は当然入っておりません。

次に一八世紀のパリ（**図5-2**）を見てみると、一七世紀のパリよりサイズが大きくなっていますね。先ほどの地図のルーヴルの位置と比較すると大きくなったことがわかります。

さて二〇世紀（と言っても一九〇〇年なので厳密には一九世紀ですが）のパリの観光者向けの地図（**図5-3**）を見てみましょう。今日私たちがパリに関して思い浮かべるおおよその歴史的建造物が含まれています。

次にどれだけパリが拡張したのか、城壁をもとに見てみましょう。ヨーロッパの古くからの都市は、

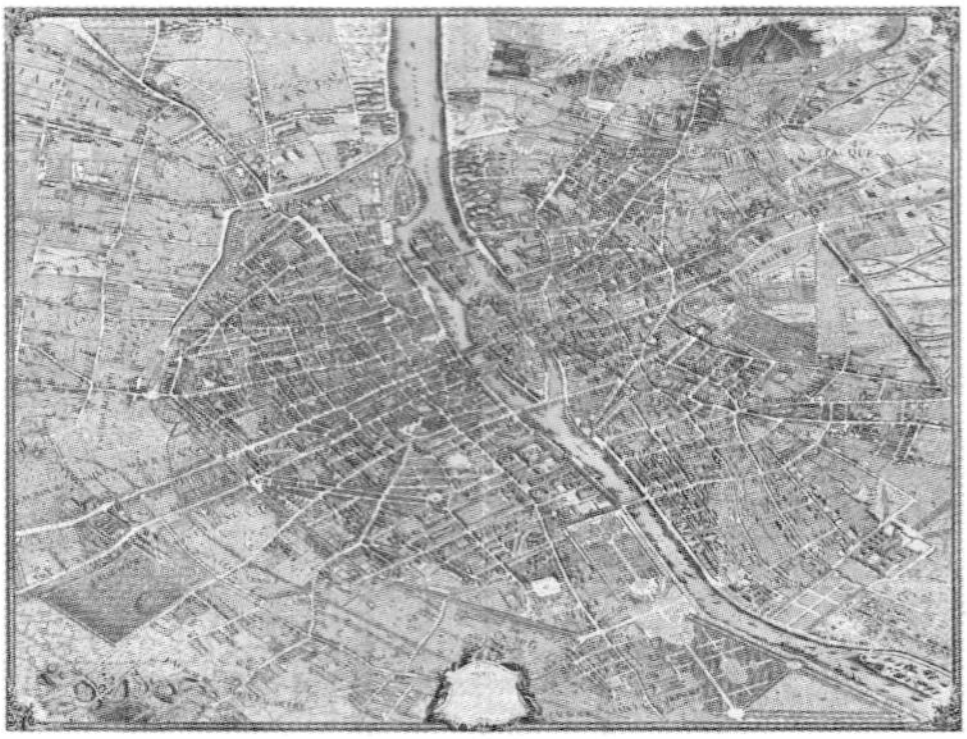

図 5-2　ルイ・ブルテ、テュルゴーの地図（1739 年、ボストン、ノーマン・B・レベンサル地図センター）

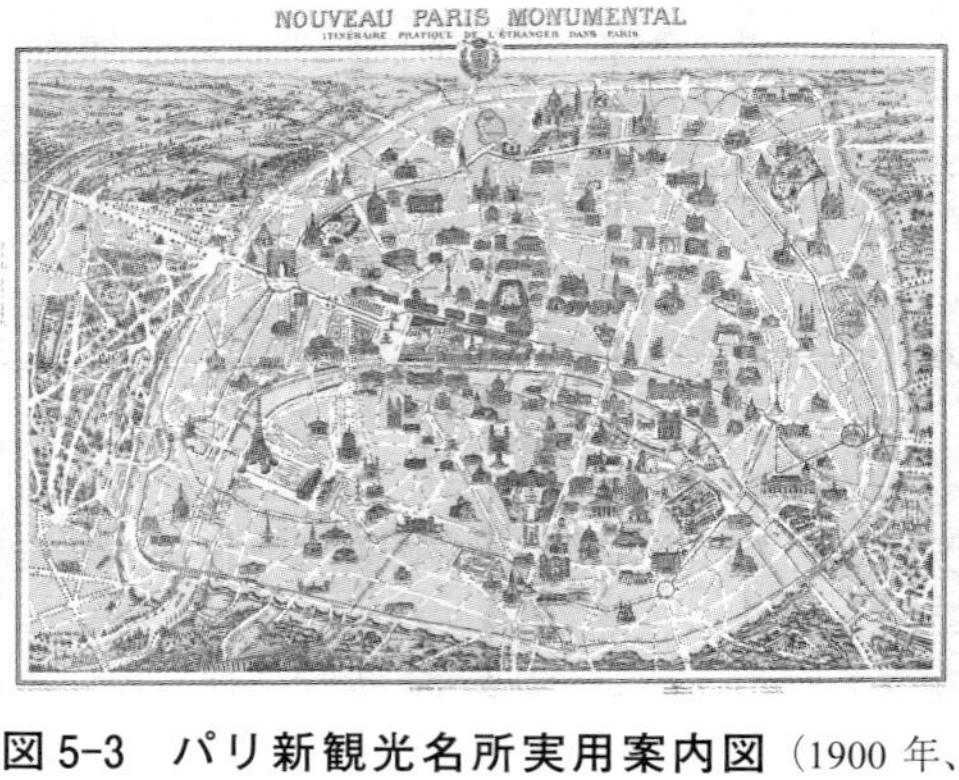

図 5-3　パリ新観光名所実用案内図（1900 年、パリ、ガルニエ・フレール）

城壁で囲まれていましたが、パリも例外ではありません。もちろん今は囲まれてはいませんが、外敵から都市を守る、あるいは、ときには、支配者側が民衆の暴動から自分たちを守るために、城壁は作られてきました。パリの最初の城壁は、ガリア・ローマ時代の城壁で、シテ島（セーヌの中州）の周囲に築かれました。次に、一二世紀末から一三世紀初頭にかけて、フィリップ・オーギュスト王が全長五四〇メートルの城壁を巡らせました。この城壁は今も一部が残っています。さらに、一四世紀末、シャルル五世の命により、右岸に城壁が築かれました。一六世紀末、ルイ十三世は城壁を西に拡張させ、ルーヴルを城壁の中に入れました。それまでは、ルーヴルはまさに城砦として機能していたわけです。ですが、その後、ルイ十四世の治下の一六七〇年から、およそ一世紀以上、パリは城壁のない開かれた都市となります。シャルル五世とルイ十三世の城壁は取り除かれました。一八世紀には、パリ市に入るには入市税取立所を通るのが建前でしたが、次第に税逃れをする住民が増加したことを受けて、ついに、徴税請負人（一章でも触れました）たちは、パリに城壁を巡らせる権利を獲得します。一八世紀革命前夜、入市税徴収のため、市壁が築かれました（**図5-4**）。内側のラインが一八世紀末の総徴税請負人の城壁と呼ばれているものです。つまり革命までのパリの境界ですね。外側のライ

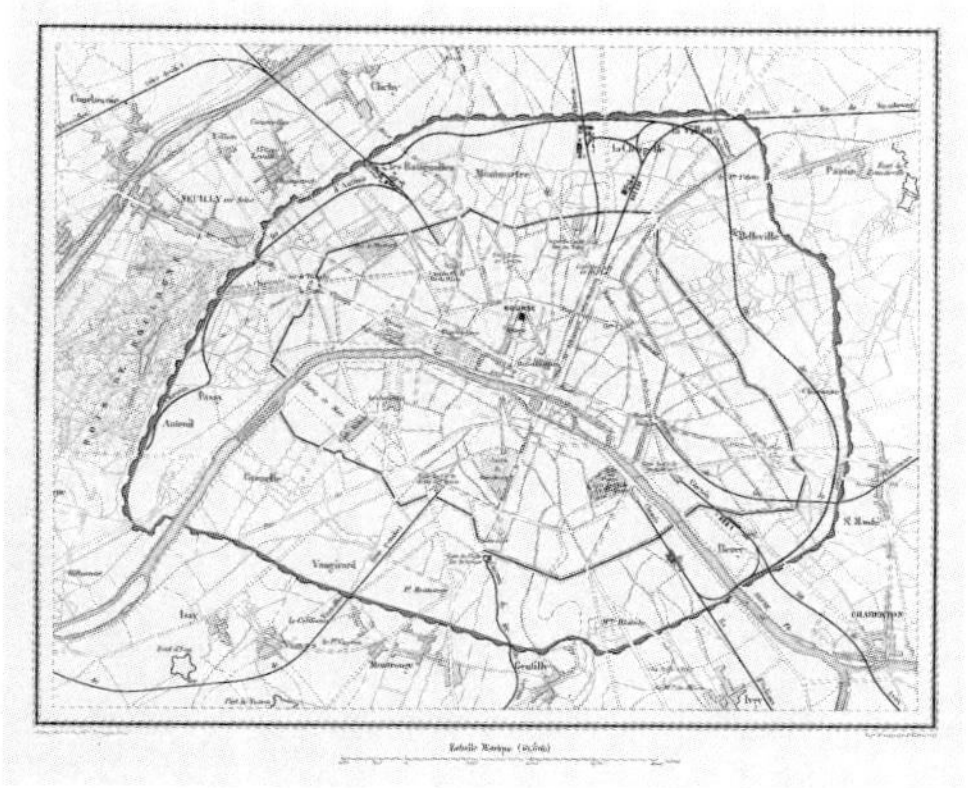

図5-4　総徴税請負人の城壁とチエールの城壁、J. M. Schomburg（2013年、出典：Wikimedia Commons）

ンとこの総徴税請負人の城壁との間にはモンマルトルほかの村がありましたが、政治家チエールは一八四一年から一八四五年に、堡塁《ほうるい》を配備、一八五四年以降、このチエールの城壁（外側のライン）がパリの境界線となります。さらにオスマン知事によってパリの区画整理、大改造が推し進められ、近代都市パリの誕生となります。[2]

一九一九年、チエールの城壁は取り壊されました。現代のパリは、ブーローニュの森、ヴァンセンヌの森を含んだ地域となっています。地下鉄のポルト・ド・なんとかという駅名に、城壁の名残が見えます（ポルトはフランス語で門の意）。

3. パリの匂い――メルシエ『タブロー・ド・パリ』

さて、人口、サイズ、ランドマークとなるような建物、といった観点からパリの変化を見てきましたが、もう一つ。オスマン知事が都市改造に踏み切った理由の一つでもあった、パリの街路事情と悪臭について少し述べたいと思います。現在のパリもときに犬の糞が散らばっていてあまりおしゃれな街パリと言えない部分もありますが、一八世紀の様子を見てみましょう。当時は身分のある人は自家用車ならぬ自家用馬車、それほどでもない人は流しの辻馬車（今のタクシーのようなもの）に乗り、馬車代の出せない人は徒歩で移動するわけです。当時の街路事情について、本城靖久は『馬車の文化史』（一九九三）で次のように述べています。

当時のパリの街はというと、泥だらけなうえに悪臭ふんぷんだった。街路はヘドロのような黒い泥に一面覆われているので、道を歩けば間違いなく靴は泥まみれになる。こうした状況だと、小銭と引き換えに汚れた靴を奇麗にしようとする人たちが現れたのは当然であろう。一七一八年にドイツ人のネマイツが出版したパリのガイドブックによると、『考えられる限りのお世辞を使って、履物の泥を落とそうと申し出る靴磨きがいたる所にいる』とのことである。（……）自家用馬車を持たない人々は、黒装束に身を固めることになる。（本城靖久『馬車の文化史』、講談社現代新書、一九九三年、二〇六頁）

図 5-5　作者不詳（ミシェル・ガルニエの模倣）『小川の横断』（18 世紀、個人蔵）

図5-5は当時の道路事情をよく表している絵画です。雨によって道路が小川＝どぶ川と化した中、対価を払って「渡し屋」の男性に背負ってもらっている女性が描かれています。

四章の「*3*. カフェ――文化交信の場」でも取り上げたルイ＝セバスティアン・メルシエ『タブロー・ド・パリ』には、「公衆便所」という項目がありますが、そこで彼はパリの悪臭のもとについて、次のように述べています。

この都市には公衆便所がない。そういう必要に急かされたときには、人の多い街路で非常に困ってしまう。いきあたりばったりに見知らぬ家にその家のトイレを探しに行かねばならない。いくつもの門を手探りしていると、なにも盗ろうとしていないのに、疑わしく見えてしまう。

かつては、チュイルリー庭園、そこの歴代の王たちの宮殿は、人の集まる場所であった。もよおした者たちがイチイの生け垣の下に並んで、そこでそういう必要を鎮めていたものだ。（Louis-Sébastien Mercier, *Tableau de Paris*, in *Paris le jour, Paris la nuit*, Robert Laffont, 1990, p. 234）

チュイルリー庭園の生垣で用を足す人が大勢いたということですね。もっとも、ヴェルサイユ宮殿には居住者の人数に比べて十分な数のトイレがなく、おまるのような、携帯トイレ的なものを主に使用していましたから、今とは感覚が根本的に異なっていたわけです。とは言え、おまるとは言っても、貴族のものはビロード張りの椅子に用を足すための穴を開け、陶器のおまるをはめ込んだものでした。また、ルイ十六世と王妃マリー＝アントワネットには、専用のイギリス式水洗トイレがあったようです。しかしながら、おまるの中身を城館の窓から捨てる使用人もおり、また、居住する貴族やその使用人、出入りする者たちの数に見合ったとは言い難いトイレの数に由来する、回廊や庭での排泄は日常茶飯でした。[3] なお、パリ市内には公衆トイレが、数が非常に少ないながら存在はしていました。パリ警察長官サルティーヌによって「樽式トイレ」が設置されていました。[4]
さて、四章のカフェのお話と、本章で紹介した一八世紀パリの都市空間を頭に入れて、ディドロの『ラモーの甥』を今から読んでいきたいと思います。

4. ディドロ『ラモーの甥』*に見るパリ

ディドロは、啓蒙の世紀を代表する百科全書派の作家、フィロゾーフと言ってよいでしょう。多様な分野の執筆で知られ、小説のほか、劇作、美術批評なども執筆しています。ただし、今回の『ラモーの甥』をはじめ多くの小説を書きましたが、多くの場合、その出版は生前にはされませんでした。なぜ彼の小説が出版されなかったのか、それは主にはディドロ自身が出版を望まなかったからです。おそらくは、小説への批判・非難を予想し、後世に認められることを念じていたのではないかと見なされています。つまりはそれだけ彼自身が彼の小説はアンシャン・レジーム（旧体制）下においては危険性の高い作風であることを自覚していたということでしょう。

ディドロの出身はシャンパーニュ地方、刃物屋の息子、すなわち彼は平民でした。聖職者である叔父のあとを継ぐべく勉強していましたが、叔父が早くに亡くなったことで予定が変わり、パリに勉学に出ました。

【『ラモーの甥』出版の経緯】

『ラモーの甥』の作品自体を検討する前に、その複雑かつミステリアスな出版の経緯を見てみましょう。

ディドロは、この作品を一七六二年ごろから書き始め、作品に書き込まれた時事的な内容から、おそらく一七七七年ごろまで執筆を続けたと言われています。この作品も彼のほかの小説と同様、生前は出版されることなく、ごく限られた人がその原稿あるいは写しを読むといった状態でした。知る人ぞ知るということですね。いくつかの写しのうちの一つを目にしたゲーテが感銘を受け、ドイツ語訳で一八〇五年に『ラモーの甥』は初めて出版されます。その後、このゲーテのドイツ語訳からフランス語に訳したものが、ディドロ自身の原稿をもとにしたという触れ込みで、つまり虚偽の触れ込みで、一八二一年に初のフランス語版として出版されますが、これは写しを保持していた人から訴えられるという騒ぎにもなりました。結局写しをもとにしたフランス語版がその後出版されますが、複数ある写しはそれぞれ微妙に差異があり（当時は手書きでのコピーですから）、どれが最もオリジナルに近いのかは定かではありませんでした。一八九〇年、パリの古本屋で偶然ディドロの手になる原稿が見つかることでその問題にけりがつきました。一八九一年、ついにオリジナル原稿をもとにした版が出版されます。まるで小説のように劇的な展開です。

［作品の構造］

このような複雑な経緯を経て世に出た『ラモーの甥』ですが、その作品の構造を大まかに見てみましょう。

この作品は、ディドロ自身を思わせる語り手の「私」と、実在の人物であるラモーの甥とされる「彼」との対話を中心とする小説です。カフェを舞台とし、まるで二人芝居のように進行します。「私」の凡庸とも見える無難さと、「彼」の奇矯さとの対照が強調されています。そして「彼」の話で、実在の人物が俎上に乗せられ、批判されていきます。

とはいえ、「私」が完全にディドロと同一と言えるかといえばそうではなく、「彼」もまたラモーの甥と同一なのではありません。やはり小説の登場人物として形象された虚構の人物像と言えます。

最後に、こちらが実在のラモーの甥（**図5-6**）、そしてこちらが著名な音楽家ラモー（**図5-7**）です。この甥の方のラモー、つまりジャン＝フランソワ・ラモーですが、彼は一七一六年生まれ、父クロードもオルガニストでした。ジャン＝フランソワは音楽の素質とかなり御しがたい性格を示していたそうです。軍隊でのキャリアを試みたのち、音楽に専心し、歌とクラヴサンを教えフランスを回りました。パリに戻ると、上流階級の娘たちを生徒として、良い暮らしをしていた時期もありましたが、妻子を亡くしてからは退廃的な生活となり、零落していきました。

［『ラモーの甥』を読む］

以下、小説冒頭部分です。

図5-6　作者不詳『ラモーの甥』（1887年、ブリティッシュ・ライブラリー・デジタルコレクション）

図5-7　アヴェド作とされる『ジャン=フィリップ・ラモーの肖像』（1728年ごろ、ディジョン、ディジョン美術館）

抜粋1

天気が良かろうと、悪かろうと、夜の五時ごろパレ・ロワイヤル[a]に散歩に行くというのが私の習慣である。いつもひとりで、ダルジャンソンのベンチ[b]で夢想している男が見えたら、それが私である。私は自分自身と対話しているのである、政治について、愛について、趣味あるいは哲学について。私は自分の精神が赴くままに放置する。私は自分の精神が、賢かろうがいかれていようが最初に現れる想念に自由についていくがままにしている。フォワの並木道[c]で、若い放蕩者が、気だるい雰囲気の、笑い顔の、生き生きしたまなざしの、つんと上を向いた鼻の娼婦に付いて行ったり、その娼婦からまた別の娼婦に移ったり、すべての娼婦に声をかけて一人の娼婦にもくっつかなかったりしているのと同じようにだ。私の想念が私の娼婦なのである。もし天気があまりに寒かったり雨がちだったりであれば、私はカフェ・ド・ラ・レジャンスに避難する。そこで私はチェスゲームを見て楽しむのである。パリは世界で、そしてカフェ・ド・ラ・レジャンスはパリで最もこのゲームを巧みにする場所である。深遠レガル、緻密フィリドール、堅実マイヨが競い合うのは、最も驚くべき手が見えるのは、そして最も悪い言葉が聞こえるのは、レーの店なのである。というのはレガルのように、才人かつ偉大なチェスプレーヤーということもありえるが、フベールやマイヨのように、偉大なチェスプレーヤーかつおバカということもあるからである。ある午後、私はそこにいて、観察してはいたがほとんど話さず、できる限り聞かないようにしていた。そのとき私は神様が変人に事欠かないようにしてくださったこの国の最も奇妙な人物の一人[d]に声をかけられたのである。[e]その人物は高邁と低劣との、良識と非理性の複合物である。礼節と破廉恥の概念が、彼の頭の中で奇妙にかき混ぜられているにちがいない、というのは、自然が彼に与えた良い性質を彼は衒《てら》いなく示し、また自然から受けた悪しき性質を慎みなく示しているからである。しかも、彼は頑健な体質、独特な想像力の熱、非凡な肺の力強さに恵まれている。あなた方がもしいつか彼に出会い、彼の独創性に足を止めないなら、指を耳に突っ込むか、逃げ出すかである。神々よ、なんという恐ろしい肺なのか！　彼以上に彼に似ていないものはなにもない。時折、彼は痩せて衰弱の最終段階の病人のように窶《やつ》れている。頬から歯を数えることができるほどだ[f]。彼は何日も食べずに過ごしたか、トラップ修道院から出てきたようだ[g]。翌月、彼は太ってでっぷりしていて、まるで徴税請負人の食卓から離れなかったか、あるいはベルナルダン派の修道院[h]に引きこもっていたかのようであった。今日は汚れた下着で、破れたキュロット、ぼろをまとって、ほぼ靴なし、うなだれて歩き、人目を避けているので、彼を呼んで施しをしようという気になる者もいるだろう。明日は、髪粉をかけ、靴を履き、髪をカールして、めかしこみ、昂然と歩き、彼が登場する、するとあなた方は彼をほとんど紳士扱いすることだろう。彼はその日暮らしをしている。陰気か陽気かは、状況次第である。彼の第一の心配は、朝、起きたとき、どこで昼食をとることになるかを知ることである。昼食後は、どこに夕食を取りに行くことになるかを考える。夜も不安をもたらす。徒歩で、住んでいる小さな屋根裏部屋にたどり着くか、それも家賃を待つのにうんざりした大家さんが、カギの返却を求めなかったらだが。あるいは、場末の飲み屋に方向を変え、そこで一切れのパンと一杯のビールの間で夜明けを待つか。ポケットに六ソル[i]がないときは、そういうことは時折起こるのだが、友人の辻馬車か、大貴族の御者かに、馬たちのそばの、藁のベッドを与えてくれるよう助けを求めるのである。朝、髪にはまだマットレスの一部[j]が付いている。もし季節が穏やかなら、王妃の散歩道《クール・ド・ラ・レーヌ》かシャンゼリゼ[k]を一晩中歩く。彼は日の光とともに、パリに再び現れ、前日から翌日まで同じ服装をしているが、時折は翌日から週の残りまでそうなる。私はこのような奇人たちを評価していない。それで彼らと親しい知り合い、友人にさえなる者たちもいる。私が彼らに出会うとき、彼らは私の目を年に一回引く、なぜなら彼らの性格はほかの者たちの性格と対照的だからであり、われわれの教育、われわれの社会的慣習、われわれの慣例的礼儀作法、が導入したあのうんざりする画一性を彼らが断ち切るからである。一座の中に一人そういうのが登場すると、発酵しおのおのに自然の個別性の部分を復元する酵母の粒である。彼は揺らし、彼は動き賛成させたり非難させたりする。彼は真実を出現させる。彼は善人を知らせる。彼はごろつきの仮面を剥ぐ。そこで良識のある人間は耳を傾け、周囲の人々を見分けるのである。(Diderot, *Le Neveu de Rameau*, dans *Contes et romans*, « Bibliothèque de la Pléiade », Gallimard, 2004, p. 585–587)

解説

a. 当時のパリの中心地の一つ。オルレアン公の所領でした。

b. ダルジャンソン並木道のベンチ。

c. ダルジャンソン並木道の近くのフォワの並木道（通りの名の付いたカフェ・ド・フォワは、革命直前にデムーランが演説をしたカフェ）は、娼婦が多く出没するということで知られていました。

d. この人物がラモーの甥その人なのですが、うさんくさい奇人でありながら、語り手の「私」の興味を引くような、奇妙に光る一面をも持っていることが巧みに描かれています。

e. 「もし天気が」からここまで、四章の「*4.* 文学作品に描かれたカフェ」参照。

f. 「頬から歯を数えることができる」――誇張法です（一章のルサージュ『ジル・ブラース物語』参照）。

ここでは、痩せすぎて頬から歯が透けてわかるほどだと言うのです。

g. 当時この修道院は戒律の厳しさで知られていました。ですから、戒律の厳しさゆえに痩せたかのようだと述べているのです。なお、トラップは、現在も修道院として活動中です。

h. 徴税請負人の食客となっていたか、または戒律が緩いベルナルダン修道院にいたか。

i. ソル＝スー、二〇スーが一リーヴル。

j. 馬小屋の藁を寝床にしていたため、藁が頭に付いていることを言っています。

k. シャンゼリゼは、現代ではパリのおしゃれなブティックが立ち並ぶ大通りの筆頭格であり、シャンソン Aux《オ・》 Champs《シャン》-Elysées《ゼリゼ》 でも有名ですが、ディドロが『ラモーの甥』を執筆していた当時は、パリ郊外の人寂しい場所でした。なお、シャンゼリゼは、ギリシア神話に登場する、英雄や有徳の人物が死後に行く世界の名称に由来します。シャンゼリゼが散歩道として定着していくのは、一八世紀末から一九世紀初頭です。

ここまで『ラモーの甥』を読む前に、フランスにおけるカフェや都市パリの変貌について検討してきました。つまり、本章の読みは、『ラモーの甥』に描きこまれた舞台装置としての、カフェやパリという都市を見出そうという試みでもあったわけです。ですが、もちろん『ラモーの甥』をほかの観点から読み解くことも可能であり、たとえば、「私」と「彼」との対話、さらにはこの「私」と「彼」とを、ともにディドロの分身として、つまり、自我の分裂として解釈するということも可能です。

もう少し『ラモーの甥』を読んでみましょう。一章でご紹介した「食客」、覚えておいででしょうか。

ラモーの甥もまた、食客となっていたわけですが、この食客、必ずしも喜ばしいことばかりではないようです。

抜粋2

私にはどうやったのかわからないが、彼はいくつかの相応の家に入り込み、その家には、彼専用の食器が一そろいあった。が、許可なく話してはいけないという条件があったのである。彼は黙り、やみくもに食べていた。このような強制の中では見ものであった。彼が契約に違反したくなり、口を開こうとすると、最初の一言で、食卓の全員が口々に叫ぶのであった。「こら、ラモー!」、そこで憤激が彼の目の中できらめき、彼は再びやみくもに食べ始めるのだった。（*Ibid.*, p. 587）

「彼」専用の食器まであり、食事をともにしながらも、話すには許可が必要であった、つまり厳然と線引きされて、同じ食卓の中で下位に置かれていたわけです。自尊心が引き裂かれる体験ではないでしょうか。

5. 成り上がり者の行程——マリヴォー『成り上がり百姓』*のパリ

パリは、ひとかどの者になろうと地方の若者が目指す都会でもあります。一九世紀の作家バルザック Balzac は、『ゴリオ爺さん』（一八三五）の最終場面で、地方出身のラスティニャックに「今度は俺たち二人の勝負だ!」と名ゼリフを言わせています。「俺たち」とは、自分とパリを指し、パリで成功を目指すことをパリと勝負すると表現しているわけです。マリヴォーの『成り上がり百姓』もまた、まさにタイトルにあるように、一人の地方出身の若者が、パリで若さと美貌と機知を武器に成り上がっていくさまを描いています。

語り手の「私」はすでに裕福になって田舎に引退したジャコブであり、彼は一〇代の若き日の自分がシャンパーニュ地方の村からパリに来た場面から語り起こします。したがって、ジャコブは、シャンパーニュ地方からパリへ、そして最終的にはまた地方へという行程をたどることが冒頭で明示されています。

図 5-8　ジャン=バティスト・ラルマン『ポン・ヌフから見た造幣局、ロワイヤル橋、ルーヴル』
（1775 年ごろ、パリ、カルナヴァレ美術館）

では、ジャコブはパリにおいてどのような行程をたどるのでしょうか。農民の息子である彼は、シャンパーニュ地方の領主でありかつ徴税請負によって財を蓄えた人物の、パリの邸宅に葡萄酒を運搬します。その邸宅で領主夫人に気に入られたジャコブは、彼女の勧めによってパリに留まり、邸宅の召使となります。この邸宅がパリのどこに位置するのか、小説内には明記されてはいません。

次にジャコブは領主の急死に伴うごたごたで邸宅にはいられなくなるのですが、ポン・ヌフ（現存するセーヌ川最古の橋）のアンリ四世の彫像前（**図 5-8**／前景右に乗馬姿のアンリ四世が見えます）で、体調を悪くしたアベール嬢（およそ五〇歳の裕福な女性）を自宅まで送り届けます。この出会いによってアベール嬢が姉とともに住むモネー街（ポン・ヌフのすぐ近く、造幣局《オテル・ド・ラ・モネー》のそばにあります）のアパルトマンで召使として働くこととなり、さらには、アベール嬢とともにマレ地区のサンジェルヴェ街のアパルトマンに引っ越し、彼女と結婚します。ポン・ヌフはまさにパリの真ん中、モネー街、サンジェルヴェ街もいずれもセーヌ川右岸のパリの中心地です。マレは貴族や上流ブルジョワが多く居住していました。この部分は地名が具体的に挙げられ、ジャコブが成り上がっていく様子が地理的に可視化されていると言えるでしょう。

　結婚後、妻から経済的には不自由はないが、何か仕事をしてはどうかと勧められたジャコブが口にするのは「徴税請負」です。彼が徴税請負人になったかどうかは、この小説が未完のために定かではありませんが、ジャコブの最初のパリ居住地の主人が徴税請負によって財を蓄えたことや、ジャコブが妻に述べた徴税請負への興味、さらに有力夫人の口利きでヴェルサイユ滞在中の徴税請負人たちに会いに行って仕事を紹介してもらおうとすることを勘案すると、ジャコブはいずれ徴税請負人になっていくと見なしてよいように思われます。少なくともそう見なせるような表現をマリヴォーが小説内に意図的にちりばめているのは確かでしょう。この小説は一七三四年から三五年にかけて出版されていますから、先に述べた徴税請負人の城壁が築かれるのはそのおよそ半世紀後となります。徴税請負人は、一八世紀のフランス社会・文化において強い存在感を示していると言えるでしょう。

　さて、ジャコブは若さと美貌を武器に主に年長の女性たちの援助によって出世の道を切り開いてはいますが、彼の武器はそれだけではなく、機転がきき、処世術に巧みであり、ときには剣を取って見知らぬ若者を助ける勇気もあったことも忘れてはなりません。この未知の若者が貴族でしかも政治的有力者の甥でもあり、ジャコブの助力に大いに感謝したことから、ジャコブの未来がさらに開け行くことが暗示された場面で、この小説は未完のまま幕を閉じます。ただし、最後の場面は劇場（おそらくはコメディー・フランセーズ）で、ジャコブは自分と同世代の男性貴族複数に取り囲まれ、今までとは勝手が違って、若さも美貌も武器とはなりません。この場面を読んでみましょう。

抜粋

こうしてついに私はコメディーにいるのだ、失礼ながら、まずは休憩室に、そこには、ドルサン伯爵の友人たちが数人おり、彼にあいさつした。（……）

この場所の雰囲気と流儀に、私は困惑し、不安になった。ああ！　私の物腰は私がしがない男だということを教えていたし、非常にくつろいで優雅な様子のこの世界のただ中で、私は自分がとても不器用で、狼狽しているのを感じていた。「おまえ、どうするつもりなんだ？」そう私は思った。

（……）

以上の返答とともに、私は丁寧に、短く何度も体を折り曲げ平身低頭していたが、それに対してどうやらこの紳士方は興味を抱いたのだろう、というのは、そういうお辞儀をしてもらうために私にあいさつをしない者は一人もいなかったのである。(Marivaux, *Paysan parvenu*, « Classiques Garnier », Bordas, 1992, p. 265–266)

主人公の「私」は田舎出で農民出身であることがあからさまになりはしまいかと――実際見抜かれてみなに小ばかにされているのですが――挙動不審になるありさまです。きわめて主人公が「カッコ悪い」状況で幕を閉じているわけです。彼が助け、そして彼をこの場に連れてきた、鷹揚で育ちの良い貴族だけが、ジャコブがみなにからかわれていることに気づかない、もしくは気にしていません。しかし語り手が悠々自適の引退をしている以上、ジャコブは「カッコ悪い」状況を何らかの形で乗り越えているはずです。その意味で、読者は安心して彼の情けない態度を眺めることができるとも言えるでしょう。『ラモーの甥』の「彼」も、『成り上がり百姓』の「私」も、身分制を撹乱する存在、下位の身分から上位へと侵犯していく存在です。ただし「彼」は明らかに挫折しています。程度の差こそあれ、彼らの侵犯に与えられる懲罰が、先の場面では描かれていると言えるでしょう。こらラモー、おいジャコブ、場違いだぞ、と。

[註]

1. Cf. Paul Bairoch, Jean Batou et Pierre Chèvre, *La Population des villes européennes de 800 à 1850*, Genève, Droz, 1988, p. 278–280.
2. ジャン=ロベール・ピット編『パリ歴史地図』、木村尚三郎監訳、東京書籍、二〇〇〇年、八二―八三頁。
3. Cf. ウィリアム・リッチー・ニュートン『ヴェルサイユ宮殿に暮らす――優雅で悲惨な宮廷生活』、北浦春香訳、白水社、二〇一〇年、九二―九五頁。アラン・コルバン『においの歴史――嗅覚と社会的想像力　新版』、山田登世子・鹿島茂訳、藤原書店、一九九〇年、一一二―一一三頁。
4. アルフレッド・フィエロ『パリ歴史事典（普及版）』、鹿島茂監訳、白水社、二〇一一年、二二五頁。

第六章　文学作品に見る奴隷制

1. 一八世紀ヨーロッパにおける奴隷制

本章のテーマ、それは文学作品に描かれた奴隷制です。ヴォルテール『カンディード、あるいはオプティミスム』（以下、『カンディード』と表記）とベルナルダン・ド・サン＝ピエール『ポールとヴィルジニー』、オランプ・ド・グージュ Marie-Olympe de Gouges の戯曲『ザモールとミルザ』（出版一七八八、上演一七八九、改訂版一七九二）を検討材料にして見ていきましょう。まずは、一八世紀のヨーロッパにおいて、奴隷制がどのような制度だったのか、簡潔に述べます。

奴隷制の歴史は古く、古代オリエント、ギリシア、ローマにあって奴隷制は広く存在していました。奴隷の供給先は、戦争の捕虜、あるいは債務のかたとして、またときには刑罰、そして拉致誘拐によって奴隷となることもありました。この場合いわゆる奴隷の出自たる民族は白人黒人アジア系とさまざまでした。今日奴隷というと私たちの脳裏にはもっぱら黒人奴隷の像が浮かびますが、これは近世以降の話ですね。

そこで、その近世ですが、大航海時代、ヨーロッパ列強は次々に「発見」した大陸や島を自分たちの

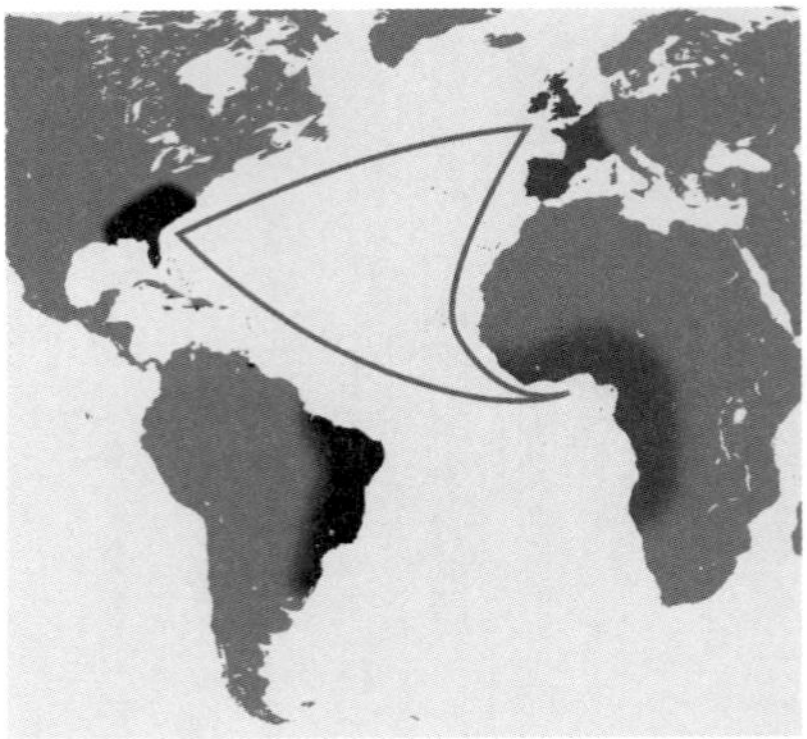

図6-1　西ヨーロッパ、サハラ以南アフリカ、両大陸アメリカ間の三角貿易
（出典：Wikimedia commons）

支配下に置き、植民地化していきます。奴隷貿易は一五世紀にポルトガルによって始められ、一六世紀にスペインが続きます。そして、南北アメリカ大陸植民地化とともに、南北アメリカ―アフリカ―ヨーロッパをつなぐ大西洋三角貿易が一六―一八世紀にかけて成立します。奴隷貿易の担い手としてオランダ、イギリス、フランスが加わり、およそ四〇〇年間で、一〇〇〇万人（諸説あり）が奴隷として運ばれたとされています。この時期、ヨーロッパでは紅茶やコーヒーを飲む習慣が広がり、砂糖の需要が増していきます。アメリカ大陸に砂糖のプランテーションが作られ、そこにアフリカから大量の労働力つまり奴隷が持ち込まれました。ヨーロッパからは武器や酒がアフリカに持ち込まれるわけです。そしてヨーロッパには、アメリカ大陸から、砂糖、コーヒー、タバコなどが持ち込まれます。これが大西洋三角貿易（**図6-1**）と呼ばれているものです。とりわけ奴隷貿易が盛んだったアフリカの海岸には「奴隷海岸」というヨーロッパ側からの呼称までありました。

今日の人権感覚からはかけ離れた事態ですが、このような奴隷貿易が禁止されるのは、一九世紀に入ってからです。イギリスでは一八〇七年、オランダで一八一四年、フランスで一八一五年に奴隷貿易禁止の法律ができます。ただし、奴隷制度そのものが廃止されたわけではなく、また、奴隷貿易禁止の法律が成立しても、奴隷貿易が実質的になくなるのはまたさらに時間がかかりました。なお、フランスでは、一七九四年、つまり一八世紀のうちに、革命政府が植民地における黒人奴隷制度廃止を決議しますが、ナポレオンの権力掌握後奴隷制度は復活し、最終的に廃止されたのは一八四八年でした。アメリカ合衆国で奴隷制度が廃止されるのは、一八六三年から一八六五年にかけてです。

フランスでは、一六八五年、ルイ十四世によって「黒人法典」が制定されました。これは、植民地における黒人奴隷の処遇に関する法律で、黒人奴隷の「保護」を名目としています。たとえば、奴隷の主人は、奴隷に住まい・衣服・食料を与える義務があるとしています。ただし、その内実はかなり粗末なものです。また、奴隷への処罰は厳しすぎてはならないとされ、たとえばむち打ちの回数を制限するとなっていますが、そもそもむち打ちが認められているわけです。奴隷は人間とは見なされず、三角貿易にあっては「商品」であり、奴隷を購入した主人にとっては、所有物と見なされていました。

一八世紀は、奴隷貿易が最も盛んに行われていた時期と言えます。フランスでは、ナントやボルドー等がその貿易港として栄え、多くのブルジョワ・貴族に利益をもたらし、黒人は「黒檀の枝」と言われました。ヨーロッパの、貿易に直接かかわっていない人々にとっては、船に積み込まれ（アフリカ）、あるいは船から降ろされる（アメリカ）「商品」としての黒人たちを集団的に目にする機会は少なかったことでしょう。加えてヨーロッパに富と嗜好品をもたらす「商品」である黒人奴隷の悲惨を、「黒檀の枝」と表現することで曖昧化していたとも言えます。また、「黒人法典」の発表によって、奴隷売買と奴隷制度の存在は公になってはいましたが、ルイ十四世の治世下においては、フランス本国では黒人を見ることはほとんどありませんでした。一五七一年以降、フランス本国での奴隷の使用は禁止されていたからです。しかし一七一五年ルイ十四世崩御に伴い、オルレアン公の摂政政治が始まると、翌年から植民地入植者が奴隷を連れてくることが許可されます。こうして少しずつ黒人奴隷の可視化が始まります。

一方で、人道的な見地から、一八世紀半ばごろから、奴隷貿易への疑義や反対論も出てきました。モンテスキュー、ビュフォン、エルヴェシウス、あるいはヴォルテール、ディドロ、ブリソ、コンドルセ、オランプ・ド・グージュ等の名が挙げられます。ただし、モンテスキューとヴォルテールに関しては、若干の留保が必要でしょう。モンテスキューの『法の精神』（一七四八）における、黒人奴隷制を巡る記述は、解釈と論争の対象となっているからです。また、ヴォルテールは、ナントの奴隷貿易に投資して利益を得たという説もあり、これもまた歴史研究において決着が付いたとは言えません。しかし、ヴォルテールが、一八世紀の小説に描かれた奴隷制として最も有名な『カンディード』のスリナムの黒人の一節（**図2-21**）によって、同時代の読者に奴隷制の残酷さを強く印象付けたのは確かなことです。一八世紀末には、イギリスに「黒人友の会」が創立され、奴隷制廃止を訴えます。この組織はブリソによってフランスに伝えられ、「黒人友の会」のフランス支部が結成され、一七八九年には会員一四一名を数えるに至りました。[1]

2. ヴォルテール『カンディード、あるいはオプティミスム』*のスリナムの黒人

まず二章でも取り上げた『カンディード』を見てみましょう。『カンディード』一九章の一節です。主人公カンディードはお供のカカンボとともに南米のスリナムにいます。ここで彼はある黒人に出会います。この場面は、カンディードが師パングロスの唱える最善説から脱却する重要なシーンともなります。

抜粋

町に近づくと、彼ら（カンディードとカカンボ）は地面に横たわる黒人に出会った。彼はもう、衣服を半分しか、つまり青い布のズボン下の半分しか、着ていない。このかわいそうな男には左足と右手が欠けていた。カンディードは彼にオランダ語で[a]言った。「おや、何ということだ！　君は何をしているんだい、ねえ。見るからに恐ろしい状態で。」「ご主人様のファンデルダンデュール様[b]をお待ちしています、有名な仲買人の。」と、黒人は答えた。カンディードは言った。「君をこんな風にしたのはファンデルダンデュール氏なのかい？」「そうですよ、旦那。それが慣習なんですよ。」黒人は言った。「年に二回布のズボン下が与えられますが、それが衣服のすべてです。[c]製糖工場で臼に私たちの指がはさまったら、手を切られます。[d]逃げようとすれば、脚を切られます。[e]私はその両方だったんです。このような代償であなた方はヨーロッパで砂糖を召し上がっているんですよ。ですが、おふくろが私をギニア海岸で一〇パタゴニアエキュ[f]で売ったとき、おふくろは私に言ったんですよ。「愛しい坊や、神様にお祈りするんだよ、いつでも神様を敬うんだよ、神様はおまえを幸せに暮らさせてくださるよ、白人の旦那様方の奴隷になるなんて名誉なことなんだよ、おまけにおまえはそれでおまえの父さん母さんの財産になるんだからね。」ああ！　私が親の財産になったかどうかは知りませんが、親たちは私の財産にはなりませんでした。犬、サル、オウムの方が私たちより一〇〇〇倍幸せですよ。私を改宗させたオランダの神[g]は私に毎週日曜日、私たちは白人も黒人もみなアダムの子どもだと言います。私は系譜学者じゃありませんが、もし修道士さんたちが本当のことを言っているなら、私たちはみんな同じ親から生まれた実の従兄弟ですよ。しかるにお認めになるでしょうが、自分の親戚にはこれほど恐ろしいやり方でふるまったりはできないものですよ。」

「ああ、パングロス！」カンディードは叫んだ。「あんたは[h]こんな忌まわしい事柄を見抜いていなかった。終わりだ、あんたの最善説をとうとう放棄しなきゃいけないだろう。」

「最善説ってなんですか？」カカンボが言った。

「ああ！　不幸なときに万事うまくいっていると熱心に力説することだよ。」そうカンディードは言った。そして例の黒人を見ながら涙を流した。(Voltaire, *Candide ou l'optimisme*, dans *Romans et contes : en vers et en prose*, Librairie générale française, 1994, p. 261-262)

解説

a. 南米スリナムは、当時フランス領ギアナに隣接し、オランダ領でした。

b. ファンデルダンデュール Vanderdendure の後半 dendure はフランス語の dent dure（辛辣の意）を連想させます。また、ヴォルテールはオランダ（ハーグ）の出版業者ファン・デューレンともめごとを起こしました。

c. ルイ十四世の「黒人法典」に則ったものです。奴隷の主は、奴隷に年二回麻の衣服もしくは麻布を与えなければならないと記載されています。

d. 指が臼に挟まった場合は、壊疽《えそ》を避けるために手を切ります。

e. これも「黒人法典」に則ったもの。逃亡を再犯した奴隷は、ひかがみ（膝の裏側）の切断を規定しています。

f. フランドル地方とスペインの通貨。

g. 当時のヨーロッパの宗教界は、カトリックもプロテスタントも、黒人を改宗させるための有効な手段として奴隷制度を容認していました。

h．フランス語の二人称単数は二種類あり、丁寧に言うときはvous、親しくまたはぞんざいに言うときはtuです。カンディードは、今までパングロスにvousを用いてきましたが、ここではtuと言っています。この場面にパングロスはいませんが、カンディードの内面で、パングロスは師として尊敬に値する人物ではなくなり、彼の最善説を放棄するつもりになっています。

弁が立つ奴隷だなというツッコミはさておき、オランダ領における奴隷の設定にはなっているものの、ここで説明されている黒人奴隷への対応は、ルイ十四世制定の「黒人法典」に則ったものですから、実質的にはフランスの植民地における黒人奴隷の扱いへの批判的視線がここにはあると言えるでしょう。ヴォルテールは自分たちがヨーロッパで享受している砂糖がどんな労働の上に成立しているのかという視点を打ち出しているわけですから、ナントの貿易事業に投資していると否とを問わず、自身もまたヨーロッパ人の一人として、この悲惨のシステムに関与していることを忘れてはいないのではないかと思います。黒人奴隷が自身の境遇を淡々と語るだけに、その悲哀が際立ちます。スリナムの奴隷の「このような代償であなた方はヨー

図 6–2　ウィリアム・ブレイクの挿絵、ジョン・ガブリエル・ステッドマン『スリナムの反乱黒人に対する五年間の冒険物語』より（1796 年、サン・マリノ、ハンティントンライブラリー）

ロッパで砂糖を召し上がっているんですよ。」という言葉は、当時のカフェでコーヒーや紅茶を飲むヨーロッパ人すべてに向けられ、この部分を読んだ読者の中には、苦い味わいをもたらされた人もいたにちがいありません。

図6-2は、スリナムで起きた黒人奴隷の反乱鎮圧に加わった人物が書いた書物に付けられた、ウィリアム・ブレイクの挿絵です。反乱に加わったために処罰され、肉用のフックで吊るされた黒人を描いています。

3. ベルナルダン・ド・サン=ピエール『ポールとヴィルジニー』における奴隷

次にご紹介する『ポールとヴィルジニー』は、フランスの植民地、フランス島(現在のインド洋南西部のモーリシャス島)が舞台です。主人公は、その植民地に入植した白人の第二世代であるポールとヴィルジニーですから、黒人奴隷を植民地の内部から描くことになります。

ここで興味深い数字を挙げます。当時のフランス島の白人人口と、黒人すなわちほぼ奴隷人口ですが、どのくらいの割合だとみなさんは思いますか? 一七八八年、つまり『ポールとヴィルジニー』が出版された当時、フランス島の人口は四〇〇〇〇人超、うち白人は一七%、自由民となった有色人種が二%、奴隷が八一%でした[2]。つまり、(黒人)奴隷の人口は白人人口の五倍近いですね。数的には奴隷の方が圧倒しているわけですから、白人の側としては、いかにうまく奴隷たちを支配していくかが重要となります。労働力を維持しつつ、かつあまり元気にすると暴動を起こされるかもしれないという不安もあったかもしれません。それが植民地の白人たちの状況ですね。さて、小説に話を戻すと、そのような植民地内部から黒人奴隷を描くことにはなるわけですが、ここでそもそも『ポールとヴィルジニー』に仕掛けられた仕組み、設定を見てみると、この小説には基本的にあまり大人の男が出てこないんですね。つまり、当時のフランスの既成概念とか常識とか権威とかを体現する人が主要人物としては出てこない。ポールの家族も、ヴィルジニーの家族も、物語が始まる段階で父親不在です。母親しかいません。島の代官が出てきますが、この人はまさに文明の代理人として登場し、ヴィルジニーの家族に干渉してきます。しかし、中心人物は既成概念から離れた存在であり続けます。

さて、本題である黒人奴隷ですが、この小説には、通常の奴隷は存在はしているもののあまり焦点が当てられず、一風変わった二種類の奴隷がクローズアップされています。一つは、ポール一家に仕えるドマング、ヴィルジニー一家に仕えるマリー。彼らはたしかに二家族の経済を支える労働力となっていますが、同時に家族と一体化し、家族に溶け込んでいます。また、ドマングとマリーは夫婦でもあります。ですがやはり労働力ですので、彼らが年老いると、二家族の経済基盤が危うくなり、そこでヴィルジニーが金持ちのフランスの大伯母のもとに引き取られるという話の前提にもなります。しかしやはりドマングとマリーは、「主人と奴隷」の二者のうちのどちらかであるよりは、二家族の構成員として、ほかのメンバーとの境界が曖昧になった存在と言えるでしょう。それを象徴的に示していると思われるのは、ポールの母親であるマルグリットとヴィルジニーの母親であるラ・トゥール夫人が、貧困ゆえですが、「奴隷のような青い粗末なベンガル布の衣服を着ていました」（Bernardin de Saint-Pierre, *Paul et Virginie*, « Classiques Garnier », Bordas, 1989, p. 87）という表現です。彼女たちは、「黒人法典」に記載された主人が奴隷に支給しなければならない衣服――先に述べたスリナムの黒人奴隷のような――と類似した身なりを

図 6‒3　ジャン・フレデリック・シャール原画、シャルル＝メルシオール・デクルティ版刻、1795‒97 年版、『ポールとヴィルジニー』の挿絵（シカゴ、シカゴ美術館）

していたのです。この二家族は、白人も黒人も身なりがほぼ同等であったことが仄めかされています。

もう一つのタイプの奴隷は、逃亡奴隷です。二人の母親が留守の際に、ポールとヴィルジニーのもとに、ノワール川のそばの大農園から逃亡した奴隷が救いを求めてやって来ます。

> （……）逃亡奴隷の黒人女が、ポールとヴィルジニーの住まいを囲むバナナの木々の下に現れました。彼女は骸骨のように骨と皮に痩せており、衣服は腰の周りのぼろ粗布のみでした。彼女は、家族の朝食を準備していたヴィルジニーの足元に身を投げ出しました。「お嬢さん、この哀れな逃亡奴隷を憐れんでください、（……）」。同時に彼女は、主人から受けたむち打ちによって体に刻まれた深い傷跡をヴィルジニーに見せました。（*Ibid.*, p. 95‒96）

ヴィルジニーは自分たちの朝食を逃亡奴隷に与えた後、ポールとともにその奴隷を主人のもとに帰らせ、主人に対して、彼女にむごい制裁を与えないよう頼みます。ヴィルジニーの懇願により、その場では主人は寛大な扱いを約束します（**図 6‒3**）。しかし、のちにやはりその奴隷はひどい目にあったことを、ヴィルジニーたちはドマングの言葉「足には鎖、首には刺が三つ付いた鉄の枷をつけられて木の台に括り付けられて」（*Ibid.*, p. 105）で知るのです。そのときのヴィルジニーの反応は、「「ああ、良いことをするってなんて難しいんでしょう！」と何度も繰り返していた」（*Ibid.*）というものです。あっさりしすぎて深みがないようにも感じますが、ヴィルジニーは白人で、一〇代前半の文字通りまだ子どもですから、そんなに深くは洞察できないのも確かですね。けれどもヴィルジニーたちが逃亡中の奴隷に親切にしたことで、彼らは逃亡奴隷の一団に恩返しをされます。このように善良なる逃亡奴隷たちが描かれています。今日の感覚では中途半端、センチメンタル、ご都合主義という気がしてきます。ですが、もう少し追求してみると、この革命前年に出版された小説からさかのぼること一五年前に、ベルナルダン・ド・サン＝ピエールは、『フランス島への旅』（一七七三）という旅行記を出版しています。そして、その中には、次のような記述があります。

私はコーヒーと砂糖がヨーロッパの幸福に必要かどうかは知らないが、この二つの植物が世界の二つの部分の不幸を作り出したのはよく知っている。二つの植物を植えるための土地を得るためアメリカの人々は根絶やしにされたし、この二つを耕作するための人々を得るためアフリカの人々は根絶やしにされている。（Bernardin de Saint-Pierre, *Le Voyage à l'Isle de France*, t. 1, Merlin, 1773, p. 201）

ここでは明白に大西洋三角貿易によるアメリカ原住民とアフリカの人々の惨状が語られているわけです。このような認識が、小説化されるときに、なぜあのように一見センチメンタルになっているのかというのは、一二歳の少女のまなざしで語られていることがその要因でもあるでしょうが、興味深いものがあります。ただ、『ポールとヴィルジニー』はお砂糖を塗した甘い外面の下に、チラッとなにか違和感を与えるものを垣間見せているので、そこが油断ならない小説だなとも思います。この小説については、その作者紹介とともに、八章でもまた別の角度から取り上げる予定です。

4. オランプ・ド・グージュ『ザモールとミルザ』（『黒人奴隷制』）

最後に女性作家オランプ・ド・グージュ（図6-4）の『ザモールとミルザ』をご紹介します。オランプ・ド・グージュは法律上は、精肉業を営む父親と、毛織物工場長の娘である母親との間に生まれたとされていますが、実父は母親の乳兄弟である侯爵だと考えられています。グージュは若くして三〇歳年上の仲買人と結婚し子どもを産みますが、結婚後一年で夫と死別します。一七七〇年、二二歳のグージュは、息子とともにパリに出て、サロンに出入りするようになり、文筆活動を始めます。とりわけ『女権宣言』（一七九一）を書いた人物として有名で――革命時に『人権宣言』が制定されますが、グージュは『人権宣言』の「人」は男性であって女性はそこには含まれていないと主張――

図6-4　アレクサンドル・クシャルスキ『オランプ・ド・グージュの肖像』（18世紀末、個人蔵）

フランスにおけるフェミニズムの草分けとも言えますが、革命前から劇作家として活躍していました。一七八三年に劇『ザモールとミルザ』（のちに『黒人奴隷制』と改題）をコメディー・フランセーズに提出します。この作品は、上演されるまでいろいろな横やりが入りました。その理由としては、作者が女性であるとわかったこと、そして植民地における奴隷を題材にしていることが考えられます。彼女はこの作品を一七八八年に出版、上演にこぎつけたのはその翌年のことです。グージュは「黒人友の会」の会員でもあったと言われています。グージュはその政治的主張により一七九三年、ギロチンで処刑されました。ギロチンによって処刑された二人目の女性です（一人目はルイ十六世の妃マリー＝アントワネット）。[3]

この作品のあらすじを紹介します。ザモールとミルザは、フランス領の南の島で、総督の経営するプランテーションで働く黒人奴隷です。二人は恋人同士でした。総督の執事はミルザに手を出し拒絶され、その際にザモールは執事を殺してしまいます。二人は近くの無人島に逃げますが、そこで難破船のフランス人貴族、ヴァレールとソフィを助けます。最後には、総督はザモールを許してミルザと結婚させ、二人を奴隷の身分から解放しますが、二人は総督のもとに留まることを選び、ハッピーエンドとなります。作品には少なく見積もっても三つの版（一七八八年の初版、上演に際し修正した一七八九年版、さらに手を入れた一七九二年版）が存在しますが、あらすじの大枠に変更はありません。

オランプ・ド・グージュの戯曲においては、黒人奴隷の境遇の悲惨さや残酷さのリアルな描写はむしろ『カンディード』や『ポールとヴィルジニー』におけるそれよりも控えめです。ですが、『カンディード』と『ポールとヴィルジニー』では、黒人奴隷の悲惨さに焦点が当てられてはいるものの、奴隷貿易と奴隷制度そのものへの問題提起としては曖昧さがあったのに対し、グージュの『ザモールとミルザ』は、『黒人奴隷制』とのちに改題されたことでも明らかなように、制度そのものを問う姿勢を示していたと言えるでしょう。しかし、ザモールとミルザの二人が、奴隷の身分から解放されたにもかかわらず、総督のもとにとどまったという結末では、現代の私たちの目からは奴隷制の解決と言えるのか、はなはだ不明瞭にも見えます。ここで最終場面の一七八八年版と一七九二年版を比較してみましょう。

［一七八八年版］

サン＝フレモン総督：わが友よ！　私は君たちに自由を与える、妥当な財産とともに。

ザモール：いいえ、ご主人、ご親切は取っておいてください。我々の心にとって最も得難いものは、あなたと、あなたにとって最も大事なもののすべてのおそばにいさせてもらえることなのです。

ミルザ（ソフィに近づいて）：私はずっとあなたのおそばにいたいと思います。私以外にあなたにお仕えする奴隷を持たないでください。約束してくださいね。私にはあなたのお心に権利がありますし、あなたの方は私の心にもっと強い権利をお持ちですもの。

ソフィ：親愛なるミルザ、これから私たちを引き離すのは死だけよ。

（傍線は引用者による、以下同）(Olympe de Gouges, *Zamore et Mirza, ou l'heureux naufrage*, Cailleau, 1788, p. 90)

［一七九二年版］

サン＝フレモン総督：わが友よ！　私は君たちに自由を与える、財産にも配慮しよう。

ザモール：いいえ、ご主人、ご親切は取っておいてください。我々の心にとって最も得難いものは、あなたと、あなたにとって最も大事なもののすべてのおそばにいさせてもらえることなのです。

(Olympe de Gouges, *L'Esclavage des noirs, ou l'heureux naufrage*, chez la veuve Duchesne, 1792, p. 88–89)

一七八八年版では、総督とザモール、ミルザとソフィの間に同様の会話が反復されていますが、一七九二年版にはミルザとソフィのやり取りはなく、総督とソフィとの会話に続いています。一七八八年版のミルザとソフィの会話では「奴隷」という言葉が用いられているので、その前の総督とザモールとの会話も、「奴隷」のままそばにいるかのような印象を与えることになるでしょう。一七八九年版にも同様に、ミルザとソフィのやり取りが挿入されています。しかし、一七九二年版ではこの「奴隷」を含むミルザのセリフが存在しないため、ザモールとミルザは自由になってなお自らの意志で総督とソフィ（とヴァレール）のそばにいる意志を示していると明確に印象付けています。一七九二年版におけるミルザとソフィのやり取りの削除は、ミルザを奴隷のままにはしないというグージュの意志の表れではないでしょうか。

【註】

1. Cf. 浜忠雄「世界史認識と植民地（I）——レナール「両インド史」の検討をとおして」、『北海道教育大学紀要第一部　B、社会科学編』第三二巻（二）、一九八〇年、一—一三頁。田戸カンナ「フランスにおける黒人奴隷貿易・黒人奴隷制批判の歴史（上）——白人を中心に——」、『学苑　昭和女子大学紀要』第九七一号、二〇二三年、一八—二八頁。
2. Frédéric Régent, « Préjugé de couleur, esclavage et citoyennetés dans les colonies françaises（1789–1848）», *Cahier de l'Institut d'Histoire de la Révolution française*, n° 9, 2015（https://journals.openedition.org/lrf/1403）（最終閲覧日：2025年1月3日）.
3. Cf. オリヴィエ・ブラン『オランプ・ドゥ・グージュ——フランス革命と女性の権利宣言』、辻村みよ子・太原孝英・高瀬智子訳、信山社、二〇一〇年。

第七章　文学作品に描かれた出会いの場面

――『マノン・レスコー』*『マリアンヌの生涯』*『新エロイーズ』*より

1. 恋愛を発生から描く

お待たせしました、と言うべきかもしれません。「フランス文学ってもっと恋愛要素があるんじゃないの?」と物足りなく思っていた読者のみなさま、本章では「文学作品に描かれた男女の出会いの場面」についてお話しします。出会いが描かれるというのは、恋愛小説なら当たり前な気がすると思いますが、意外にも出会いの描写というのは新しいものなんですね。たとえば、一七世紀の演劇ではスタート地点でもう人物の人間関係は定まっていて、だれそれとだれそれは敵対関係で、こっちは恋愛関係で……という風になっているのが基本なわけです。マリヴォーの喜劇では、恋愛の発生から描いているので、これは新しいとなっているくらいです。恋愛の発生というかにも人と人の出会いの機微を描くのに格好のものが、大きくクローズアップされてきたのは、一七世紀から一八世紀ではないかと思います。今回は、プレヴォーの『マノン・レスコー』とマリヴォーの『マリアンヌの生涯』、ルソーの『新エロイーズ』の三つの作品から見ていきたいと思います。いずれも三章「4. 小説の序文」でご紹介した作品です。

まず、出会いの場面に一直線に行く前に、それぞれの作品を簡単にご紹介しましょう。

『マノン・レスコー』の作者はアントワーヌ・フランソワ・プレヴォー（図3-15）。アベ・プレヴォーともよく表記されます。アベというのは神父という意味ですから、彼は聖職者なわけです。旺盛な作家活動を行った人物であり、今言ったように聖職者でもあるわけですが、常に清廉潔白という人物像とは若干異なり、女性関係も含めてかなり波乱万丈の人生を送った人物です。彼は、北フランスの司法職の父の子として生まれ、ジェズイット派（イエズス会）の学校で学びました。次いでラ・フレーシュ、ルーアンで修道誓願期（見習い修道士）に入りますが、一七一六年、さらに一七一七年に脱走し、軍に身を投じます。若いころから冒険心が強く俗世と修道院を行き来するんですね。一七二一年聖職者となりますが、一七二八年修道院を脱走、イギリス、次いでオランダに行きます。イギリスで為替詐欺のため一七三三年に投獄されます。一七三四年教団と和解してフランスに戻ります。その後も教会とは関係悪化の時期もありましたが、一七三六年コンティ公の庇護を受けてからは、比較的穏やかな生活となりました。彼は、前述した波乱の時期にすでに文筆活動に入り、『ある隠棲した貴人の回想と冒険』（一七二八―三一／全七巻）の第一・二巻は一七二八年に出版されています。『マノン・レスコー』に描かれた波乱万丈の主人公の人生は、自身の体験を反映したものではないかと言われています。

彼の執筆した作品の中で最も著名なものが一七三一年初版の『マノン・レスコー』ですね。もともとは、『マノン・レスコー』は『ある隠棲した貴人の回想と冒険』の一エピソード（第七巻）です。現在では、この『マノン・レスコー』のみが主として読まれていると言ってよいでしょう。プレヴォー作品で日本語訳されているのは、今のところこの作品のみです。オペラ化・映画化され、なんとなく題名は聞いたことがあるという人も多いと思います。「宿命の女（ファム・ファタル）とそれに振り回される破滅型の青年」という、今では陳腐とも言える物語の枠組みはこの小説が生み出したと言われています。また、プレヴォーは一七三三年から一七四〇年までほぼ一人で文芸雑誌 *Pour et contre*（『賛成と反対』）を刊行したジャーナリストでもありました。

次に、マリヴォー（図3-16）の『マリアンヌの生涯』ですが、マリヴォーの父は地方の法服貴族でした。マリヴォーは法律を学ぶためパリに出ますが文学に転身、劇作を発表、サロンの寵児となります。一七二〇年、ローの金融破綻により資産を失い、以後文筆で生計を立てようとします。繊細な筆致で恋愛の機微を描き出す喜劇や、実験的な社会批判を含む喜劇、根底に社会風刺を秘めた小説で知られています。また、文芸時評紙を三種刊行するという文芸ジャーナリストでもありました。一七四二年、タンサン夫人の助力でアカデミー会員となります。さて、その彼が書いた小説で最も有名なものが『マリアンヌの生涯』ですが、これは一〇年超の長きにわたって出版されています。第一部が配本されて、何年かして第二部の出版、最後の第一一部が出版されるのは第一部出版の一一年後でした。

この小説は、出生が謎に包まれた女性が、伯爵夫人となるまでの半生を女友達に手紙で物語るという回想小説になっています。回想小説兼書簡体小説ですね。二歳で孤児となった主人公マリアンヌは村の司祭に引き取られますが、一五歳でパリに出ます。貴族クリマルの世話になっていた彼女は、青年貴族ヴァルヴィルに恋されますが……というシンデレラストーリー的部分と、主人公＝語り手の人間省察部分とで構成されています。第一―八部はマリアンヌの物語、第九―一一部は、マリアンヌの物語の登場人物の修道女が、修道女になろうとするマリアンヌの決心を翻そうとするために語る身の上話です。いずれも未完であり、結局マリアンヌがどうやって現在の伯爵夫人になりえたのかは読者にはわからずじまいです。青年貴族ヴァルヴィルと結婚できたのかどうかもわかりません。全部宙づりです。うわあすっきりしないと思う人もいるでしょうね。そのせいか当時、勝手に続編がいくつも書かれ、出版されました。今だと作者を差し置いて（あるいは作者の名を騙って）勝手に続編が書かれ出版されるなど、そんな馬鹿なと思いますが、当時はそういうことは大いにありました。

さて、最後にルソー（図2-4）の『新エロイーズ』を紹介します。ルソーは、言わずと知れた啓蒙思想家ですね。教育論『エミール』（一七六二）や、『社会契約論』（一七六二）『告白』（一七七〇）など、世界史や倫理の教科書で目にした方も多いのではないでしょうか。彼は、時計職人の息子としてスイスのジュネーヴに生まれました。生後すぐに母を亡くします。一七二八年、一六歳でジュネーヴを出奔、ヨーロッパ各地を放浪、独学します。一七五〇年、ディジョンのアカデミー懸賞論文に応募して受賞（『学問芸術論』）します。これが思想家としてのデビューとなります。主要著書に、『人間不平等起源論』（一七五五）、『社会契約論』、教育論『エミール』、自伝『告白』などが挙げられます。

そのルソーが唯一書いた小説が『新エロイーズ』です。厳密に言うと、教育論『エミール』は小説仕立てですし、『エミール』にはさらに小説化が進んだ『エミールとソフィ』（一七八〇）という続編がありますので、唯一とは言い切れないかもしれませんが。ともあれ、『新エロイーズ』は、恋愛の情熱が主題ですが、恋愛と道徳のはざまで揺れ動く感受性豊かな人物の心理が描かれます。エロイーズとアベラールの書簡（中世の哲学者アベラールが、エロイーズの家庭教師となり、その恋愛関係に激怒したエロイーズの叔父によって「復讐」を受ける。二人は修道院に入り、年月を経て書簡のやり取りをする）を下敷きに、家庭教師と女生徒の恋愛を描いたものです。平民である家庭教師サン゠プルーとの恋愛に激怒した女生徒ジュリの父によって二人は仲を裂かれ、ジュリは父の友人ヴォルマール氏と結婚します。数年後、ヴォルマール氏はジュリの子どもたちの家庭教師としてサン゠プルーを招くのですが……。要するに、人妻となった元恋人の子どもたちの家庭教師として招かれるわけですね、しかも現在の夫の手配で。設定はなかなかスリリングですが、叙述はゆったりとしていますので、現代の読者の多くはおそらく眠くなるかと思います。ですがところどころ情景や心情を想像するとこれは面白いなという部分があるんですね。そういう部分に焦点を当ててご紹介したいと思っています。これもまた書簡体小説です。

2. 初めての出会い

［プレヴォー『マノン・レスコー』］

それでは、三作品から、出会いのシーンを見ていきましょう。

まず、『マノン・レスコー』において、主人公兼語り手のデ・グリューがマノンに初めて出会う場面を読んでみましょう（**図7-1**）。

図7-1　ユベール=フランソワ・グラヴロ、1753年版『マノン・レスコー』の挿絵（Source gallica.bnf.fr / BnF）

抜粋1

私は一七歳で、アミアンでの哲学の修養を終えていました。P……という最も良い家柄の一つに属している私の両親が、私をそこに送り込んでいたのです。私は賢明で規律正しい生活を送っていましたから、先生方は私をコレージュの模範として推薦していました。ですがこのような名誉に値するよう私は途方もない努力をしたのではなく、私はもともと穏やかで落ち着いた性質なのです。私は好きで学業に専念していましたし、私の生来の悪徳への嫌悪の印が、私の美徳だとみな評価していました。私の生まれ、学業の成功、そして外面的な魅力によって私は町のすべての紳士たちに知られまた評価されていたのです。(Abbé Prévost, *Histoire du chevalier des Grieux et de Manon Lescaut*, in *Romanciers du XVIIIe siècle*, « Bibliothèque de la Pléiade », Gallimard, 1987, p. 1232)

ここでは、語り手兼主人公であるデ・グリュー(聞き手は『ある隠棲した貴人の回想と冒険』の語り手兼主人公の「貴人」ルノンクール)が、家柄、頭脳、性格、そして美貌に恵まれ、周囲からそのように評価されている一七歳の少年であったことが語られます。現代的感覚からすると、ここまで自分が美形の優等生だと遠慮なく言えるのはどうなのか、世間知らずなのではと、ふと思いますが、それも含めての巧みな人物造形かもしれません。

引用部分の直後からは、デ・グリューとは対照的な人物である、善人で少し苦労人の年上の友人のことが述べられています。そして、予告的に、「もし私がそのとき彼(チベルジュ)の忠告に従っていたら、私はずっと賢く幸福だったでしょう」(*Ibid.*, p. 1233)と述べられます。さらに語り手の予告的な後悔が続きます。「私はアミアンからの出発時期を決めていました。ああ! なぜ私はその日を一日早くしなかったのか! もしそうしていたら私は無垢なまま父のもとに戻ったでしょう」(*Ibid.*)。デ・グリューが何度も予告的に「もし〜だったら」と言うのは、つまり、この語りの段階ではすべてが終わっていて、今さら変更のしようがない過去について、聞き手であるルノンクール(そしてルノンクールを介して読者である私たち）に話しているからです。ですから、語りにおいては予告ですが、出来事としてはすでに過去ということですね。話を戻しますと、デ・グリューはアミアンを出発する前日にマノンと運命的出会いをするわけです。このとき、デ・グリューは前述の友人チベルジュと好奇心から駅馬車のあとをついていきます。そして「何人かの女性が出てきましたが、すぐに引っ込みました。しかし一人、かなり若いのが残り、中庭で一人立ち止まりました（……）」（*Ibid.*）と一人の女性を目撃します。この女性がマノンでした。デ・グリューの見たマノンが次のように描かれます。

抜粋2

彼女はあまりにも魅惑的だと私には思われ、それで、かつて性の違いなど考えたこともなかったこの私、若い女性を少しも注意して見たことのなかったこの私、あえて言いますが、みなから思慮分別と自制心とを称えられていたこの私は、自分が突然激情に至るほど燃え上がったのを感じました。私には極端に内気でおどおどしやすいという欠点があったのですが、そうした弱点に遮られるどころか、私の心の恋人のほうへと前進していきました。彼女は私よりもさらに年下でしたが、私の挨拶を当惑した様子もなく受け入れました。私は彼女になぜアミアンに来たのかそしてそこには知り合いがいるのか尋ねました。彼女は両親によって修道女になるようそこに寄こされたのだと無邪気に答えました。恋がすでに私の蒙を啓いていましたので、私の心に恋が存在してから、私はこの意図が自分の望みにとって死の一撃であると見なしたのです。私は彼女に私の感情について理解できるように話しました、というのも、彼女は私よりも世慣れていましたから。彼女が修道院に送られたのは、彼女の意志に反してのことであり、彼女の快楽へと向かう性質を阻止するためであることは疑いがなく、その性質はすでに発生していましたが、その後、すべての彼女の不幸と私の不幸とを引き起こしたのです。(*Ibid.*, p. 1233-1234)

ここに描かれているのは、世慣れていない、女性にも慣れていない青年が、一目ぼれで一気に突き進む様子です。まず、彼の性格を表す言葉として、抜粋1では、「賢明で」「規律正しい」「もともと穏やかで落ち着いた性質」「好きで学業に専念」、抜粋2には、「かつて性の違いなど考えたこともなかった」「若い女性を少しも注意して見たことのなかった」「思慮分別と自制心」「極端に内気でおどおどしやすい」の表現が並んでいます。良家の、大事に育てられてきた内気な一七歳の少年です。そのデ・グリューが、自分の性格に反する行動をしかも一気に取ります。抜粋1には「もともと穏やかで落ち着いた性質」とあったのに抜粋2では「突然激情に至るほど燃え上が」り、そして「極端に内気でおどおどしやすい」にもかかわらず、「そうした弱点に遮られるどころか、私の心の恋人のほうへと前進」していくのです。初対面の名も知らない女性に接近し、すでに「心の恋人」とまで表現しています。

一方、マノンの性質や様子の表現としては、次が挙げられるでしょう。「あまりにも魅惑的」「私よりもさらに年下」「私の挨拶を当惑した様子もなく受け入れ」「無邪気に」「私よりも世慣れて」「彼女の快楽へと向かう性質」「その性質はすでに発生していました」。気になるのは、マノンが「あまりにも魅惑的」なので、「若い女性を少しも注意して見たことのな」い「思慮分別と自制心」に満ちた自分が「突然激情に至るほど燃え上がった」と、自分の感情をマノンの魅力によって免責していること、また、自分より「さらに年下」であるが「世慣れて」いるマノンに、今後の行動をリードしてほしい意向が見えることですね。そしてここでも予告的に「彼女の快楽へと向かう性質」が「すべての彼女の不幸と私の不幸とを引き起こした」と述べられています。

すでに述べたように、この小説はすべてデ・グリューから見ての語りとなっています。会話も、この場面では直接話法はなく、間接話法で語られています。したがって、マノンの性質等についてデ・グリューからの視点でほぼ断言されています。読者は、デ・グリューの語りを通してのみマノンの性質・行動を見ていくことになります。二人の出会いの中に、これからの二人の行く末がすべて暗示されています。

話の流れ、時の流れについて若干触れると、デ・グリューは一七歳でマノンに出会い、駆け落ちします。途中で二年ほど別れますが、再会し、再度二人で出奔します。経済的困難に直面して結局は犯罪行為で捕まりますが、身分の高いデ・グリューは釈放され、マノンのみ新大陸に送られることになります。実際に新大陸（当時のフランス領土であるアメリカルイジアナ州あるいは現カナダのケベック）の開拓民において、男女の人口比の不均衡を解消するため、妻候補として、孤児、貧しい家庭出身の女性や、娼婦たちが送り込まれた時期が、ルイ十四世治世期（**図7-2**）及び摂政政治のころ（**図7-3**）にありました。デ・グリューは自分の意

図7-2　ケベックに最初に送られた女性たちの350周年記念プレート。「1663-1673年、700人以上の若い娘たちがケベックに結婚のため送られた　彼女たちは「国王の娘たち」と呼ばれた」と記載されている。（ルーアン、2013年、出典：Wikimedia Commons）

図 7-3　アントワーヌ・ヴァトー原画、ピエール・デュパン版刻『箱娘の出発』（1750 年、Source gallica.bnf.fr / BnF）

志でマノンに随行します。新大陸への出発前にルノンクールと出会いますが、この段階では詳しい身の上話はしていません。およそ二年後、新大陸でいろいろあった末に、マノンが亡くなり、デ・グリューのみ戻ります。ルノンクールとカレーで再会し、そこで冒頭の「私は一七歳でした」云々の語りが始まります。したがって、デ・グリューの語りの始まる時点で、すべてのことは終わってしまっています。マノンはすでにいない中でのデ・グリューの語り、すなわち彼の解釈をルノンクールおよび読者は聞くのです。デ・グリューが信用できる語り手なのかどうか、それともアガサ・クリスティーのとある推理小説のように、語り手＝犯人のような信用できない語り手なのか、あるいは彼は悪気なく自分側から見た景色のみ語っているのか、もしマノンが語り手になったらこの小説はどんな様相を見せるのか、そのような妄想をするのは天邪鬼に過ぎるでしょうか。

［マリヴォー『マリアンヌの生涯』］

次に、『マリアンヌの生涯』を見てみましょう。『マノン・レスコー』とは異なり、主人公マリアンヌとのちに恋愛関係となる男性との出会いは、小説冒頭には置かれず、第二部の冒頭にあります。これはこの二作品の大きな差異と言えるでしょう。『マノン・レスコー』では二人の恋愛が主要な軸となっていることが、語り手によって明らかにされています。『マリアンヌの生涯』においても、もちろん主人公の恋愛は大きな軸の一つではありますが、小説の出発点となっているのは、むしろ主人公の身元が不確かで、出自が貴族なのか平民なのかが不明確であることと言えるでしょう。

さて、主人公のマリアンヌは一五歳、信心家を装ってマリアンヌに親切にする貴族クリマルのプレゼントによって、美しく着飾り、教会に入ります。そこで自分の美しさが人々の視線を集めることに即座に気がつきます。

女性たちは自分より美しいマリアンヌの方を長くは見ようとしません。男性の方は彼女をしげしげと見ます。そこでマリアンヌは、ときには「私は自分の魅力についてちょっとした発見で彼らをもてなしていました。私はなにかしら新奇なものを教えていたのですが、そう苦労はしませんでした。」(Marivaux, *La Vie de Marianne*, « Classiques Garnier », Bordas, 1990, p. 62) と語り、彼女が自分はかわいい、きれいな娘であることを意識していることを明らかにしています。鼻持ちならないといえば鼻持ちならない、自分の美をみせびらかす風です。ただし、語り手は五〇代のマリアンヌです。若いときの自分を細密に分析しながら語っています。「ほら、わたしかわいいでしょ」とばかりに男性たちに自分のかわいらしさを見せつけている状態だったことを語っています。そのような状態のときに、彼女はある青年と出会います。

抜粋

私に視線をひきつけられていた若い男性たちの中に、私自身はっきり区別していた人がいて、私の目はほかの人よりもその人の方に行ってしまうのでした。

私は、自分がそのことによって喜びを感じているとは気づかないまま、その人を喜んで見ていたのです。それは、私はほかの人たちの気を引きたかったのですが、その人に対してはそうではなかったからでした。私は、彼に気に入られたいなんて忘れていました。ただ彼を見ていたかったのです。

恋は、初めて恋するときには、このような善意で始まるもののようです、そして恋するという甘美さが愛すべき存在であるという配慮を中断してしまうのかもしれません。

この若い男性は、彼の方は、ほかの方とはまったく異なった仕方で私を検討していました。もっと慎ましく、しかしながらもっと注意深かったのです。彼と私との間には何かもっとまじめなものがあったのです。ほかの男の人たちは私の魅力に大っぴらに喝采を送っていましたが、その人は私の魅力を感じていました。少なくとも私はそうではないかとときおり思っていましたが、漠然とでしたので、自分が何を考えているか言うことはできなかったでしょうし、自分が自分について考えていることもまた言うことはできなかったでしょう。

私が知っていることはただ、彼の視線が私を当惑させていたこと、視線を彼に返すことをためらっていたこと、そしてずっと視線を返していたことです。私は彼の視線に答えていることを彼にわかられたくはありませんでしたが、彼がそれをわかったことを不満には思いませんでした。

(*Ibid.*, p. 63–64)


こちらは語り手が女性というのもあるかもしれませんが、だいぶ『マノン・レスコー』における出会いとは様相が異なりますね。まず、ほかの男性と一人の男性との視線の差異が言及されています。ほかの男性たちはマリアンヌの美に「大っぴらに喝采」していますが、マリアンヌがほかの人と「はっきり区別」していた男性は、「もっと慎ましく」しかし「もっとまじめ」に彼女を見ていました。マリアンヌは、ほかの男性たちに見られること、つまり自意識を満足させることよりも、自分がその男性を見ること、視線の主体になることの方に夢中になります。マリアンヌとその若い男性は、繊細な視線のやり取りはするものの、言葉を交わすには至らぬまま、その場を離れることとなります。『マノン・レスコー』において、デ・グリューとマノンの二人が、初対面でその後の駆け落ちに結びつくような待ち合わせの段取りをするのとはまったく異なります。

ルソー『新エロイーズ』

さて、次にルソーの『新エロイーズ』を見ていきましょう。すでに述べたように、『新エロイーズ』は平民の家庭教師サン＝プルーと貴族の娘である生徒ジュリとの恋愛を描く書簡体小説です。この章の冒頭で、「恋愛を発生から描く」と書きましたが、この『新エロイーズ』に関しては、冒頭部分ですでにサン＝プルーのジュリへの恋心は明確になっています。二人の初めての出会いについて言及されるのは、第二部、二人の関係が親の知るところとなってジュリに父親の知り合いとの縁談が持ち上がってからのことです。以下、サン＝プルーからジュリへの書簡からの抜粋です。

抜粋

ああジュリ！　君ははかない感情を芽生えさせるんだろうか、僕が何も約束しなかったとしても、僕が君のものであることを止められるとでも？　いや、いや、もはや何も消すことができない永遠の炎が僕の心に点いたのは、君の目の最初のまなざし、君の唇の最初の言葉、僕の心の初めての高ぶりからなのだから。(Jean-Jacques Rousseau, *Œuvres complètes*, t. II, « Bibliothèque de la Pléiade », Gallimard, 1961, p. 230)

この一節は出会いのシーンを描いたというよりは、初めての出会いで恋に落ちたことを相手に告げています。『新エロイーズ』に関しては、最初の出会いよりも、むしろ恋人同士が別れて八年後の、妻となり母となったジュリとの再会シーンに力点が置かれています。

3. 再会

【『マノン・レスコー』】

では、再会シーンに参りましょう。まず『マノン・レスコー』ですが、初対面でマノンに一目ぼれをしたデ・グリューは、このままだと修道院に入れられて修道女にされてしまうというマノンと駆け落ちをします。デ・グリュー自身聖職者になる予定だったのですから、自分自身の運命を大きく変える決断をあっという間にしたわけです。もちろん貴族の息子とはいえ、家族からは大反対される恋愛ですから、助力は得られません。二人の生活はあっという間に経済的に立ち行かなくなります。デ・グリューにいわゆる生活力はありません。彼らの所持金は、デ・グリューがお小遣いを貯めていた五〇エキュと、マノンの方は彼の二倍ほどの金銭でした。三週間ほどで金銭的な行き詰まりを感じるに至りますが、マノンは自分の若さ美しさ、要は性的魅力でこの窮地をしのぎます。さらに数週間後、結局、デ・グリューは父のもとに連れ戻されますが、それはマノンの考えもあってのことでした。デ・グリューはマノンの裏切りに打ちのめされたまましばらく父に監禁されます。当時の家長の権限は大きく、意に従わない家族を監禁すること、相続権を奪うことは、そう珍しくはなく、ときには国家権力の力を借りて投獄・監禁することさえありました。デ・グリューは実家で召使たちに監視されながら監禁されますが、年月とともに本来の優等生に戻り、サン＝シュルピスの神学校（パリ）に入学し、優秀な成績を修めます。神学校での優秀さで彼の名はパリ中に知られます。このあたりで、二人が離れておよそ二年が経過しています。さて、ある日、デ・グリューのいるサン＝シュルピスに、ある婦人が、つまりマノンですが、デ・グリューを訪ねてきます。

抜粋1

夜の六時でした。私が戻ってまもなく、ある婦人が私との面会を望んでいると知らされました。私はすぐに面会室に行きました。なんと！　なんと驚くべき出現でしょう！　私はマノンを見出したのです。それは彼女でした、ですがかつてないほどに愛らしく輝かしい彼女でした。彼女は一八歳でした。彼女の魅力は筆舌に尽くしがたいものでした。それほど繊細、甘美、人を魅惑する様子、恋そのものの様子だったのです！　彼女の姿全体は私には魔法のように見えました。

私は彼女を見て、呆然とし、この訪問の意図が何なのか測りかねて、目を伏せ、震えながら、待っていました、彼女が説明するのを。しばらく彼女も私も当惑していました、が、私の沈黙が続くのを見て、彼女は手を目の前にやり、涙を隠しました。(Abbé Prévost, Op. cit., p. 1252)

この後デ・グリューはマノンを許し、二人はまた行動をともにすることになります。初めての出会いと同様、再会シーンもやはりマノンの言説はほぼ間接話法となるのですが、以下に見るように、少しだけマノンの言葉が再現されています。見てみましょう。マノンの直接話法の部分を太字にしてあります。

抜粋2

彼女はおずおずと、自分の不貞は私の憎しみに値することを認めるけれども、もし私がかつて彼女になんらかの愛情を抱いていたのが本当ならば、彼女の身の上がどうなったか知ろうともせず二年間過ぎるに任せるのも無情ではなかったか、今私の目の前に彼女がいるのを見て、一言も言わないのもさらに無情ではないかと私に言いました。彼女の言葉を聞いて、私の心は乱れ、とても言い表せそうにありません。

（……）努力の果てに、苦し気に私は叫びました。

「不実なマノン！　ああ！　裏切者！　裏切者！」

彼女は、熱い涙を流しながら、自分の不実を正当化するつもりはないと繰り返しました。

「それではどういうつもりなんですか？」私はまた叫びました。

――私は死ぬつもりです、もしあなたが私に心を返してくださらないなら、だってあなたの心がなければ私は生きられませんもの、そう彼女は答えた。（*Ibid.*, p. 1252–1253）

このマノンの言葉に結局はデ・グリューは陥落するわけですね。こうして見ると、デ・グリューの語りの中で、マノンの言説は効果的に直接話法と間接話法が切り分けられているように思います。

【『マリアンヌの生涯』】

では次に『マリアンヌの生涯』ですが、先ほどの教会の場面ののち、マリアンヌとその気になる男性は、言葉を交わすことなく別れます。名前もお互いに知らないままです。

抜粋1

とうとうみな教会を出ました、そして私は次のことを覚えています、私が教会からゆっくりと出たこと、足取りが遅くなっていたこと、自分がそこを離れがたく思っていたこと、そして何か物足りなく思っているがそれが何かはわからない心を抱えて立ち去っていたことを。私は、心はそれがわかっていなかったと申しました。それはたぶん言いすぎですわね、というのは、立ち去るとき、私は自分の背後に残した若い男性にまた再会できるよう何度も振り返っていました。でも私は自分が彼のために振り返っているとは思っていませんでした。

彼はというと、彼を呼び止めた人たちと話していましたが、私の目はあいかわらず彼の目と出会っていました。

しまいには大勢の人が私を取り囲み私は大勢の人とともに引きずられていきました。私は通りにいて、寂しく家路をたどりました。(Marivaux, Op. cit., p. 64)

このようにマリアンヌはその若い男性のことが気になりつつも、言葉をかけるすべもなく、また、自分がどうしたいのかも明確にはわかっていない状態です。デ・グリューのマノンとの初対面シーンとはだいぶ異なりますね。なにしろデ・グリューは、それまで女の子のことなんかまったく眼中になかったのに、一直線に突き進むわけで、声をかける前に「心の恋人」と呼ぶほどですから。現実的かどうかでいうと、マリアンヌの初対面シーンの方が現実的ではありますね。

さて、このようにとぼとぼと徒歩で家路をたどるマリアンヌですが、この直後に意外な再会が準備されています。なお、この徒歩で帰宅するということ自体が、彼女が上流社会に属していないことの証左でもあります。散歩などは別として、移動にあたって上流社会の人々は、馬車に乗ります。お抱えの御者ですね。中流だと乗合馬車、今日のタクシーです。マリアンヌはというと、乗合馬車に乗るお金もなく、歩くわけです。出会った男性のことをぼーっと考えていて、背後から馬車が来るのにも気づきませんでした。当時は歩行者優先ではなく、馬車優先です。

御者の「危ない!」という声に我に返った彼女ですが、馬車を避けようとして転び、脚にけがをします。間一髪で彼女は馬に踏まれずに済んだわけですが、大騒ぎとなり、みな大声で騒ぎ始めますが、最も大声なのが、その一行の主人で、馬車から出てきて、彼女のもとに駆け寄ります。みなさん、もう何か予感がしてきませんか?

抜粋2

しかしながら、私は起き上がらせられました、いやむしろ持ち上げられました、というのは私には立っていられないことがみなわかっていたからです。でもどんなに驚いたかわかってくださいな、私を救おうと駆け寄った人々の中に、教会に残してきたあの若い男性を認めたとき。彼はその馬車の持ち主だったのです、彼の家はそこからさほど遠くないところにあり、彼は私をそこに運んでもらおうとしました。

彼がどんな不安な様子でふるまったか、どれほど彼が私の事故に動揺したように見えたか、私はあなた（引用者註：書簡の相手）に言いませんでしたね。彼が示した苦悩を通して、私はしかしながら運命は私を引き留めたので、そうは彼の心を傷つけなかったように見えました。「お嬢さんに気をつけるんだぞ」と彼は私を支える人たちに言っていました。「彼女を優しく運ぶんだ、急ぐんじゃない」というのも彼がこのとき話したのは私ではありませんでした。彼は私と話すことを控えていたようでした、私の状態や状況から。そして私への配慮においてのみ優しくあろうとしていたようでした。(*Ibid.*, p. 65)

この男性が馬車の持ち主、一行の主人であることから、彼が上流社会に属していることは明らかです。また、この段階ではマリアンヌと彼は言葉を交わしてはいませんが、初対面のシーンと同様、視線は雄弁でした。

抜粋3

（……）私は私の目が彼に何を言ったのかはわかりませんが、彼の目はとても優しく私に答えましたので、私の目はそれに値したのにちがいありませんでした。(*Ibid.*)

このように、まるで少女漫画のような展開ですが、言葉を交わすことなく気になる男性と離れ離れになった主人公マリアンヌは馬車の事故によってその男性と再会するわけです。こちらは初対面シーンから一時間も経っていない再会です。マリアンヌは彼の家に運び込まれ、医師に足の具合を診察してもらいます（図7-4）。

図7-4　シェリー、1736年版『マリアンヌの生涯』第二部の挿絵（出典：Wikimedia Commons）

［『新エロイーズ』］

さて、『新エロイーズ』における再会は、二人の恋が燃え上がり、しかし父親に引き裂かれた後、八年の歳月が経っています。ジュリは今や二児の母です。そこに、かつてジュリの家庭教師かつ恋人であったサン＝プルーが、子どもたちの家庭教師として呼ばれます。これはジュリの夫ヴォルマール氏の考えでもあります。このような中での再会です。サン＝プルーから親友のイギリス貴族エドワード卿宛ての書簡の一節です。

抜粋

ジュリは私の姿に気づくとすぐに私だとわかりました。そのとき、彼女にとって、私を見るなり、叫び、走り、私の腕の中に身を投げることは一つながりのことでした。彼女の声を聞いて、私は身のうちに震えを感じました。振り向き、彼女を見ました、彼女を感じました。ああ閣下、友よ！……話すことができない……危惧よさらば、恐怖、恐れ、世間体よさらば。彼女のまなざし、叫び、ふるまいが、一瞬で私に自信と勇気と力を返してくれました。私は彼女の腕の中で熱と生命を汲み取りました。私の腕に彼女を抱きしめて私は喜びで溢れました。神聖な興奮で私たちは固く抱き合ったまま長く沈黙し、かくも甘美な感動の後でしか、私たちの声は混じり始めませんでしたし、私たちの目に涙は浮かびませんでした。ヴォルマール氏はそこにいました。そして私はそれを知っていました、彼を見ていました。ですが私に何を見ることができたというのでしょうか？　いいえ、たとえ世界全体が私に対して団結したとしても、責め苦の道具で取り巻かれたとしても、私は自分の心をほんの少しもこうした愛撫、つまり純粋で聖なる親愛の優しい始まりから遠ざけようとはしなかったでしょう。私たちはそれを天に持っていくことでしょう！（Jean-Jacques Rousseau, Op. cit., p. 420-421）

いかがでしょうか、こちらの再会シーン。いや夫の面前ですが、大丈夫なのか？　今後どうなるの？　というサスペンス満載ですね（**図7-5**）。この場面は、第四部のほぼ冒頭、小説全体の後半の始まり部分です。この場面から、まさに二人の危うい感情の均衡がどのように形成されるのかあるいは崩壊するのか、読者はつぶさに見ていくことになります。

以上三者三様の再会シーンでしたが、みなさんはどの作品の再会シーンが印象的だったでしょうか。

図7-5　アントワーヌ=ジャン・デュクロ『美しい魂の信頼』（1777年、ロサンゼルス、ロサンゼルス・カウンティ美術館）

第八章　革命前夜の文学

1. 一七三〇年代から一八〇〇年までの文学の傾向

八章では、革命前夜の文学として、ラクロ『危険な関係』、ベルナルダン・ド・サン＝ピエール『ポールとヴィルジニー』、ボーマルシェの戯曲『フィガロの結婚』（一七八四）をご紹介しましょう。その前に、簡単に一七三〇年代から一八〇〇年までの小説を中心としたフランス文学の傾向を見ていきます。

まず、文学における小説の位置ですが、前でも述べたように、当時小説の地位は低かったんですね。散文よりも韻文の方が格上だったわけです。しかしながら、識字率の上昇と印刷の普及による書物の廉価化により、従来とは異なる新しい読者層が誕生し、小説は飛躍的に受容されるようになります。そうした中で、感性に基づいた新しいモラルが誕生し、伝統的・宗教的道徳からの解放さらには逸脱、感情の解放からさらには感傷・官能への傾きが生じます。一方で、客観描写の小説成立以前ですので、さまざまな形式・実験的な小説が誕生します。

当時の風潮をよく表す小説として、「リベルタン小説」というジャンルがあります。リベルタン libertin とは、もともとは、一七世紀における自由思想 libertinage（既成のキリスト教信仰に反逆する思潮）

の流れに属する人々を言います。これは、一八世紀啓蒙思想の先駆とも言えるのですが、一方で、一八世紀の後半においては、自己の放蕩や無頼な生活態度の合理化といった傾向も表れ、したがって、リベルタン小説は、退廃的な文学・小説をも指します。その代表的な作品としては、クレビヨン・フィス『ソファー』（一七四五）、ラクロ『危険な関係』、サド『悪徳の栄え』（一七九七）などが挙げられます。クレビヨン・フィスの『ソファー』は前世がソファーだったという人物が語り手となって、自分（ソファー）の上で繰り広げられた男女の会話や行為を語るという小説です。

また、社会・風俗の小説化が進みます。マリヴォー『マリアンヌの生涯』『成り上がり百姓』などには、社会的上昇を遂げる主人公を語り手に、主人公が体験するさまざまな社会階層の描写がありますし、プレヴォー『マノン・レスコー』やディドロ『おしゃべりな宝石』（一七四八）には、当時の恋愛や性的退廃が描かれます。『おしゃべりな宝石』の「宝石」とは、女性器を意味しており、魔法の指輪で女性器が過去の性遍歴を語り始めるという話ですが、設定がなかなかのものですね。また、同じくディドロの『修道女物語』（執筆一七六〇―八〇、出版一七九六）には、自分の意に反して修道院に入れられ修道女となったシュザンヌが語る回想体小説です。ここには明白な修道院風刺の意図が見られます。なお、ディドロには自らの意志で修道女となった妹アンジェリックがいますが、彼女は修道院で迫害を受け、精神を病んで二〇代で亡くなっています。『ラモーの甥』もまた、旧体制下のフランスへの痛烈な風刺と言えます。『運命論者ジャック』（執筆は死の間際まで？／一七八四、出版一七九六）はまさに実験的な小説と言えます。ジャックとその主人の旅路を描くのですが、その過程でジャックの恋物語が語られます。ですが、中断また中断、脱線また脱線、起承転結がなく、いわゆる近代的な小説とは異なり、ポストモダン的と言われています。

一八世紀後半になると、感情と自然がクローズアップされます。プレ・ロマンティスムと言われる傾向が出現するわけです。この用語は二〇世紀になって作られました。一八世紀後半のヨーロッパ全体に見られた文学的傾向を言います。理性よりも感情を、特に感傷性を好み、都会よりも自然、特に未開の自然に傾きます。プレ・ロマンティスムの代表的作品としては、ルソー『新エロイーズ』、『孤独な散歩者の夢想』（一七八〇）、『告白』（一七八二）、ベルナルダン・ド・サン＝ピエール『ポールとヴィルジニー』が挙げられます。

さらに、演劇において、ブルジョワ精神をもとにした市民劇と呼ばれるものが登場します。従来の古典悲劇における主人公は、神話的人物や王侯貴族などに限定され、一般市民が登場するのは喜劇に限定されていました。しかし市民劇においては、市民が主人公となります。台頭しつつある市民階級の価値観を反映したものとなっていました。

2. ラクロ『危険な関係』*

【作者ラクロと出版当時の反響】

まず、作者のラクロ（図3-3）について述べます。一七四一年生まれですので、この作品出版当時は四〇歳を超えたあたりですね。軍人でもあります。北フランスの小貴族の出身（祖父は商人だったらしい）です。ですから、新興貴族ですね。軍務の傍ら執筆した小説『危険な関係』で名を残しました。革命中はオルレアン公の秘書となったりジャコバン党に入党することもありました。二度入獄しますが処刑は免れます。その後ナポレオン軍の将軍としてイタリア遠征中に病没します。小説『危険な関係』によって、フランス文学史上、二〇世紀半ばまで、サド侯爵、レチフ・ド・ラ・ブルトンヌとならび、スキャンダラスな作家として取り扱われてきました。

『危険な関係』は一七八二年四月出版されるや初版二〇〇〇部はたちまち売り切れ、五月に二〇〇〇部再版します。現代の感覚では、二〇〇〇部なんて大したことないと思うかもしれませんが、当時は大変な部数です。偽版も多数出ました。この小説は多声型の書簡体小説、すなわち手紙の書き手が複数人設定されています。当然のことながらそれぞれ人物に応じて文体が書き分けられています。恋愛遊戯の果てに自滅する貴族の男女を描いていますが、脚色しやすいのか、数多く映画化されています（少なくともフランスで二回、アメリカで二回、日本、韓国でも）。映画化されたものは、舞台が一八世紀のままのものもあれば、現代に置き換えたものもあります。人物設定や筋に普遍性があるということでしょう。

しかしながら、小説への後世の評価に関して述べますと、一九世紀においては、ボードレール以外には評価されませんでした。が、二〇世紀半ばから再評価されるようになりました。ボードレールの「この書物が焼くとすれば、氷のように焼くしかない」という表現が有名です。あえて蛇足を承知で換言すれば、この小説は確かに焼け付くような熱があるが、その熱は氷のような冷たい計算に基づいているといった意味合いでしょうか。

さまざまな観点からの読解が可能なこの小説ですが、まずは主な登場人物をご紹介しましょう。

メルトゥイユ侯爵夫人：貞淑な未亡人を装いつつ恋愛遊戯の限りを尽くす。かつての恋人ジェルクール伯爵が修道院から出たばかりのセシルと婚約したと知り、やはり以前の愛人のヴァルモン子爵にセシルを誘惑させる。
ヴァルモン子爵：かつての愛人メルトゥイユ侯爵夫人に頼まれてセシルを誘惑するものの、トゥール
ヴェル法院長夫人の攻略のほうに力を入れる。やがてそれがもとでメルトゥイユ夫人との共謀関係は
崩れ、両者の破滅のもとになる。
トゥールヴェル法院長夫人：美しく貞淑の誉れ高い女性。ヴァルモンの誘惑に屈するが、捨てられ、狂
死する。
セシル・ヴォランジュ：修道院を出たての世間知らずな少女。ダンスニーに恋心を抱きつつ、ヴァルモ
ンに誘惑される。
騎士ダンスニー：セシルの恋人。ヴァルモンがセシルを誘惑したことを知り、ヴァルモンと決闘する。

［読解の軸――誘惑者と被誘惑者］

二〇世紀後半の再評価を経て、この作品にはさまざまな読解の軸が提示されてきました。階級的、ジェンダー的闘争が描かれているといった読みから、書簡体小説としての機能を最大限に追究し、そのことによって書簡体小説の最高峰の達成と終焉を導いたというような文学史的な意味も含めて、論争を呼びつつ、現代においても映像化・舞台化される魅力的な作品と言えます。本書においては、読解の軸として、複数の対立軸が設定された計算し尽くされた作品であることを念頭に、検討していきたいと思います。もちろんそんな「計算」など度外視しても十分に面白く読める作品ではありますが、張り巡らされた企みに、目の眩むような冷たい熱を覚える読者もいることでしょう。

まず、基本の対立軸として、誘惑者―被誘惑者を提示します。被誘惑者は、犠牲者と呼んでもいいで

しょう。この小説は、修道院から出たばかりの貴族の娘、セシルの手紙で幕を開けます。一信の修道院から出たてのセシルが、修道院時代の親友ソフィに宛てた手紙と、二信、メルトゥイユ侯爵夫人がヴァルモン子爵に宛てた手紙を見ていきます。『ポールとヴィルジニー』のヴィルジニーもそうでしたが、身分の高い娘の教育は修道院でなされていました。セシルもそうです。ですから、修道院にいる＝修道女になるではありません。

一信　**（セシルからソフィ宛て　パリ、一七＊＊年八月三日）**

わかるでしょ、私約束を守っているわ、帽子やポンポンにすべての時間を使ってはいないのよ。いつだってあなたのためには時間を残しておくつもり。でも今日一日だけで私たちが過ごした四年間に見たよりももっとたくさんの飾り物を見たわ。（……）ママンはなんでも相談してくれるの。以前よりもずっと私を寄宿生扱いしなくなったわ。私専用の小間使いがいるのよ。自由に使える居間と化粧部屋があって、今とてもきれいな机であなたに手紙を書いてるけど、その机は引き出し付きで、その鍵を私が持ってるの。だから隠したいものは全部そこに隠せるのよ。ママンが言うには、毎日ママンが起きたら会いに来るように、今はずっと私たちだけだろうから髪を結うのは昼食のときで十分、それから、午後会う時間は毎日伝えることになるって。残りの時間は私の自由になるの、それで、修道院でのようにハープ、デッサン、それから本を読むとか。私を怒るマザー[a]・ペルペテュがいないにしても、ずっと何もしないのも私次第なんだとしても、いっしょにおしゃべりしたり笑ったりするソフィがいないんだもの、同じようにしなくちゃ。

まだ五時になってないわ。ママンに会いに行くのは七時になってからでいいの。だから時間は十分あるのよ、何か話せることがあればねえ！　でもまだ何も話してもらってはいないのよ。それで、いろんな準備がされているのを見なければ、たくさんの職人たちがみな私のためにやってきているのでなければ、私を結婚させることなんて考えていないと思うことでしょう、（……）でもママンが、娘というものは結婚するまで修道院にいなければならないってよく言っていたし、私が修道院から出された以上、ジョゼフィーヌ[b]のいうことが正しいにちがいないわ。（Laclos, *Œuvres complètes*, « Bibliothèque de la Pléiade », Gallimard, 1979, p. 11-12)

解説

a. マザー：修道院の教育係の修道女。
b. ジョゼフィーヌ：修道院の受付係の修道女。

セシルは、静かで単調な修道院生活から一転した現在の華やかな生活について、浮き浮きと語っています。「帽子やポンポン」「私たちが過ごした四年間に見たよりももっとたくさんの飾り物」といった美しいものに囲まれ、さらに「私専用の小間使い」がいて、「自由に使える居間と化粧部屋があって」と、浮足立った彼女のおしゃべりはとどまることがありません。

このようなセシルですが、彼女の手紙には何度もママン Maman という言葉が出てきます。まだ子どもなんだな、精神的に幼いなという印象ですね。確かに一五歳です。一方で彼女は、自分が結婚させられるらしいことも予感しています。「まだ何も話してもらってはいない」が、「いろんな準備がされている」「たくさんの職人たちがみな私のためにやってきている」のを見て、「私を結婚させること」になっているらしいと感づいています。しかもセシルは今後の自分の運命について母親から何も聞かされてはいないものの、「ママンが、娘というものは結婚するまで修道院にいなければならないってよく言っていた」し、「私が修道院から出された以上」、加えて周囲の動きから、自分は結婚することになるらしいと推測しています。一五歳の少女にとっては落ち着かない状態でしょう。本人に詳細を伝えないままに結婚の準備が進行するのは現代の感覚からは信じがたいことですが、当時の貴族の娘は大なり小なりこのような状況と言えるでしょう。

では次に、二信、メルトゥイユ夫人からヴァルモン宛ての手紙を検討します。この二人が、この小説の最も基本的な動きを構築する人物です。ストーリーを動かす人物ということですね。二人は自分をリベルタンと認識しています。もともとは恋人同士でしたが、今では恋愛関係は解消し、友人となっています。

冒頭、メルトゥイユ夫人はヴァルモンに呼びかけます。

二信　**（メルトゥイユ夫人からヴァルモン宛て　パリ、一七＊＊年八月四日）**

お戻りなさい、ねえ子爵、お戻りなさいよ。何をしているのかしら、全財産があなたに残される年取った伯母さんの家で何をできるのかしら？　あなたが必要なの。すばらしい考えが浮かんだのよ。あなたにその実行を任せたいのです。この言葉だけで十分でしょう。私に選ばれたあまりの光栄に、跪いて私の命令を伺いに馳せ参ずるにちがいないことでしょう。でもあなたは私の好意を濫用なさるのね、活用しなくなってからも。永遠の憎しみか過度の寛容さかという二者択一の際に、あなたは幸運にも私の好意によって許されるのです。ですから私の計画をお聞きなさいな。ですが、忠実な騎士として誓ってくださいこれを終わらせるまでは、どんな色恋も追いかけまわさないと。このアヴァンチュールは主役に似つかわしいものです。あなたは愛と復讐に奉仕するのですよ。それはあなたの回想録にさらにもう一つ加えられる放蕩の策略となることでしょう。そうです、あなたの回想録にね、というのは、いつかあなたの回想録を出版したいと思っておりますし、それを私が書いて差し上げてもいいのですよ。さて本題に戻りましょう。(*Ibid.*, p. 13)

完全に上からの物言い、上から目線ですね。自分の言うことにヴァルモンは必ず従うはずだと思っています。このメルトゥイユ夫人の思いは、少しあてが外れることにはなるのですが。さて、メルトゥイユ夫人の「すばらしい考え」「本題」が何なのか、気になりますね。こんな風にも彼女は言っています。「あなたは愛と復讐に奉仕するのです」と。なんでしょうか、愛と復讐。では、二信の続きです。

二信　続き

ヴォランジュ夫人が娘を結婚させるのです。まだ秘密なのですが、夫人は昨日私に知らせてきました。婿として夫人がだれを選んだとお思い？　ジェルクール伯爵です。私がジェルクールの従姉になるだなんて。それで、怒りの只中にいるのです。あら！　まだわからないのかしら？　まあ！　鈍いわね。それでは知事夫人との色恋の件は許してあげたのですか？　それで私は、なおのことジェルクールに文句を言うには当たらないというわけね、なんてあなたは人でなしなんでしょう！　でも落ち着きます、復讐するという希望で魂が晴れやかになりますわ。

あなたも私と同様、うんざりだったでしょう、ジェルクールが未来の妻に重視した事柄と、そのために、避け得ない運命を避けられると信じ込む彼の慢心には。彼の修道院教育への滑稽な思い込みや、ブロンドは慎み深いというさらに滑稽な先入観は、ご存じだと思います。実際、ヴォランジュの小娘が六〇〇〇〇リーヴルの年金があっても、彼女がブルネットだったら、もしくは修道院にいなかったら、彼は決してこの結婚をしなかっただろうと、私保証するわ。(……)しかも、この新規の小説のヒロインは、あなたの配慮に値します。彼女は本当にきれいですよ。ほんの一五歳、薔薇のつぼみです。(*Ibid.*, p. 13-14)

ヴォランジュ夫人が娘婿として(つまりセシルの夫として)ジェルクール伯爵を選んだとメルトゥイユ夫人は言います。このジェルクールに、メルトゥイユ夫人とヴァルモンは恨みがありました。知事夫人のせいでメルトゥイユ夫人はジェルクール伯爵に振られ、ヴァルモンはジェルクール伯爵のせいで知事夫人に袖にされたのです(引用中の「知事夫人との色恋の件」のことです)。それで、ジェルクールの鼻を明かそうというのですね。ジェルクールは妻になる女性は処女でなければならないと思い、それには修道院教育を受けた娘、かつ金髪が良いという考えを持っているというわけです。このジェルクールの思い込みを、メルトゥイユ夫人は「滑稽」という言葉を何度も用いて相当馬鹿にしています。つまり、メルトゥイユ夫人の言う「愛と復讐」とは、セシルを結婚前に誘惑して処女ではなくしてジェルクールの鼻を明かそうということですが、メルトゥイユ夫人はヴァルモンの気を引くべく、セシルの魅力を力説します。「ほんの一五歳、薔薇のつぼみです。」と。

このように、この小説は一信がセシル=被誘惑者によって書かれた手紙、二信がメルトゥイユ夫人=誘惑の計画者がヴァルモン=誘惑の実行者に宛てた手紙となっています。なお、**図8-1**はヴァルモン

図 8-1　マルグリット・ジェラール、1796 年版『危険な関係』の挿絵（Londres、出典：Wikimedia Commons）

がセシルの寝室に侵入する様子を描いた、一七九六年版の『危険な関係』の挿絵です。ヴァルモンはメルトゥイユ夫人の呼びかけに応じて、セシルを誘惑することとなります。彼の誘惑の対象は、セシルのみではなく、トゥールヴェル夫人もまた彼に誘惑されます。ヴァルモンにとってはむしろ本命の女性と言ってもいいこの女性への誘惑を優先することによって、メルトゥイユ夫人―ヴァルモンという誘惑者の協力関係は揺らぎ、結果的に二人は決裂に至ります。ここにはもう一つの対立軸、男―女が認められるでしょう。さらには、トゥールヴェル夫人が法院長夫人、すなわち法服貴族の家系に連なる存在であること、メルトゥイユ夫人がしばしば彼女のブルジョワ風を揶揄しているところから、帯剣貴族―法服貴族の対立軸も埋め込まれていることがうかがえます。このような複数の対立軸が縦横に絡み合いながら、それぞれの闘いの場が書簡に描かれてストーリーが展開しているわけです。

【書簡体小説としての性質】

多声型の書簡体小説の機能を生かした面白さがこの小説にはあります。その一つをご紹介しましょう。書簡体小説においては、同じ出来事を綴っても、手紙の書き手が異なることで出来事に異なる視点が与えられたり、あるいは、書き手が同じであっても、手紙の宛先が異なることによって別様の語られ方になったりすることがありえます。読者のみなさんも教師や上司にメールする場合と、友人や恋人にメールする際の書き方は同一ではないでしょう。その典型的な例を、次に検討しましょう。

四七・四八信、いずれも書き手はヴァルモンです。日付は同じ日となっています。宛先は、四七信がメルトゥイユ夫人、四八信がトゥールヴェル夫人です。本書ではあえて四八信から読んでいただきます。というのは、この四七信と四八信には、ある仕掛けが施されておりまして、読者のみなさんにはあえてその仕掛けにはまっていただこうというわけです。四八信は開封したままメルトゥイユ夫人宛ての四七信に同封してあります。したがって、二通の手紙の書き手であるヴァルモンはもちろん、メルトゥイユ夫人もまた二通の手紙の内容を知っているわけです。ですが、四八信の受け取り手であるトゥールヴェル夫人は四七信の内容を知りません。本書の読者のみなさんには、一時的にトゥールヴェル夫人の立場になっていただこうというわけです。この二通は、『危険な関係』の中でもかなり内容的に過激なものとなっています。そして、書簡体小説ならではの仕掛けが凝らされています。

四八信　**（ヴァルモンからトゥールヴェル夫人宛て　消印パリ、P……で書かれ、パリで日付、一七＊＊年八月三〇日）**

嵐の夜の後、その夜の間私は目を閉じることはなかったのですが、絶えずあるときは飽くことのない情熱の興奮の中に、またあるときは私の魂のあらゆる力の全き消滅の中にあった後で、私はあなたのそばに、私の必要とする、しかしながらまだ享受することは望めない平穏を探しに参ります。実際、あなたに手紙を書いている今の私がいる状態のおかげで、かつてなく、私は知るのです、恋の抗しがたい力を。私は自分への制御を十分保ちがたいので自分の考えをまとめることができません。私はすでに予感しているのですが、私はこの手紙を中断せざるを得ずに終えることはないでしょう。ああ！　それでは私が今感じている混乱をあなたがいつかともにするだろうと私は望むことができないのでしょうか？　しかしながら私はおこがましくも思うのです、もしあなたがそれをご存じならば、あなたは完全には無頓着ではいられないでしょうに。信じてください、冷淡な平穏さ、死のイメージである魂の眠りは、幸福には導いてくれません。生き生きとした情熱のみがそこに至らせてくれるのです。あなたが私に感じさせている苦痛にもかかわらず、私は恐れることなく請け合うことができると思っています、今このとき、私はあなたよりも幸せだと。あなたの嘆かわしい厳格さで私を打ちのめしても無駄と申すものです。だからと言って完全に恋に身を委ねることを妨げることにはなりませんし、恋が私に引き起こす錯乱の中では、あなたが私を委ねる絶望を忘れることを妨げることもないのです。このようにあなたが私にお命じになる追放に私は仕返しをしたいのです。あなたに手紙を書いていていてこれほど喜びを感じたことはありません。この作業をしていて、これほど甘美な、しかしながらこれほど生き生きした情動を感じたことはありません。すべてが私の陶酔を高まらせるようです。私が呼吸する空気は逸楽で燃えるようです。私が手紙を書いている、そういう用途に初めて充てたテーブルさえも、私にとっては恋の神聖な祭壇となり、どれほどそれは私の目に美しくなることでしょう！　私はそこにあなたをずっと愛するという誓いを刻むことになるでしょう！　お許しください、どうか、私の感覚の乱れを。私はあなたがともにしていない陶酔にこれほど身を委ねるべきではないのかもしれません。少しずついや増す、自分では制御できないものとなる陶酔から気をそらすために、しばらくあなたから離れなければなりません。

(*Ibid.*, p. 99-100)

では、次に四七信を読んでみましょう。

四七信 （ヴァルモンからメルトゥイユ夫人宛て　P……、一七＊＊年八月三〇日）

酒飲みのオランダ人[a]から我々[b]が思いついたすばらしい考えのため、我々は知る限りの手段を使うことにしました。我々は成功を収め、デザートのときにはすでにオランダ人はグラスを持つ力がもうありませんでした。ですが思いやりのあるエミリーと私は、我先にとオランダ人に酒を詰め込んでいました。とうとう、彼はテーブルの下に倒れ、非常に酔っていたので、酩酊状態は少なくとも一週間続くにちがいありません。（……）

この私の好意は、エミリーが示してくれたばかりの、例の信心深い女に手紙を書く書き物机になってくれるという好意への代価というわけですが、そのトゥールヴェル夫人に、ベッドで、ほとんど娼婦の腕の中で、完璧な不実のために中断されつつ書かれた手紙を、その中では私の状態やふるまいの正確な報告を彼女にしているというそういう手紙を、送ることに喜びを感じたわけです。エミリーは、長々しい手紙を読んで、狂ったように笑いましたが、私はあなたも笑ってくださるものと思います。

私の手紙はパリでの消印でなければならないので、あなたにお送りします。手紙に封はしません。どうかお読みいただき、封をして、投函をしてください。（*ibid.*, p. 97-98）

解説

a．この「酒飲みのオランダ人」という人物を指す言葉は、右記の抜粋では省略した部分ではありますが、この手紙の中で何度も表現を変えて登場します。「デブでちびの人物」、「この醜悪な人物」、「この小男」「オランダのブルジョワ」、「この小さなビール樽」といった具合です。ものすごい悪意がありますね。ずんぐりむっくりのブルジョワめ、と言いたいようです。

b．ヴァルモンとなじみの娼婦エミリーを指しています。

さてどうでしょうか。まず一読して、同一人物が書いたとは思えないほどの異なった文体の書きぶりです。この四七信を読んでから四八信を読むと、それはつまりメルトゥイユ夫人とこの小説の読者の立場となるわけですが、四八信に多くのダブルミーニングが含まれていることに気がつきます。表の意味はトゥールヴェル夫人に対するいささか大げさな恋の激情を綴るものであり、裏の意味は、娼婦エミリーと戯れながら、その行為の様子も描写しているものです。むろんそれはトゥールヴェル夫人にはわかりません。彼女は四七信を読むことは不可能ですから。みなさんには意図的、一時的にトゥールヴェル夫人の立場になっていただきましたが、いかがだったでしょうか。授業でもこの順番で学生たちに読ませたのですが、驚きの声が上がりました。

もう一度、四八信を読んでみましょう。無粋を承知で解説を入れると、「絶えずあるときは飽くことのない情熱の興奮の中に、またあるときは私の魂のあらゆる力の全き消滅の中にあった後で」とは、娼婦エミリーとの性的行為の後で、を意味しています。「私はこの手紙を中断せざるを得ずに終えることはないでしょう」とは、エミリーの身体を机代わりにしてトゥールヴェル夫人に手紙を書いているので、手紙を書き終える前にエミリーと再び戯れることになりそうだ、を意味しています。この手紙の表現はおおよそこのように二重の意味を持たされているため、このように、まるでオセロゲームで白と黒が反転するように、意味が転倒していきます。娼婦の体の上で手紙を書くというシーン自体は、当時の好色小説に例があります。ですので、シーンそれ自体に目新しさはありません。ラクロの新しさ面白さは、それをこの二通の手紙に落とし込んで、言葉を対比させたことにあると言えるでしょう。そこでは、求愛と見せかけながら、完膚なきまでに「恋」を愚弄するというヴァルモンの精神が表現されています。書簡体小説の性質を巧みに利用したテクニックと言えるのではないでしょうか。

3. ベルナルダン・ド・サン=ピエール『ポールとヴィルジニー』*に見る美徳

[作者ベルナルダン・ド・サン=ピエール（図3-17）]

『ポールとヴィルジニー』については、六章「文学作品に見る奴隷制」においても取り上げました。まずは、作品の外郭からご説明しましょう。作者のベルナルダン・ド・サン=ピエールは、作家にして植物学者で、一七三七年貿易港ルアーヴルの生まれ、『ポールとヴィルジニー』は一七八八年出版ですから、五〇代のときですね。一八一四年、七七歳で亡くなっています。革命の時期も越えていますね。彼は早熟で早くから文才を示していましたが、同時に放浪癖というのか、一つ所にじっとしていられないタイプだったようです。ヨーロッパ各地を放浪したのち、フランス島（現モーリシャス島）で技師として働きます。フランス島は『ポールとヴィルジニー』の舞台となった島ですから、このときの経験がさまざまな描写、すなわち自然描写や植民地における移植者や奴隷の描写に生かされていると言えるでしょう。一七七一年、このフランス島から帰国後、百科全書派のダランベールの紹介でレスピナス嬢のサロンに出入りするようになり、ルソーとも親交を結びます。『フランス島への旅』（一七七三）を発表しますが、評判は今一つでした。一七八四年、『自然の研究』を発表します。翌年、この『自然の研究』が成功を収めます。そして、一七八八年、『自然の研究』第三版に『ポールとヴィルジニー』が含められたのですが、これにより彼は名声を確立しました。一七九三年、五七歳で彼は二〇歳のフェリシテと結婚。一男一女に恵まれますが、それぞれポール、ヴィルジニーと命名しています。一七九五年、科学アカデミーの会員に、一八〇三年にはアカデミー・フランセーズの会員となります。妻のフェリシテを早くに亡くす（結婚五年後の一七九八年）という不幸はありましたが、晩年は成功を収め、安定した生活を送ったようです。

［対比構造――自然と文明］

さて、本題の『ポールとヴィルジニー』ですが、この作品の一般的なイメージは、「南海の島で育った無垢な少年少女の純愛」、これに尽きるでしょう。とりわけ小説前半のエキゾチックな自然描写の美しさと少年少女の純愛のイメージがまずは大きいと思われます。一九世紀に入ってもなおロマンチックなイメージをかきたてるものとして、読者に広く受け入れられていたようです。

改めて少しあらすじをお話しします。本国フランスの文明から遠く離れたフランス島で、ポールとヴィルジニーは家族同様に育ちます。しかしながら、植民地の白人社会において貧しい層であった二家族は、奴隷二人の老化によって経済状態が悪化します。そこで、ヴィルジニーは経済的支援と引き換えに本国の貴族の大伯母のもとに、ポールに反対されながら出立します。

ヴィルジニーは本国での生活になじめず、大伯母と不仲となって島に戻りますが、嵐に遭遇し、ポールの見ている前で海に沈み死んでいきます。ヴィルジニーの死後、ポールや母親たちも悲嘆の末みな亡くなります。

このような悲恋を描いた小説なのですが、ここでは「美徳」をテーマに見ていきます。また、ロマンチックな純愛小説という砂糖菓子の見かけの裏に、巧妙に仕掛けられた対比構造が意外に油断ならないなという作品でもあります。

どんな対比構造があるのか見てみましょう。

まず自然と文明の対立ですね。これは、場所としては本国フランスと島の対比となっています。この「島」と「本国フランス」を結ぶ存在が、移植者二世であるポールとヴィルジニーであり、この二人は身分も二つの身分にまたがるとも言える存在です。というのは、ポールは平民の母と貴族の父との間の息子であり、ヴィルジニーは、貴族の母と平民の父との間の娘だからです。ですが、当時の法律から言うと、ポールの父は身ごもったポールの母を捨てていますので、彼は婚外子であり、身分としては平民となります。また、ヴィルジニーも、父と母とは正式な結婚をしてはいますが、父の身分を受け継ぎますので、平民扱いとなります。

さて、この島における二家族は、ともに父親不在です。ポールの父はポールの母を捨てていますし、ヴィルジニーの父は病死しています。したがって、いずれも母親が家族のいわば長なわけです。これは言ってみれば文明社会の決まりや掟を象徴する父親がいないという風に考えられるでしょう。もちろん現代の男女平等の思想から言えば、なぜ父親＝男だけが社会のルールを代表するのだという疑問は当然出てきますが、一八世紀においては、という枕詞でご了解ください。

移植者二世であるポールとヴィルジニーとは、島で育ち、読み書き教育がなされていません。以下、二人の読み書き教育を巡る抜粋をご覧ください。

彼ら（引用者註：ポールとヴィルジニー）の互いの愛情と母親たちの愛情だけが彼らの魂の活動を担っていました。無益な学問が彼らに涙を流させることはありませんでした。陰気な道徳のお説教でうんざりさせられることは決してありませんでした。（Bernardin de Saint-Pierre, *Paul et Virginie*, « Classiques Garnier », Bordas, 1989, p. 90）

とはいえ、二人がまったく文字に触れていなかったかというとそうではありません。二家族のうち唯一文字を読めるヴィルジニーの母親、ラ・トゥール夫人によって集団的な読書が行われていました。

時々ラ・トゥール夫人はみんなの前で旧約あるいは新訳聖書の感動的な物語を読みました。彼らは聖書について議論することはほぼありませんでした。というのは彼らの信仰は、自然に対する信仰と同様、すべて感情におけるものでしたし、彼らの道徳は福音書の道徳と同様、すべて行動におけるものでしたから。（*Ibid.*, p. 121）

このように描かれた島の生活ですが、小説後半、ヴィルジニーが本国フランスに赴くと、それがすべて反転していきます。

大伯母のもとに行ったヴィルジニーは、十分な教育がなされていないのをとがめられ、修道院教育を受けます。彼女は、ポールに手紙を書くために読み書きは必死に学びますが、それ以外にはまったく興味を持てません。

私（引用者註：ヴィルジニー）は、まずお便りをするために私が字を書けないためだれかに頼もうとしました。しかし到着以来信頼できる人がいないため、昼も夜も読み書きを覚えるよう専念いたしました。（*Ibid.*, p. 161-162）

一方、ポールの方も、ヴィルジニーと手紙のやり取りをしたい一心で読み書きを学びます。

この若者は、植民地生まれの白人の子どもたちと同じように世の中で起きている一切の事柄に無関心だったのですが、まもなく、読み書きを教えてくれるように私に頼んできました。ヴィルジニーと手紙をやり取りできるようにです。（*Ibid.*, p. 158）

ヴィルジニーは島の家族に手紙を書くため読み書きは熱心に練習したものの、それ以外の学習には興味を持てずにいました。それどころか、かつて島にいたときは、前に見るように、「無益な学問が」「涙を流させることは」なかったヴィルジニーは、修道院教育の中で自信を失っています。

修道院の先生たちは、私に、とりわけ、歴史、地理、文法、数学、乗馬を教えてくださいます。でも私にはこうした学問の素養はあまりありませんから、先生方といっしょにいてもあまり身につくことはないでしょう。先生方が私に言って聞かせるように、私は自分が頭の悪いかわいそうな生

き物だと感じています。(*Ibid.*, p. 161)

一方、島にとどまったポールも、まるで本国の文明に毒されたかのようになります。読み書きを覚えたポールは小説を読み始め、そのことによって不安にとらわれます。

彼はそうした読書よりも小説の読書を好んでいました。小説はより人間の感情と利害にかかわるものであり、彼にたびたび自分の状況と同様の状況を見せてくれたのです。(*Ibid.*, p. 159)

抜粋1

ヴィルジニーの手紙を持ってきた船の人々は、彼女が結婚しようとしていると言いました。彼らは彼女と結婚することになっている宮廷貴族の名を挙げました。もう結婚は執り行われた、自分たちがその証人だと言う者たちまでいました。はじめのうちポールは、経由地について誤った知らせを広めがちな商船によってもたらされた話を、問題にしていませんでした。しかし何人かの島民が、憐れんだふりをして、この件で彼にしきりに同情してみせるので、彼はいくらかそれを信じ始めました。しかも、彼が読んだいくつかの小説において、裏切りがふざけた形で取り扱われているのを彼は見ていました。そしてこうした書物はヨーロッパの風俗をかなり忠実に描写したものを含んでいると知っていたので、彼はラ・トゥール夫人の娘がかの地で堕落し、自分の昔の約束を忘れるに至ったのではないかと案じました。知識によって、彼はすでに不幸になっていたのです。(*Ibid.*, p. 166)

図 8-2　ピエール=ポール・プリュードン、1806 年版『ポールとヴィルジニー』の挿絵（Didot、出典：Wikimedia Commons）

昔からフェイクニュースはあったんだなと妙に感心したくなるエピソードです。同時に、島における無学は幸福と描かれ、文明の学問は不幸を表象しています。ポールは島にいながらにして、小説を介して文明の毒にあたっていると言えるでしょう。

ついに、破局が近づいてきます。ヴィルジニーは大伯母の勧める年寄りの貴族との結婚を拒否します。『危険な関係』のセシルもそうですが、この時代の貴族の娘は、修道院教育を受け、修道院から出るのは結婚のときで、しばしば年齢差のある結婚でした。セシルの場合は、結婚相手とされた人物は三六歳、セシルは一五歳でした。ヴィルジニーの結婚相手の年齢は明確には書かれていないのですが、「年寄」とされています。ともあれ、ヴィルジニーの結婚拒否に対して、小説の読みすぎで頭がおかしくなっていると怒った大伯母は、相続権を奪って彼女を島に送り返します。しかも嵐の時期にです。島の自然は、小説前半ではユートピア的、楽園的自然としてもっぱら描かれますが、ヴィルジニーが船上で島を目前にしたとき、それはまさに厳しい自然の牙をむきます。船は難破し、彼女は海に沈みます（**図 8-2**）。

美徳の話はいつ出てくる！　と言われそうですね。あともう少しです。

［美徳の称揚］

ヴィルジニーは死にます。彼女の亡骸は砂浜に打ち上げられます。そして、死んだ途端に、彼女はその美徳を大讃美されます。まず、彼女と同様に乗船した人々はみな死んだのかというとそうではありません。ヴィルジニーを助けようと船の乗員が服を脱ぐように言うのですが、彼女はそれを拒絶します。慎みからです。この慎みというのは、一八世紀の女性にとってとても大事な美徳の一つなのですが、生死を分けるときに何を言っているんだと現代のみなさんは思うことでしょう。彼女はともかく服を脱ぐのを拒絶し、船乗りは彼女を船上に残して一人海に飛び込んで助かります。そしてこう言うのです。

その男は、九死に一生を得て、砂に跪き、こう言いました。「ああ神様！　あなた様は私の命を救ってくださった。ですが私のようには服を決して脱ごうとしなかったあの尊敬すべきお嬢さんのためなら、私は心から命を差し出したでしょう。」(*Ibid.*, p. 203)

しかしながら皮肉なことに、本人が死を賭して身体を見せまいとしたにもかかわらず、浜辺に打ち上げられた彼女の亡骸は着衣のままですが人々の目に触れることになり、次のように描写されます。

抜粋2

（……）そして岸辺で最初に私の目に入ったものは、ヴィルジニーの亡骸でした。彼女は半ば砂に埋もれていましたが、私たちが死なんとする彼女を見たときの姿のままでした。顔立ちは目立つほどには変わっていませんでした。目は閉じられていました。しかし穏やかさがまだ額にありました。ただ彼女の頬には死の蒼い菫色が慎みの薔薇色と混じり合っていました。一方の手は服の上に置かれ、もう一方は、左胸に置かれていたのですが、固く握りしめられていました。私は苦労してその手を広げ、小さなペンダントロケットを引き出しました。しかしなんという驚きだったでしょう、そこには彼女が生きている限り決して肌身離さないとポールに約束していた、彼の肖像があったのです！（……）私たちはヴィルジニーの亡骸を漁師小屋に運び、貧しいマラバル人の女たちに見守りを頼みましたが、彼女たちは亡骸をきれいに洗ってくれました。（*Ibid.*, p. 206–207）

図 8–3　ジャン=フレデリック・シャール原画、デクルティ・シャルルル・メルシオール版刻、1795 年版『ポールとヴィルジニー』の挿絵（シカゴ、シカゴ美術館）

このように岸辺にやってきた人の視線にさらされるヴィルジニーの遺体ですが、死してなお衣服がそのままであること、外見が損なわれていないこと、ポールへの愛の印が残されていることが描写されています。ただ、この部分何と言いますか遺体を描写しながらかすかな官能性、エロチシズムを感じさせる部分のように思います（**図 8–3**）。ヴィルジニーの亡骸を描写した挿絵は、浜辺に打ち上げられた亡骸、漁師小屋で洗い清められている様子を描いたものなど、一九世紀に入っても数多く生み出されています。そのロマン主義的な官能性が感受されていたのではないでしょうか。

先ほども言いましたように、この後さらに盛大に彼女の美徳は賛美されます。そのための葬列が、島の役所によって実施されるのです。その葬列に参加しようと、島中から人々が集まってきます。そして、ヴィルジニーの亡骸は、令嬢たちによって捧げ持たれます。このとき彼女は「令嬢たちの美徳の友」と形容されます。港の船は帆桁を十字に組み、半旗にし、大砲を打ちます。擲弾兵が葬列の先頭に立っています。彼らの太鼓は喪章でおおわれています。合唱隊の子どもたちもいます。まさにヴィルジニーの美徳への賛歌が延々と描写されます。こうした大げさともいえる葬列は何のためなのでしょうか。

以上が、役所がヴィルジニーの美徳に敬意を表するために命じてあったものなのです。(*Ibid*., p. 209)

「役所」による大げさな葬列、盛大な美徳の賛美が果たしてヴィルジニーの死を真実嘆き悲しむものだったのかどうかは疑わしいでしょう。しかし今度は、島の人々もまたヴィルジニーの美徳を称えます。

母親たちは神に彼女のような娘を願いました。若者たちは、彼女のような誠実な恋人を、貧しい人々は、同じように優しい友を、奴隷たちは、同様に善良な女主人を願いました。(*Ibid*., p. 210)

ヴィルジニーの優しさ人柄の良さは確かなのかもしれませんが、ここまで賛美されると、なんだか得体の知れないものが漂ってきます。死んだら急に美徳が賛美されるのはなんなのでしょう。ともあれ、お役所からも島の貧しい人々からも、彼女は理想の娘の形象とされるわけです。

このような美徳の賛美の後に、残されたポールたちが失意のうちに死んでいくことが叙述され、作品は幕を閉じます。この小説が持つ感傷的なロマンティスムは一八世紀末のプレ・ロマンティスムの典型とされ、一九世紀においても大いに受け入れられました。ただ、筆者としては、いろいろ仕掛けられた一筋縄ではいかない仕掛けにいちいち引っかかってしまっています。甘い砂糖菓子の中に何かいわく言い難い不穏なものが隠されているような気がするのは、考えすぎでしょうか。

4. ボーマルシェ『フィガロの結婚』*

［作者ボーマルシェの波乱に富んだ生涯］

図8-4 ジャン=マルク・ナティエ『ピエール=オーギュスタン・カロン・ド・ボーマルシェの肖像』（1755年、個人蔵）

劇作家ボーマルシェ（**図8-4**）は、時計職人の息子として、一七三二年パリに生まれました。本名はピエール=オーギュスタン・カロンであり、「ボーマルシェ」は最初の結婚相手の所有する土地の名から取っています。以下、結婚前も含めてボーマルシェで呼称します。プロテスタントの家系でしたが、父は彼が生まれる前にカトリックに改宗しています。ボーマルシェは文才と楽才とを早くから示し、時計職人としても新奇な発明を成し遂げました。同時に彼の人生には、常に闘いと波乱とがありました。まず時計の新発明が彼の大先輩である王室御用達の時計職人に盗用されます。ボーマルシェは泣き寝入りせず徹底抗戦し、ついに正当性を認められ、王室御用達の時計職人となり、ヴェルサイユ宮殿に出入りすることになります。さらには、ルイ十五世の四人の王女たちにハープのレッスンをする音楽教師となります。ついには、一七六一年、国王秘書官の職を購入し、貴族となります。とんとん拍子の出世で、マリヴォーの『成り上がり百姓』も顔負けですね。肖像画を見る限り、なかなか端正な顔立ちですし、その魅力にヴェルサイユ宮廷の女性たちも大騒ぎであったことが、彼の親友である人物の証言として残されています。彼はその後もさまざまな行政官の職を購入、着々と格を上げていきますが、要所要所で訴訟や係争を有力者も含めた多様な人物と起こし、逮捕投獄も一度や二度ではありません。さらにはルイ十五世、次いで十六世の密使として活躍したり、事業に手を出したりと、いつ戯曲を書くのか本当に不思議ですが、このような生活の中で彼は戯曲を書き、あまたの女性と恋愛をしています。月並みな表現ですが、そのすべての活動がおそらく有機的に結びついているのでしょう。

[フィガロ三部作]

『セヴィリアの理髪師』（一七七五）・『フィガロの結婚』・『罪ある母』（一七九二）はフィガロ三部作と称されています。スペインを舞台に（『罪ある母』はパリが舞台）、平民であるフィガロを主要な登場人物にした作品ですが、特に『セヴィリアの理髪師』『フィガロの結婚』が有名です。前者はロッシーニ作曲で、後者はモーツァルト作曲でオペラにもなっていますので、ストーリーは知らぬまでも、アリアの一節に聞き覚えがある人も多いことでしょう。『罪ある母』もまたオペラ化されていますが、今日ではあまり上演されていません。また、戯曲としての評価も、前二作と比べて低いものとなっています。さらに言えば、この第三作は、前二作と異なり、いささか道徳臭の強い市民劇であるため、ボーマルシェらしい躍動感を欠いたものとして受け止められています。

三作に共通する主要な登場人物はフィガロ、アルマヴィーヴァ伯爵、ロジーヌ（伯爵夫人）です。『セヴィリアの理髪師』では、若いアルマヴィーヴァ伯爵が才気煥発のフィガロの助力を得て、ロジーヌの後見人バルトロに邪魔されながらも、彼女との恋を成就させるまでがストーリーラインとなります。『フィガロの結婚』では、伯爵夫妻の結婚から数年を経て、伯爵の放蕩で二人の関係が冷え込んだ状態から話が始まります。『罪ある母』では、さらに二〇年後、伯爵夫妻の息子（父親は実は伯爵ではない）、その息子と伯爵の隠し子（娘）との恋愛がストーリーの基本を構築しています。

『セヴィリアの理髪師』から、有名な一節をご紹介しましょう。自分の被後見人ロジーヌとの結婚をたくらむバルトロとロジーヌの音楽教師バジールとの会話です。

第二幕　第八景

バジール：（……）かなり不愉快なお知らせがあるのですが。
バルトロ：あなたにとって？
バジール：いえ、あなたにとって。アルマヴィーヴァ伯爵がこの町にいます。
バルトロ：声が大きい。マドリッド中ロジーヌを探させていた奴だな？
バジール：広場に宿を取って毎晩変装して外に出ています。
バルトロ：間違いなく、私の問題だな。どうしよう？
バジール：もし奴だけだったら、なんとか遠ざけることができるでしょう。

バルトロ：ああ、夜陰に乗じて武装して……
バジール：とんでもない！　評判を危険にさらすんですよ！　厄介ごとを引き起こすんです、速やかにね、そして、発酵させるんですよ、専門家の言う中傷ですよ、お勧めです。
バルトロ：男を追い出すにしては妙なやり方だな！
バジール：中傷がですか？　侮ってはいけません。最も礼儀をわきまえた紳士たちが中傷のせいで打ちのめされようとしているのを私は見ました。大都市の暇人に採用されないような、平凡な悪意や、恐怖や、馬鹿らしい話はないんですよ、うまくやりさえすれば。ここには抜け目のない人たちがいるじゃないですか！　……はじめはかすかなざわめきが、嵐の前の燕のように地面すれすれに、ピアニッシモでささやき、蜘蛛の糸をかけ、そして流れつつ毒の言葉をばらまく。ある口がそれを受け止め、ピアノ（弱音）、ピアノで器用に人の耳に滑り込ませる。災厄はこれで完了、それは芽吹き、そっと忍び寄り、ゆっくり進み、そしてリンフォルツァンド（急激に強く）、悪魔のように素早く口から口へと伝わる。次いで突然、どのようにかはわからないが、「中傷」が立ち上がり、呼子を吹き、膨らみ、一目で大きくなる。突進し、翼を広げ、渦を巻き、覆い、根こそぎにし、引きずり、とどろき、そして天の配慮で、みんなの叫びに、公衆のクレッシェンドに、憎悪と追放の声をそろえたコーラスになる。いったいだれがそれに抵抗できますか？
(Beaumarchais, *Le Barbier de Séville*, dans *Théâtre*, « Classiques modernes », Garnier, 1980, p. 179-182)

さすがは音楽教師バジール――ボーマルシェ自身も王女たちの音楽教師――、音楽用語であるピアニッシモ、ピアノ、リンフォルツァンド、クレッシェンド、コーラスを用いながらの誹謗中傷の勧めですが、私たちにとっては今日のネット上の誹謗中傷を連想させるくだりですね。ささやくような小さな悪意が細い糸を張り巡らして「大都市の暇人」の口から口へと広がるうちに、膨れ上がってコントロール不能の誹謗中傷となっていくさまが、ある種の快い言葉のリズムと比喩で語られています。まるで怪物のような「中傷」に、みんなのコーラスになった「中傷」に、だれが抵抗できるでしょうか。

[革命を予告した？『フィガロの結婚』（図8-5）]

革命を予告したという枕詞がしばしば付けられる『フィガロの結婚』ですが、ボーマルシェ自身はすでに述べたように、革命の闘士ではなく、むしろ宮廷に上手に入り込んで出世していった人物です。では彼の『フィガロの結婚』はなぜ「革命」を予告するものと受け止められてきたのでしょうか。

まずはこの作品の成立と受容を見てみましょう。『フィガロの結婚』は一七七八年に執筆され、一七八一年コメディー・フランセーズに受理されます。しかしながらこの作品がパリ市内で上演されたのは一七八四年です。この年月の間には、検閲申請、その結果の上演許可、しかし上演及び出版のルイ十六世による禁止命令、ボーマルシェによるさらなる検閲申請など、ボーマルシェと王権側とのせめぎ合いがありました。まさにボーマルシェの真骨頂である不屈な闘いが展開されていたと言えま

図8-5　ジョリ画、フィガロの衣装（パリ、Martinet 社、1807 年、Source gallica.bnf.fr / BnF）

す。上演・出版を禁止されたことでむしろ貴族たちやパリ市民の興味を引き、ボーマルシェはあちこちに招かれて作品朗読会を行うのです。やっと一七八三年パリ市内で上演の運びとなりますが、上演当日開幕寸前に王の使いが上演禁止令を伝える劇的な展開となります。しかしこの観客の期待への裏切りは大きな反発を呼び、ついに貴族三〇〇人の前での上演が許可され、勢いに乗ったボーマルシェはさらなる検閲申請を行い承認の獲得を実現します。ルイ十六世もさすがに譲歩し、一七八四年コメディー・フランセーズでの初演の運びとなりました。とは言え一七八九年の革命まで数年のこの時期に『フィガロの結婚』に深い懸念を示したルイ十六世は意外に慧眼であったかもしれません。もっとも、凡庸と称されることの多いルイ十六世の評価は、近年変化してきています。対して、この喜劇に爆笑していた多くの貴族たちは、この作品に流れる権力への反発、あるいはこの作品に惹かれる市民たちの心性に、鈍感すぎたと言えるでしょう。

次に、この作品のあらすじを説明します。伯爵夫妻（アルマヴィーヴァ伯爵と妻ロジーヌ）、フィガロとその婚約者シュザンヌ、女中頭マルスリーヌ（実はフィガロの母）、バルトロ（実はフィガロの父）、小姓シェリュバン（密かに伯爵夫人に恋している）、以上が主な登場人物です。一見して複数のカップルが構成されていることがわかりますが、いずれも表と裏があります。フィガロは『セヴィリアの理髪師』で伯爵を助けた縁で彼の召使となり、伯爵夫人の小間使いであるシュザンヌと婚約しますが、伯爵はロジーヌとの結婚の際に廃止した初夜権を復活させ、シュザンヌに行使しようともくろんでいます。マルスリーヌは自分がフィガロの母であることを知らぬまま、バルトロや伯爵に利用されてフィガロに結婚を迫ります。このように、いくつものカップルがいわばシャッフル状態になっていくわけですね。めまぐるしく策略や行き違いが舞台上で展開しますが、この作品の原題は『狂乱の一日、あるいはフィガロの結婚』

です。すべての出来事が一日に凝縮され詰め込まれています。なお、初夜権とは、領主が領民の結婚に際し、新郎より先に新婦と性交渉をする権利で、世界各地に伝承がありますが、史実の裏付けに乏しいものも多いようです。一八世紀のフランスでは、少なくとも公には初夜権なるものはありません。この戯曲では、伯爵の強引な権力を象徴するものとして用いられていると言えるでしょう。ただし、一八世紀において、身分と財産のある男性が貧しく若い女性を誘惑して無責任に放棄する事例は数多かったと考えられます。小説にもそのような例は――たとえば『ポールとヴィルジニー』のポールの父と母――事欠きません。さて、伯爵の目論見を知り、裏をかくつもりであったフィガロですが、シュザンヌが伯爵と示し合わせて密会しようとしていると誤解します。激怒したフィガロの独白が、この劇の白眉です。

第五幕　第三景

フィガロ、一人で、暗闇の中をさまよいつつ、陰気な口調で：ああ女！　女！　女！　弱っちくて期待外れの生き物め！　どんな動物だって本能を欠いちゃあいないだろう？　それじゃおまえの本能はだますことなのか？　……女主人[a]の前で俺が彼女にたくらみをせかしていた[b]ときには頑強に拒んでいたくせに、彼女の誓いの言葉のときに、式の真っただ中で……伯爵は読んで笑っていたんだ、[c]裏切り者め！　で俺はとんだ間抜けだ……いや、伯爵様、あなたに彼女は渡しませんよ……渡しませんよ。あなたは領主様だから、自分が天才だと思っておられる！　貴族の爵位、財産、家柄、地位、すべてがたいそうご自慢だ！　それほどの財産を得るために何をなさった？　生まれるという骨折りをした、ただそれだけ。そのうえ、たいしたことのない男だ。俺の方はといえば、ちくしょう！　無名の群衆に紛れこんで、[d]ただ生きていくだけでも、スペイン全土を統治するのに百年このかた必要だったよりも、もっと知恵や計略を俺は発揮しなけりゃならなかった。で伯爵、あなたは騎馬試合[e]をお望みだ……だれか来る……彼女だ……だれでもない——ひどく暗い夜だ、で俺は間抜けな夫稼業をやってるときた、半分しか夫じゃないけどな！（ベンチに座る）俺の運命ほど奇妙なものはないんじゃないか？　だれの息子かもわからず、盗人たちにさらわれて、やつらのしきたりの中で育てられ、嫌気がさしてまともな職に就こうとした。だけどどこでも追い払われた！　俺は化学、薬学、外科術を学び、大領主の信用のおかげでなんとか獣医のメスを手にできた！[f]（Beaumarchais, *Le Mariage de Figaro*, dans *Théâtre*, « Classiques modernes », Garnier, 1980, p. 535）

解説

a. シュザンヌの女主人の伯爵夫人ロジーヌを指しています。

b. 伯爵をわなにかけるために、フィガロは伯爵との逢引に応じると見せかけた手紙をシュザンヌに書くよう頼みますが、拒絶されます（第二幕第二景）。

c. シュザンヌは伯爵夫人の頼みで、伯爵に逢引に応じると見せかけた手紙を書き、フィガロとシュザンヌの結婚式の際に伯爵にそれを渡すのですが、フィガロはそれを目撃し、誤解しています。

d. 後のセリフに出てきますが、フィガロは幼くして誘拐され、親がだれなのかもわかりませんでした。

e. 騎馬試合は中世に始まる騎士同士の槍の試合。ここでは比喩的に伯爵とフィガロの男同士のシュザンヌを懸けた争いを意味しています。

f. フィガロ三部作の第一作『セヴィリアの理髪師』冒頭で、かつてフィガロがアルマヴィーヴァ伯爵のおかげで獣医となったことが語られています。その後失職し、さまざまな職に就いたのち、理髪師となりました。なお、当時理髪師は同時に外科医（けがの手当、抜歯、瀉血などを行う）でもありました。その名残が、現代でも床屋の青（理容店の色）・赤（血）・白（包帯）のサインポールにあります（サインポールの由来には諸説あり）。

フィガロの長い独白はこの後も続き、彼の多彩な職業遍歴——演劇、ジャーナリズムなど——が語られ、その合間にはスペインの出来事としながらも実際にはフランスの政情への風刺が挟み込まれています。すばらしい地位も財産も高貴な身分も、「生まれるという骨折りをした、ただそれだけ」で手にしている（この「骨折り」はもちろん皮肉です）、実際には「たいしたことのない」人たちである、ボーマルシェのこの喜劇に大笑いしている貴族たちは、大いに油断していたと言えるでしょう。宮廷に出入りしていたボーマルシェからは、貴族たちは革命の予兆を感受できなかったとも言えます。ボーマルシェ自身よりもこの作品の方が革命を予告していたのかもしれません。

コラム

一八世紀フランスの郵便事情

本書でご紹介したモンテスキュー『ペルシア人の手紙』、マリヴォー『マリアンヌの生涯』、ルソー『新エロイーズ』、ラクロ『危険な関係』をはじめ、一八世紀フランスでは多くの書簡体小説が書かれました。また、小説ではありませんが、ヴォルテール『哲学書簡』、ディドロ『盲人書簡』など、タイトルが『○○書簡』となっている、書簡形式で著者の思想について述べる著作が書かれています。このような文学形式の興隆には複数の要因が考えられますが、その一つとして、一八世紀において郵便制度の整備・拡充が進んだことが挙げられるでしょう。

パリと地方の都市、さらには外国を結ぶ郵便の定期便は、一七世紀にはすでに成立していました。一六五〇年に、パリには行先ごとに四か所の発送所があったことが確認されています。ルイ十四世の治世下、一六七二年には、陸軍卿兼駅逓（郵便）総監ルーヴォワ侯爵により大都市間の郵便制度が整備され、外国郵便も含めて、民間から国営（つまり王権による独占）へと移行しました。このような長距離郵便はグランド・ポストと呼ばれ、駅馬車によって宿駅をつなぎ、郵便物や荷物、さらには乗客も運んでいました。書簡体小説ではありませんが、プレヴォー『マノン・レスコー』において、デ・グリューが初めてマノンに出会ったのは、宿駅で彼女が駅馬車から降りてくるときでした。また、駅馬車は強盗に狙われやすく、御者は武器を

図コラム郵便−1　作者不詳、シャムセにより組織された1760年パリ郵便局（1760年、雑誌 *Les Annales politiques et littéraires* 1917/08/19の挿絵）

携行していたそうです。マリヴォー『マリアンヌの生涯』でも、主人公の出自が不確かなのは、彼女が強盗に攻撃された駅馬車の乗客の唯一の生き残りであり、身内と目される女性が殺され、一人は貴族女性、もう一人がその小間使いの装束だったため、マリアンヌがどちらの娘かわからないことに由来します。駅馬車に表象される国内・国外を結ぶ郵便網は、ある程度の階層に属するフランス人の生活と意識に根付いていたと言えるでしょう。

しかしながら、一八世紀半ばまで、パリ市内の郵便網はありませんでした。一時的に一七世紀半ばに郵便箱（要するに現代のポスト）を設置し、送料支払い済みの券を貼るという新郵便制度が開始されましたが定着せず、すぐに廃止されました。したがって、この段階では、市内の手紙は自分で持っていくか、召使や知人に運ばせるかしかなかったわけです。

パリ市内郵便（プティット・ポスト）が開始されるのは一七六〇年のことです（**図コラム郵便−**

1)。郵便局は市内九か所、設置された郵便箱は五〇〇以上を数えたと言われています。やがてこのシステムはほかの大都市（ボルドー、リヨン、ナント、ルーアン、ナンシー、ストラスブール、マルセイユ、リール）にも普及していきます。一七八〇年には、市内郵便（プティット・ポスト）と都市間（外国便含む）郵便（グランド・ポスト）との統合がなされるに至ります。

このような市内郵便の開始・拡充は、一七八二年に出版されたラクロ『危険な関係』でも言及されています。貴族の少女セシルが、自分が書いた手紙を、小間使いなどに託さずに送りたいがどうしたらよいかわからないと困惑していることを、メルトゥイユ夫人は、セシルの世間知らず（郵便システムがわかっていない）と判断し、セシルを情報遮断状態にすることで、自分の策略に利用していきます。

現代では、電話や電子メール、ＳＮＳなどさまざまな伝達手段がありますが、手紙もまた人々の交流手段であったことをあらためてその制度の進展を確認するなかで実感しますね。ルネサンスから一八世紀にかけて、学者・文人たちもまた自分たちの学問上の知見の交流や学問的な協力を書簡によって築き、それは彼らの属する国家・宗教を越えて、国際的な（と言っても基本的にはヨーロッパ圏内ですが）ものでした。自分たちが属する国家同士が戦争状態にあった場合も彼らは交流を続け、彼らは国境を越えた「文芸共和国」に所属していると考えていたほどです。

【註】

この項目は、以下の文献、サイトを参考にまとめた。

アルフレッド・フィエロ『パリ歴史事典（普及版）』、鹿島茂監訳、白水社、二〇一一年、七三九―七四二頁。

日本18世紀学会　啓蒙思想の百科事典編集委員会編『啓蒙思想の百科事典』、丸善出版、二〇二三年、一八二頁、三二四頁。

Musée de la Poste（パリ郵便博物館）のサイト：https://www.museedelaposte.fr/fr/histoire-de-la-poste（最終閲覧日：2025年1月4日）

第九章　女性作家たち

1. 文学史における女性作家

日本で出版されたフランス文学史を取り扱った書物に目を通すと、二〇世紀以降が対象の時代は別として、取り上げられている一九世紀以前の女性作家は明らかに、圧倒的に、男性作家と比べて数が少ないことがわかります。なぜ記述される女性作家は少ないのでしょう？　いやそれは当たり前じゃないですか、と思った読者の方もいるでしょう。なぜそれが当たり前なのか、本当に当たり前なのかを考えてみたい、本章はそこから始めます。

第一の理由（仮説）は次のようになるでしょう。掛値なく、女性作家は男性作家と比して少なかったから。だから文学史に登場しないのは当たり前だ。この本でも、女性作家として紹介されているのは、今のところランベール夫人がいくつかエッセーを書いているとか、オランプ・ド・グージュの劇くらいではないか。女性は文芸サロンを開いていたわりには文筆には進出していないのではないか。そういうみなさんの声が聞こえてきそうです。

そうですね、ではなぜ掛値なく女性作家は少なかったのか、検討してみましょう。あ、そう言えば、識字率が男女で大分違ったのでは？　確か、一八世紀では女性は男性の半分くらいだった！　そう、教育の水準が、男女でまったく異なります。初等教育が義務化したのは一八三三年（ギゾー法）ですが、女子の初等教育が義務化したのは一八五〇年（ファルー法）でした。いずれも一九世紀ですね。また、識字教育を受ける機会があったとしても、女性は高等教育を受けることはできませんでした。高等教育の制度から女性は排除されていたわけです。教員養成を目的とした高等師範学校が設立されたのは一七九四年、フランス革命期のことです。女子高等師範学校が設立されたのはそのおよそ一世紀後の一八八〇年でした。大学の歴史はさらに古く、フランス最初の大学がパリに創立されたのは一三世紀です。ですが、女性が大学に入学できるようになったのは一八八一年、一九世紀末です（ちなみに日本では一八九〇年代に私学を中心として女子大学が設立されていますが、女子大学ではない国立大学に女性が初めて入学を認められるのは一九一三年、東北（帝）大です）。ですから、一八世紀において、いわゆる文学教育を受けることのできる女性は非常に稀であったと言えるでしょう。

さて、それでも高い教育を受ける機会に恵まれる女性はいました。その中には、文章を書く人も少なからずいたことでしょう。ですが、歴史に名を残すには、一人文章を書くだけでは十分ではありません。そう、発表しなければ、もっとわかりやすく言えば、出版しなければなりません。ここで次なる障害が立ち現れます。一八世紀において高い教育を受ける機会を得た女性は、おおむね上流階級に属する女性であったと言えます。身分の高い女性にとって、本を出版することは「はしたない」ことでした。ですから、出版を避けたり、仮に出版するとしても、死後の出版にしたり、周囲に知られないように匿名にしたり（文芸サロンの主催者であるタンサン夫人は、匿名でいくつかの小説を出版しました）、または男性名の筆名にしたり、ときには近親の男性名（夫・父・兄弟・従兄弟など）で発表したりすることも稀ではありませんでした。たとえば、一七世紀の女性作家であるマリー＝マドレーヌ・ド・ラ・ファイエット Marie-Madelaine de La Fayette（ラファイエット夫人／図9−1）は、匿名で『モンパンシエ公爵夫人』（一六六二）を、また、知人である男性文人スグレ Segrais の名で『ザイード』（一六七一）を発表しています。女性作家の名前が公に明らかになる機会は限定的でした。少々補足すると、一八世紀においては、男性も、たとえばロベール・シャールのように、匿名すなわち作品に署名しないケースがありました。また、シャールほど徹底的ではないにせよ、男性作家の作品を匿名で出版するケースは、モンテスキュー『ペルシア人の手紙』、ヴォルテール『カンディード』をはじめ、いくつも見られます。ですが、匿名あるいは偽名（筆名）での出版は男性よりも女性に多く見られ、かつ、偽名の場合、女性は男性名を用いる傾向があり、また実名であっても自身の名ではなく関係者の男性名を用いることがありました。こうして女性作家は男性の名のもとに隠されることになります。

第一の理由は、と説明を始めてからだいぶ経ちました。そろそろ女性作家が文学史に登場しない第二の理由を検討しましょう。第二の理由は、後世の評価と文学史において、女性作家の存在が消去、あるいは過小評価されていたのではないか、というものです。これはとりわけ一九世紀において顕著な傾向と言えるでしょう。たとえば、一九世紀フランスを代表する文芸評論家であるサント＝ブーヴ Sainte-Beuve（図9−2）の著作『文学的肖像』（一八四四）

図9-1　作者不詳『ラファイエット夫人』（17世紀、出典：Wikimedia Commons）

図 9-2　ベルタル撮影『サント=ブーヴ』
（1860 年代、出典：Wikimedia Commons）

図 9-3　ジェシェル親子撮影『ギュスターヴ・ランソン』（1895 年、出典：Wikimedia Commons）

において、項目を立てて取り上げられた男性作家は四六名、女性作家は四名です。なお、サント=ブーヴは同年『女性の肖像』を出版していますが、同書には女性作家が一一名項目を立てて取り上げられています。時代を下って一九世紀末、文学の歴史化としての文学史の確立が時代の要請となり、一八九五年、ギュスターヴ・ランソン Gustave Lanson（**図 9-3**）により『フランス文学史』が出版されますが、この書物は長らく文学史の正典《カノン》となり、以降の文学史の方向性を決定付けるものとなりました。この書物には、総計一四〇〇（作家のみではない）の名前が登場します[1]が、そのうち女性は九一名にすぎません。現代のフランス文学史においてしばしば「最初の職業的女性作家」の枕詞で登場する一五世紀の女性詩人、クリスティーヌ・ド・ピザン Christine de Pisan は、この書物では、次のように紹介されています。

卓越したクリスティーヌ・ド・ピザンに注目するのはやめておこう。彼女は良き娘、良き妻、良き母であり、しかもわれわれの文学における青鞜派《ブルーストッキング》の最も真正な一人であって、あの耐え難き女流作家たちの系譜の最初の人物である。この女流作家たちはどんな主題の書物にも何の犠牲も払わず、神がお与えになる生涯の間、彼女ら全体に共通する凡庸さと等しい、疲れを知らぬ浅薄さの証拠を積み重ねるしかやることがないのである。[2]

ランソンの記述は、二一世紀に生きる者にとっては隔絶の感がありますが、このように書かれています。クリスティーヌ・ド・ピザンと一九世紀の青鞜派の女性作家をまとめて「あの耐え難き女流作家たちの系譜」と切り捨てています。ランソンの『フランス文学史』は一九五四年に日本語訳されていますが、翻訳の底本にしているのが右記の初版からおよそ三〇年後に出版された簡略版なので、ピザンに関する記述は含まれていません。翻訳書の前書きには、簡略版では「入門者にとってさして重要でない群小作家はかなり多く省略されている」と翻訳者によって述べられていますので、ピザンは群小の作家として省略されているわけです。

それでは、一八世紀の女性作家はランソンの簡略版ではない『フランス文学史』においてどのように触れられているでしょうか。幾人かの女性作家を例に確認してみましょう。クロディーヌ＝アレクサンドリーヌ・ゲラン・ド・タンサン Claudine-Alexandrine Guérin de Tencin（タンサン夫人／**図4-2**）を例にとると、彼女は五回言及されていますが、うち四回はサロンの主催者としての言及です。作家としての彼女に触れられるのは一回きりであり、作品名が複数挙げられてはいるものの、「凡庸な歴史小説の書き手」「ラファイエット夫人の模倣者」の例として紹介されているに過ぎません。イザベル・ド・シャ

図 9-4　モーリス・カンタン・ド・ラ・トゥール『イザベル・ド・シャリエール』（1766 年、ジュネーヴ、ジュネーヴ美術歴史博物館）

図 9-6　ピエール=オーギュスタン・クラヴァロ『グラフィニー夫人』（18 世紀、リュネヴィル、リュネヴィル城美術館）

図 9-5　フランソワ・ルイ・クーシェによるリコボニ夫人作品集の第一巻挿絵（1826 年、出典：Wikimedia Commons）

リエール Isabelle de Charrière（シャリエール夫人／**図 9-4**）およびマリ=ジャンヌ・リコボニ Marie-Jeanne Riccoboni（リコボニ夫人／**図 9-5**）については一切触れられず、フランソワーズ・ド・グラフィニー Françoise de Graffigny（グラフィニー夫人／**図 9-6**）はヴォルテールとそのパートナーのデュシャトレ夫人の暮らしぶりを証言する人物として登場するのみで、彼女の作品については何の言及も

図 9–7　作者不詳『ボーモン夫人』（18 世紀、Source gallica.bnf.fr / BnF）

図 9–8　アンヌ=ルイ・ジロデ・ド・ルシー=トリオゾン『シャトーブリアンの肖像』（1808 年以降、サン・マロ、サン・マロ歴史民族博物館）

ありません。日本でも『美女と野獣』（一七五六）等の童話で知られるジャンヌ=マリ・ルプランス・ド・ボーモン Jeanne-Marie Leprince de Beaumont（ボーモン夫人／**図9-7**）についてはシャトーブリアン Chateaubriand（**図9-8**）がその魅力とエスプリを堪能していた「あの魅力的な女性たち」の一人として記述されているのみです。こうした扱いは簡略版においてはさらに加速し、前述の女性作家に関しては、一切その名が触れられることはありません。版元による前書では、簡略版では「最も重要な作家のみ」が取り上げられていると述べられています。

しかしながら、幸いにも、あるいは、例外的に、と言うべきでしょうか、ジェルメーヌ・ド・スタール Germaine de Staël（スタール夫人／**図9-9**）に関しては、見出しを付けて正編では一〇頁に渡って、簡略版でも見出しとともに説明しています。彼女の主な作品は革命以降に発表されたものなので、一八世紀の作家とくるには若干留保が必要ではありますが、ランソンは、彼女はその情熱によってルソーの娘であり、その理性によってヴォルテールを体現し、一八世紀精神を表現する存在であったと述べています。

次に、一九世紀末の文学史において消し去られた一八世紀の女性作家たちが、同時代にはどのように受容されていたかをうかがわせる興味深い数字をご紹介しましょう。すでに述べたように、一八世紀は小説が大いに興隆した世紀です。一七〇一年から一七五〇年の五〇年で、一〇一一編の小説が出版され、一八〇八の再版がありました。世紀後半にはこの数字はおよそ倍増します。世紀前半において、グラフィニー夫人は『ペルー娘の手紙』（一七四七）によって（再版六九回）、モンテスキュー（『ペルシア人の手紙』『グニドの神殿』（一七二五）とルサージュ（『ジル・ブラース物語』『びっこの悪魔』）に次いで、再版ランキングの第五位でした。タンサン夫人は『コマンジュ伯爵の回想録』（一七三五）によって、プレヴォー（『ある隠棲した貴人の回想と冒険』）に次いで第一〇位となっています。世紀後半にも再版ランキングにボーモン夫人やリコボニ夫人の作品が挙げられています。[3] 小説の分野においては、女性作家の存在は決して無視できないものであったと言えるでしょう。ですが、それは同時に、当時小説が低い位置に置かれており、小説を読むのも書くのも女性と見なされていたゆえに、小説と女性とが関連付けられたうえでその双方が軽視されていくことをも意味して

図9-9　フランソワ・ジェラール『スタール夫人』（1817年以降、コペー、コペー城）

いました。さらには、一九世紀に入って小説における写実主義が重視され、かつ一八世紀の女性作家たちの作品が理想主義的＝反現実と見なされることで、忘却され、文学史的に抹消に近い状況になる事態をも招来します。しかしながら、二〇世紀後半、埋もれた女性作家の掘り起こしが始まり、一八世紀の多くの女性作家たちは再び読まれ、再評価されつつあります。

今日において、一八世紀の女性作家がほぼ存在していないかのように見える第三の理由、それは翻訳の問題です。先ほど複数の一八世紀の女性作家の名を挙げましたが、読者のみなさんはおそらく、ほぼその名を知らなかったのではないでしょうか。中には、文学にはけっこう詳しいと思っていたのに、まったくなじみのない名前ばかりだ、とショックを受けた読者の方もいらしたかもしれません。なぜ知名度が低いのか、それには理由があります。多くの日本人読者は外国文学を翻訳で読んでいることでしょう。翻訳によって紹介されているかどうかが多くの読者にとって分岐点ではないでしょうか。そして、一八世紀の女性作家の作品で、日本語に翻訳されている作品は残念ながら男性作家と比べて、今のところ、非常に限られています。ボーモン夫人の『美女と野獣』（一七五六）等の童話、またボーモン夫人の『美女と野獣』の原型であるガブリエル＝シュザンヌ・ド・ヴィルヌーヴ Gabrielle-Susanne de Villeneuve（ヴィルヌーヴ夫人／**図9-10**／彼女は作品の多くを匿名で出版）の

図9-10　カルモンテル『ヴィルヌーヴ夫人』（1759年、シャンティイ、コンデ美術館）

図9-11　ジャン=エティエンヌ・リオタール『ルイーズ・デピネーの肖像』（1759年ごろ、ジュネーヴ、ジュネーヴ美術歴史博物館）

『美女と野獣』（一七四〇）、ルイーズ・デピネー Louise d'Épinay（デピネ夫人／**図9-11**）『反告白　モンブリアン夫人の物語』（一八一八／死後の出版）など、少ない数にとどまっています（アンソロジーに収められた短編などはあるかもしれませんが）。対して、一八世紀男性作家の本邦初訳は、プレヴォー『マノン・レスコー』が一九一九年、マリヴォー『愛と偶然の戯れ』は一九三五年、ヴォルテールの『カンディード』は一九三四年、モンテスキューの『ペルシア人の手紙』は一九三六年、ルソー『新エロイーズ』一九二二年など、二〇世紀前半にすでに多くの翻訳が出版され、その後も数多の作品の翻訳が続き、新訳も出版されています。すでに述べたように、フランスでは一八世紀の女性作家に再び光が当てられ、読まれるようになりました。日本においても翻訳・紹介が進むことで、多くの読者が一八世紀の女性作家を「発見する」ことができるよう、筆者も微力ながら努力していきたいと考えています。本書では、タンサン夫人とリコボニ夫人の作品を一編ずつご紹介しましょう。

2. タンサン夫人『コマンジュ伯爵の回想録』

[作者クロディーヌ＝アレクサンドリーヌ・ゲラン・ド・タンサン]

タンサン夫人は一六八二年生まれ（ただし諸説あり）、父の命により八歳で修道院に入れられ一六歳で本人の意に反して修道誓願を強いられます。一七〇五年、父の死後、修道院を離れます。一七一二年、正式に修道誓願を撤回します。淡々と書くと非常に簡単に進んだようですが、この成り行きにはかなりの本人の粘り強い不屈な交渉があったことが、先行研究で明らかになっています。タンサン夫人が、若い時分から政治力と人的ネットワークづくりにたけていたことがこうした交渉に伺われます。

一七一〇年ごろからパリの姉のもとに居を定め、枢機卿となった野心的な兄と再会します。姉フェリオル夫人のサロンでフォントネルら文学者と知り合い、自らもサロンの主催者となり、多くの愛人を持ち、のちに数学者ダランベールとなる子を産みますが、彼女は教会前の階段に子どもを捨てて顧みなかったと言われています（ただし送金していたという説もありますが、資料に乏しく、結局はやぶの中です）。子どもは父親である（これも諸説ありますが）騎士デトゥーシュに見出され、里子に出されますが、無事に成長し、ディドロとともに『百科全書』の編纂者となります。タンサン夫人は野心的な兄と二人三脚で政治的な活動にも参与し、多くの破産者を出したローの銀行にも投資し、財産を増やすことに成功しています。が、一七二六年、愛人の騎士ラ・フレネーが彼女の家でピストル自殺を遂げ、彼女は彼の死への関与を疑われて逮捕され、数か月収監されます。疑いは晴れたものの、後々まで健康に深刻な影響を及ぼす身体的ダメージを受け、以後、彼女は自らの活動を文学的なもののみとするようになりました。一七三三年、著名な文学サロンの主催者であったランベール夫人の死後、彼女のサロンを引き継ぎ、彼女のサロンにはフォントネル、マリヴォー、デュクロ、モンテスキューら多くの文人・学者・芸術家が集まり、アカデミー会員の選出にも大きな力を持つようになりました。自身も『コマンジュ伯爵の回想録』を含め四編の小説を書きました。一七四九年病没。

［作品のあらすじ］

回想録の書き手である語り手が主人公コマンジュ伯爵であり、彼と恋人アデライドは父親同士が従兄弟で、親戚関係にあります。コマンジュとアデライドの二人は恋に落ちますが、父親同士が犬猿の仲のため、引き裂かれます。激怒したコマンジュの父は息子を監禁し、アデライドは彼の解放と引き換えに別人との結婚を承諾します。のちにアデライドは夫に監禁され、関係者にはアデライドは死亡したと伝えられますが、二年後、夫の死亡によって解放されます。彼女は教会で修道士となっていたコマンジュ伯爵を見つけ、男装して同じ修道院に入ります。一年後、アデライドは死の床でいっさいを告白します。

女性が男装して修道院に入るというのは、さまざまな文献に伝説として存在します——代表格は『黄金伝説』の中の聖マリナ——ので、タンサン夫人がそれに示唆されたのは想像に難くありません。余談ですが、芥川龍之介のキリシタンものの一つ『奉教人の死』（一九一八）もこうした男装した女性が修道士となる伝説にヒントを得て書かれたものと言われています。

［作品の評価］

次に、『コマンジュ伯爵の回想録』の評価・受容について見てみましょう。

①一八－一九世紀の評価

一八世紀の文人であり、ヨーロッパ諸侯が主たる会員であった、会員制の『文芸通信』の主催者のグリムは、その『文芸通信』（一七五三－七三）において「タンサン夫人の小説には、魅力、繊細さ、感情が満ちている」と述べています。同じく同時代の文人であるラ・アルプは、一七世紀の傑作である、ラ

図 9-12　クロード・ジャカン『アデライド・ド・コマンジュの死』（1830 年、ドル、ドル美術館、油絵（inv. 37）　© Musée des Beaux-Arts de Dole, cl. Jean-Loup Mathieu）

図 9-13　クロード・ジャカン『コマンジュ伯爵の回想録最終場面』（1836 年、レンヌ、レンヌ美術館）

図9-14　フルリ・フランソワ・リシャール『トラップ修道院のコマンジュとアデライド』（1822-44年、リヨン、リヨン美術館）

ファイエット夫人の『クレーヴの奥方』とこの作品が対をなすと『リセあるいは古代・現代文学講義』（一七九九―一八〇五）で評価しています。総じて高い評価が与えられていると言えます。

また、小説発表からおよそ三〇年後の一七六四年、『コマンジュ伯爵の回想録』は劇化されます。バキュラール・ダルノー Baculard d'Arnaud によって三幕の演劇『不幸な恋人たち、あるいはコマンジュ伯爵』（一七六四）になりました。なお、この演劇をもとに、一九世紀の画家クロード・ジャカンはアデライドの臨終場面（アデライドがまだ生きているものと、すでに亡くなったものの二種類／**図9-12・13**）を描いています。また、フルリ・フランソワ・リシャールは修道院内のコマンジュとアデライドを描いており、アデライドの視線の先に墓を掘りに行くコマンジュが描かれています（**図9-14**）。いずれの美術館でも、絵画の説明としてはダルノーの戯曲をもとに描かれたと記述されていますが、どの場面も原作であるタンサン夫人の小説と設定がまったく同一であるため、実質的にはタンサン夫人の小説からインスパイアされていると言えるでしょう。なおアデライドの死の前後を描いた絵画において、画家は一八三〇年版ではアデライドを髪が長く顔もふっくらして色白に描き、一八三六年版では、髪が短く痩せこけて顔色も悪いアデライドを描いています。ヒロインの臨終場面の印象を大きく改変するこのような解釈の変化――単純化すればロマン主義から写実主義への移行――には興味深いものがあります。

一九世紀の作家バルザックの作品、『毬打つ猫の店』（一八三〇）では、小間使いの棚から見つかった感傷小説として『コマンジュ伯爵の回想録』が出てきます。小間使いという知的レベルのそう高くはないであろう者が暇つぶしに読むような感傷的恋愛小説という位置付けになっていると言えるでしょう。ただし、バルザック自身がタンサン夫人のこの作品をどのように評価していたかについては、判断を留保したいと思います。ほかの作品でも微妙に設定の似た『ランジェ侯爵夫人』（一八三二）があるので、意外に影響を受けている可能性もあります。

いずれにせよ、『コマンジュ伯爵の回想録』は一九世紀の前半までは版をたびたび重ね、普及していたと言えます。ですが、一九世紀末から二〇世紀前半は忘れられた小説になっていきます。

②二〇世紀後半以降の評価

世紀前半までは忘却されていたこの作品は、一九六〇年代から新しい版が出るようになります。二〇世紀末以降は、一九八六年（Dix-huitième siècle）、一九九六年（Desjonquère, Mercure de France）、二〇〇九年（Kissinger publishing）、二〇一二年（Youscribe）、二〇一六年（Encre bleue）とそれぞれ異なる出版社から出版されています。ただし、日本では、翻訳されていないこともあってタンサン夫人の名と小説は一般にはあまり知られていません。仮に知っていても、策謀家、大勢の愛人、数学者ダランベールを婚外子として産んだなどスキャンダラスな側面のみで語られることが多いようです。それもまた一つの事実ではありますが、当代一の文芸サロンを主催し、モンテスキューの『法の精神』を世に出し、マリヴォーのアカデミー入りに大きな役割を果たし、かつ自分自身も小説を書いていたことももっと知られてよいのではないでしょうか。彼女の小説は決して安っぽい感傷恋愛小説ではなく、熟読に値する作品であることがすでに本国フランスでは認知されています。

［作品分析――視線と声／男性表象と女性表象］

この作品において、ヒロインの結婚後、アデライドとコマンジュの二人の視線と声は一貫して双方向性を欠いています。当初、コマンジュがアデライドに一目ぼれをすることから二人の恋愛は始まります。ですから、コマンジュがアデライドにもっぱら視線を向けており、一方で、さまざまな事情からコマンジュは自分の名を偽っていました。そこに、肖像付きブレスレットのエピソードが絡みます。アデライドの肖像付きブレスレットが一時コマンジュの手に落ちるのですが、彼はもとの肖像画を我がものとして、自分で肖像画を描き、それを取り付けてブレスレットをアデライドに返します（当時はアクセサリーにつけられるような細密画が流行していました）。

アデライドがコマンジュを救うため結婚したのち、夫ベナヴィデスの城に、コマンジュは身分を偽り潜り込みます。ここでは、もちろんコマンジュの身元が割れたらコマンジュはもちろん、アデライドの身も危険となるわけです（夫の不倫は一般的に大目に見られましたが、妻の不倫は夫によって修道院に幽閉されることもありえました）。コマンジュは自分の配下であるサン＝ロランを事前にベナヴィデスの城に潜入させていました。そのサン＝ロランは、コマンジュに次のように忠告します。

私（＝コマンジュの召使であるサン＝ロラン）は、あなたの身の上がばれたらあなたの人生を危険にさらすだろうとは申しません。そんなことではあなたは引き留められないでしょうから。ですがあなたは彼女の人生を危険にさらすことになります。（Claudine-Alexandrine Guérin de Tencin, *Mémoires du comte de Comminge, in Romans de femmes du XVIIIe siècle*, Robert Laffont, 1996, p. 38)

このときコマンジュは慎重な行動を取ることを誓います。そこで、コマンジュは次のように、自分が見られないようにしつつアデライドを見るようにします。

やっとある夕暮れ私は彼女を見かけました。（……）彼女は犬だけを連れていました。彼女は飾り気のない様子でした。彼女の歩き方にはどこか気だるげな気配がありました。彼女の美しい目はすべての物の上を何も見ずにさまよっているように思われました。(*Ibid.*)

私は城のチャペルで彼女を二度目に見ました。私は気づかれずに彼女がいる間ずっと見ることができるような位置を取りました。(*Ibid.*)

慎重を期すとサン＝ロランに誓ったコマンジュはこのようにアデライドに見られない工夫をしていたものの、やはり彼女に気づかれることとなります。

アデライドは私の声を聞いて驚き、すぐに私に気がつきました。彼女はしばらく目を伏せ、私を見ずに部屋を出ていきました。(*Ibid.*, p. 40)

ここではアデライドはコマンジュを声でまず判別するわけです。この件が契機となり、コマンジュは城を離れることを決意しますが、その前にアデライドに一目会おうとします。が、彼女は彼から離れようとします。

逃げないでください、あなたを見るという最後の幸福を味わわせてください。(*Ibid.*, p. 41)

そこに夫が踏み込み、斬り合いという文字通り修羅場となります。コマンジュは最終的には逃げおおせますが、アデライドはさらに厳しく監禁されるようになります。加えて、アデライドは死んだと周囲に伝えられ、それを信じて絶望したコマンジュは修道士となります。

二年後、夫の死亡によって監禁から解放されたアデライドは、修道院に入るつもりでしたが、たまたま入った教会で修道士の合唱隊の中に、聞き覚えのある声を聞きます。次の引用はアデライドの告解中の言葉です。

「教会内に入るやいなや、主を賛美する人々の中に、私の心に触れるあのお懐かしい声を聞きとったのです。私は自分の想像力に幻惑されているのだと思いました。ですが近づいて、歳月と峻厳さとがお顔にもたらした変化にもかかわらず、私の思い出にとってとても貴重なあの誘惑者を認めたのです。」(*Ibid.*, p. 53–54)

ここでは、アデライドがまず声でコマンジュを判別し、近づいて彼の顔を認めたわけです。しかし、コマンジュの方はアデライドにまったく気づくことはありません。アデライドが男装してコマンジュと同じ修道院に入ってからも、コマンジュはアデライドを見ることも、アデライドの声を聞くこともありません。アデライドだけがコマンジュに視線を向け、彼の声を聞きます。先ほどの絵画（図9-14）がその様子を描いたものですね。なお、筆者は当該の絵画をリヨン美術館で鑑賞しましたが、この絵画のアデライドのまなざしには、人の心を揺さぶるものがあることが見学者たちの様子からうかがわれました。アデライドの臨終の告解の際には、コマンジュを含む修道士たちが呼び寄せられていました。ここで再び視線と声が逆転します。アデライドの告解の声に、コマンジュは気づくのです。

アデライドの声の響きは、私の思い出に生きていましたから、彼女が発した最初の言葉ですぐに私はそれとわかりました。(*Ibid.*, p. 55)

しかし、彼女の告解を聞きながら、コマンジュは声を発することも、彼女を見ることもしません。

私はほかの修道士と同様、面を伏せていました。彼女が話す限り彼女の言葉を一言も聞きもらすまいと、叫びを押さえていたのです。(*Ibid.*)

このように、彼は「面を伏せ」「叫びを押さえて」彼女に一切の反応を見せていません。彼がアデライドの告解に反応するのは、彼女が息を引き取った後です。

「それでは私はあなたを二度も失ったのですね、愛しいアデライド。」そう私は叫びました。「そして永遠に失ってしまった。何ということか！　あなたは長い間私のそばにいたのに、私の恩知らずな心はあなたに気づかなかった。」(*Ibid.*)

このように、アデライドが息を引き取ってから初めて彼は叫ぶわけです。

以上、視線と声に的を絞って見てきましたが、二人の主人公のコミュニケーションは見事なほど完全に双方向性を欠いていると言えるでしょう。片方が見る主体、聞く主体となったとき、もう片方は見られる客体、聞かれる客体となるわけです。しかし、アデライドの告解において、彼女は確かに聞かれる客体ではありましたが、コマンジュはこのとき彼女を見ることはなく、彼女は見られる客体ではありませんでした。また、このとき彼女はコマンジュの視線をとらえ、声を聞くことはできませんでしたが、自らが語る主体となっていました。

次に、この作品における男性表象と女性表象の基本を考えると、次のように言えるでしょう。男性は、無思慮で無力（息子コマンジュ）か暴君（父コマンジュ、ベナヴィデス侯爵）です。ただし、ベナヴィデスの弟、召使サン＝ロランは好青年として描かれています。いずれもアデライドや息子コマンジュを援助する存在です。一方、女性は善良だが無力（コマンジュ夫人、アデライドの母リュサン夫人）・あるいは行動が極端（アデライド＝ベナヴィデス夫人）と表象されています。暴君である父コマンジュの行動に対し、息子コマンジュは無力かつ無思慮にしか行動できないという基本構造がまずあります。コマンジュとアデライドの母親たちは無力であり、相対的に穏やかな性格と見えるアデライドの父は存在感が薄くほぼ登場しません。そしてアデライドは極端な行動に出ます。コマンジュの父に別人との結婚を了承する際、彼女は結婚の相手として、容貌・性格が悪く、知性も低い人物であるベナヴィデスをわざわざ選択し、恋人であるコマンジュへの愛のあかしとします。彼女のこのような行動原理には、強制結婚という一八世紀の小説には決して珍しくはない題材に、反抗を滑り込ませる仕掛けがあるように思えます。男装して愛する男性のいる修道院に入ることも、強制的な修道誓願への巧妙な反抗が潜んではいないでしょうか。

死の間際における告解とは、死によって保証された語りです。神に許しを請うためにするものですから、正直にすべてを言わなければならないことになっています。したがって、裏を返せばすべてを言うことが可能でもあります。

二人の主人公がそれまで視線も声も意図的にディスコミュニケーション化した状況下で、アデライドは死の床での告解に突き進むわけです。この告解のとき、コマンジュは完全に聞くだけの存在であり、アデライドは話すだけの存在となります。彼女の語りには、忍耐の極致から反抗へと進む兆しが垣間見られます。それはコマンジュも同様であり、アデライドが息を引き取った後、彼は修道院長に自分を別の修道院に移してほしいこと、また、自分が死んだら、アデライドと同じ墓に埋葬してほしいことを伝えます。

> 院長は同情からか、それよりは修道士たちの視界から醜聞の対象を取り去るためかもしれませんが、私の願いを認め、私の望んだことに同意してくださいました。私は即座にその場を発ちました。それで私はここに何年も前からいるのですが、自分が失ったものを嘆くほかには時間を費やすことはありません。(*Ibid.*, p. 56)

コマンジュは、「修道士たちの視界から醜聞の対象を取り去るためかもしれません」と、自分たちが「醜聞の対象」でありうること、それが院長によって取り去られるものでありうることを言説化しています。しかしそういう自らを変えるつもりは毛頭なく、「失ったものを嘆く」だけの人生を送り続けるであろうことを宣言しています。この幕切れは、アデライドの反抗がコマンジュにも移行したと思わざるを得ません。

3. リコボニ夫人『クレシ侯爵の物語』

[作者マリ＝ジャンヌ・リコボニ][4]

ブルジョワ出身のリコボニ夫人は、父親が重婚者であり、そのことによって彼女の誕生の翌年に逮捕され、最初の妻のもとに帰るという不幸な生い立ちのもとで育ちます。修道院に入れられますが、修道請願を拒否し、一四歳で修道院を出ます。母親とは終生複雑な愛憎関係にありました。二〇歳で、著名な劇団イタリア座の座長ルイジ・リコボニの息子であるアントワーヌ＝フランソワ・リコボニと結婚しますが、その結婚は度重なる夫の不実によって幸福なものではありませんでした。また、約二〇年間、義父と夫にイタリア座の舞台に立つよう強要されますが、彼女は、パリ中の人々に容姿の可憐さに比べて演技の才能が乏しいとうわさされていました。ディドロは『俳優に関するパラドクス』（一七七三―七七、出版は一八三〇）において「この女性は、自然が作り出した最も鋭敏な者の一人だが、舞台上にかつて登場した最も下手な女優の一人だった。だれも彼女以上に上手に芸術について語らず、彼女以上に下手に演技する者はいない。」と述べています。しかし舞台生活の中で彼女は多くの文人、舞台関係者と出会い、自身の文才を開花させていき、夫を助けて戯曲の原稿に手を入れ、シーンを練り直します。前述ディドロも同書において彼女の文人としての才能に触れ、「才能、率直さ、繊細さ、優雅さに満ちた、魅力的な多くの著作の作者を知らぬ者がいようか？」と記しています。一七五一年、マリヴォーの未完の小説『マリアンヌの生涯』の続編をマリヴォーの文体を完璧に模倣して書き、文芸サロンの話題となります。四二歳で夫と別れ、文筆によって生計を立てようとします。一七六一年舞台を引退すると、文学に注力し、女友達テレーズ・ビヤンコレリと同居します。彼女は舞台引退前にすでに書簡体小説『ファニー・バトラーの手紙』（一七五七）と『ジュリエット・カテスビーの手紙』（一七五九）、三人称での小説『クレシ侯爵の物語』（一七五八）を出版していましたが、いずれも匿名においてでした。この三作品は大成功を収めました。一七六二年リコボニ夫人は、フィールディング Henry Fielding の感傷小説を翻案した『アメリ』を自身の名を明らかにして出版します。マリー＝アントワネットもまた彼女の小説を読んでいたと言われています。しかし、リコボニ夫人は一七九二年、革命のさなかに貧窮のうちに亡くなりました。ルイ十五世の寵姫デュ・バリー夫人の仲介によって王から授与されていた二〇〇〇リーヴルの年金は、革命政府によって支払いが停止されていました。

［作品のあらすじ］

スペイン継承戦争（一七〇一―一三）で功を立て、クレシ侯爵は宮廷に戻り、美しく財産のある未亡人レゼル伯爵夫人と出会います。しかし貧乏貴族のアデライド・デュ・ビュジ嬢のクレシへの恋心をクレシは利用しようとし、絶望したアデライドは修道女となります。レゼル夫人とクレシは結婚しますが、クレシは妻の親類であり保護下にある若い女性とも関係を持ちます。すべてを知った夫人は紅茶に毒を入れ、何も知らない夫に妻である自分のカップに注がせて飲み、自殺します。死ぬ前に夫に自分がすべて知っていることと、全財産を夫に残すことを伝えます。クレシは愛人関係をすべて清算し、孤独に生き、しかし栄華を極めます。

［作品の評価］

すでに述べたようにリコボニ夫人の作品は一八世紀中再版を重ね、同時代の文人たちからも評価されてきました。ラ・アルプは『リセあるいは古代・現代文学講義』において、「今世紀において、最良の小説家の栄誉を競うという名誉をタンサン夫人と分かち合う女性は、リコボニ夫人である」と述べています。「この作家をその著作物において格別な存在にしているのは文体の魅力である。女性作家には、男性作家においてさえも、これほど繊細に考え、これほどの才気で書いた者はほとんどいない」と称賛し、中でも、今回取り上げた作品について「リコボニ夫人の作品の中で、『クレシ侯爵』が私のお気に入りであることを認めよう」とまで言っています。ただし、このような高評価には、「愛は、常に小説の主要な主題だが、女性たちが最もよく知っている感情である」とする見方を常に伴ってもいます。また、作家レチフ・ド・ラ・ブルトンヌは女性作家を堕落した社会の徴と見なしていますが、『パリの夜』、『当世女』（一七八〇）などの複数の小説において、リコボニ夫人に関しては例外として称賛しています。彼女の作品は複数の外国語に翻訳され、一九世紀に入っても再版され続け、ほかの女性作家よりも読まれてきました。ですが、二〇世紀に入るとほかの女性作家の作品と同様に忘却されていきます。

［愛に関する悲観的な考察――格言］

この作品はヒロインの自死という結末で、同時代の読者に大きな衝撃を与えつつも――一八世紀、キリスト教の影響が現代と比較にならない大きさを持っていました――大きな成功を収めました。リコボニ夫人の小説は愛に関する悲観的な考察に満ちています。女性たちは多くの場合、ひたむきに愛を求め、そして夢破れた一六歳のアデライドは修道女となり、レゼル夫人（クレシ夫人）は自死します。この作品の男性登場人物はほぼ主人公であるクレシ侯爵に限定されますが、彼が女性を愛するのは自分の快楽や人生の幸福に利する場合に限定されています。人物の性格や行動は描写されるよりもむしろ考察・格言としてまとめられています。まず、クレシ侯爵がどのような人物とされているのかを見てみましょう。冒頭で、彼がまもなく二八歳になることが述べられています。

彼の欲が控えめなものであれば十分に豊かでしたが、野心に支配されていた彼には、父祖からの財産では、望みであった身分には十分ではなかったのです。（……）生まれの良さ、魅力的な顔、豊かな才能、愛想の良い性質、穏やかな様子、見せかけの心、大いに繊細な才気、自分の悪徳を隠し他人の弱みを握る技術、こうしたものが彼の望みの土台となっておりました。(Marie-Jeanne Riccoboni, *Histoire de M. le marquis de Cressy*, Gallimard, 2009, p. 22)

クレシ侯爵の人物設定には、ある種の近代性が見られます。偽善的ではありますが、いわゆる悪人ではありません。二一世紀の日本に存在していてもおかしくない、会社で出世しそうなそつのない人物の顔が浮かびます。

レゼル伯爵夫人は、まもなく二六歳、二年前に夫を亡くした未亡人ですが、年齢差のあった亡夫との結婚生活は幸福なものではありませんでした。それだけに再婚に際して彼女は何よりも夫との幸福な生活を追い求めます。彼女は生まれの良さと財産のみならず、才気と情熱、善意と寛大な心、美貌に恵まれた非の打ち所がない女性です。

クレシがレゼル伯爵夫人を結婚相手として選ぶのは、彼女の心根と美貌もさることながら、その家柄と財産とが自分の将来に大きく利することが最も大きな動機と言えますが、当時の結婚において両家の家柄のつり合いと経済的利害の一致とはごく普通の事柄です。クレシ侯爵が夫人に「愛」を信用させている限りは、結婚生活は破綻なく続いていたはずです。しかし彼にとり最も大事な動機である出世を間接的にせよ危険にさらすことになる「火遊び」を控える発想は彼には皆無であり、夫人はすべてを知ることになります。

また、アデライドが自分の恋心を利用されていたことを知ったとき、彼女はクレシに大きな幻滅を抱きますが、これはレゼル夫人（クレシ夫人）も同様でしょう。二人の女性のクレシ像は幻想に過ぎず、彼女たちは真実を知ったとき、次のように幻滅と絶望を感じることになります。

自分の恋心を利用されてクレシ侯爵に強引に性関係に持ち込まれそうになった窮地からからくも逃れたアデライドは、弁解するクレシを振り切ります。

悲しいアデライドはなんという夜を過ごしたことでしょう！　愛が引き起こす苦しみよりも耐え難いものはありません。（……）彼女は自分が冒した危険を思って震えました。幸運にもそれを避けられたことは慰めではありましたが。しかしそのためにどれほどの代価を支払ったことでしょうか！　望みの、愛の、あれほど心地よく心を占めていた心を浮き立たせるあらゆる計画の喪失によってでした。あらゆる希望を諦めねばなりませんでした。まだ恋する気持ちの残っている人を軽蔑しなければなりませんでした。(*Ibid.*, p. 59-60)

アデライドの話は、事実と符合し、(クレシ) 侯爵が夫人にした話の事情とはかなり異なるものでしたが、彼女の話によって、クレシ夫人は夫の性格にどれほど陰ひなたがあるのかがわかり、激しい心の痛みを感じました。(……) 彼女の目には侯爵はもはや利害と虚栄によってのみ動く野心家にしか見えませんでした。彼の配慮、彼の選択は、彼女の財産の輝きに負うものだったのです。(……) クレシは、彼女が彼にあると思って愛した美質も美徳も持っていませんでした。彼女の熱愛の対象はもはや無関心と軽蔑にしか値しませんでした。(*Ibid.*, p. 98-100)

絶望した夫人は自死するに至りますが、その方法――夫の手で毒入りの紅茶を彼女のカップに注がせる――は夫への復讐と言ってよいでしょう。夫人の告白を聞き、残された夫はどうなったでしょうか。彼は妻の死後発熱してしばらく病の床に伏しますが、回復後、不倫の関係にあった二人の女性との関係を清算します。その後出世し財産を築き名誉も得るが不幸であった、これがこの作品の結末です。

『コマンジュ伯爵の回想録』と『クレシ侯爵の物語』には、ヒロインの死のほかに、ある共通点を見出せるように思います。いずれも死の直前にヒロインが語っていることです。タンサン夫人の作品では明確に死の前の告解として、リコボニ夫人の作品でも実質的に告解と見なされる状況でしょう。死によって担保された語りは、ルソーの『新エロイーズ』にも見出されます。ですが、『マノン・レスコー』

のマノンも、『ポールとヴィルジニー』のヴィルジニーも、黙して亡くなりますので、決して多数派ではありません。もう一つの共通点としては、主人公カップルの意志疎通が決定的に分断されていることです。『コマンジュ伯爵の回想録』においては、禁じられた愛であることによって、『クレシ侯爵の物語』では結婚によって結ばれてはいるものの、夫の不実によって、主人公の男女のコミュニケーションは分断されています。この分断を白日のもとにさらすには死の前の告解が必要だったのかもしれません。

［註］

1. Cf. Martine Reid（éd.）, *Femmes et littérature*, t. II, Gallimard, 2020, p. 42. なお、『女性と文学』と題されたこの書物（第一巻は中世から一八世紀まで、第二巻は一九世紀から現代まで）はフランス文学史において消された女性作家を掘り起こし、光を当てる、挑戦的な論文集となっている。
2. Gustave Lanson, *Histoire de la littérature française*, Hachette, 1912[1895], p. 166–167. なお、本書ではジェンダー的な観点から、ランソンの『フランス文学史』を批判的に取り上げているが、筆者はランソンの業績を全否定しているわけではない。とりわけ一八世紀の地下文書——主として手書きの写本によって秘密裏に流通した哲学的文書——を初めてまとまった形で掘り起こした功績は忘れてはならないだろう。
3. Cf. Martine Reid（éd.）, *Op. cit.*, t. I, Gallimard, 2020, p. 851–852. Philipe Stewart et Michel Delon（éd.）, *Le Second Triomphe du roman du XVIIIe siècle*, The Voltaire Foundation, 2009, p. 177–178.
4. 作者紹介は、主として以下の文献を参考にまとめた。
Raymond Trousson, *Romans de femmes du XVIIIe siècle*, Robert Laffont, 1996, p. 167–181.
« Présentation » par Martine Reid, Madame Riccoboni, *Histoire de M. le marquis de Cressy*, Gallimard, 2009, p. 7–15.

あとがき

時折、「文学は何の役に立つのか?」という問いを聞きます。この問いには、「文学は役になんか立たないだろう」と思っている人が、文学に近しいと思われる人にぶつけるタイプと、文学に近しい立場の人が、文学を擁護しようとして自ら問いを立て、その問いに答える形で主張するタイプとの二つがあるように思います（かなり単純化していますが）。ただ、どちらのタイプにおいても、「役に立つ」は譲れないポイントであることが伝わってきます。いつから「役に立つ」はそんなに大事になったのでしょうか。本書の三章では、一八世紀の小説の序文において、作家たちが、どれほどその小説が有用であるかを力説していたかを取り上げています。ですが当時は文学＝小説ではありませんでした。どちらかといえば、小説は文学ジャンルの中では位置の低いものだったので、そのような小説弁護が必要だったのだと考えられます。それでは、今日では文学全体の価値が地盤沈下して、それ自体で存在することが許されず、「役に立つ」必要が出てきたのでしょうか。それとも、「役に立つ」こと自体が唯一無二の価値になったのでしょうか。しかし一方で、もしかしたら私の知見が狭いだけで、そのような言説が大いにあるのかもしれませんが、絵画は何の役に立つのかとか、音楽は役に立つのかとか、あまり言わないように思います。なぜ、文学に対して、ことさらに役に立つことが期待されているのでしょうか。簡単に答えの出る問題ではありません。ただ、それでも文学は存在し、文学に親しみ、文学に救われる人はいます。

私は小児喘息のため、小学校一年生のころは学校をよく欠席していました。数日ぶりに学校に行くと、本が好きだったので国語はなんとか乗り切れたのですが、算数が壊滅的に置いて行かれていました。「朝の学習」で、学級委員が、算数カードを使ってクラス全員に質問をします。「9＋3は？」みんな一斉に答えます。「6＋7は？」みんな一斉に答えます。私は、答えが10を超えていることはうっすらわかるものの、みんなのようにリズムに乗って答えることがとうていできません。「5＋8は？」どんどん頭が真っ白になります。そしてその夜発熱し、また一週間欠席することになるのです。大人になった今なら、あの一斉の唱和の中には、テキトーに答えたりうやむやにしていたりする子どもが何人かいただろうなと想像できます。ですが子どもだった私は、みんながわかっているのに自分一人ができないと思い、絶望しました。子どもも絶望するのです。あの絶望をなんとか乗り切れたのは、当時家にあった『世界少年少女名作文学全集』のおかげだと思っています。小児喘息を克服できたのは医学のおかげですが。

さて、一章冒頭に書いたように、本書はコロナ禍における遠隔授業の講義原稿をもとにしています。その講義原稿と出版社をつなぐのは、学会の懇親会における筆者の愚痴でした。目の前に、たまたま大阪大学の山上浩嗣先生がいらしたので、話の種にと、二〇二〇年度、大阪大学外国語学部での文学講義がコロナ禍における遠隔授業となったため、連日パソコンに張り付き、在宅でありながらエコノミー症候群になりかけたと、愚痴をこぼしたのです。今冷静に考えると、相手にとって、はなはだ迷惑な話の種です。しかし、山上先生は「それ（講義原稿）、本にしたらいいじゃないですか？」と前向きな提案をしてくださいました。「いやでも、どこの出版社で？」と後ろ向きな発言の私に、「紹介しますよ」というありがたいお申し出。実際、大阪大学出版会の編集長、川上展代さんにお会いするのはその愚痴話から二か月もたっていません。

本書には、講義の際に学生から寄せられた感想や授業の際の反応も、いくつか取り上げました。その基本は、二〇二〇年度のものですが、二〇〇七・二〇〇九年度も同様の授業を実施しているので、その際のものも取り入れています。なお、学生たちの感想はもとの言葉を生かすように努めましたが、文意はそのままにしつつ、表現を要約・変更した部分もあります。ご諒解ください。また、九章の「女性作家たち」は、講義では取り上げることがかなわなかった（もっぱら筆者の力不足のゆえに）題材を、この機会にぜひとも付加したいと考え、書き下ろしたものです。この主題に関しては、今後さらに追求していきたいと考えています。

最後に、山上先生、出版社をご紹介いただき、あらためてお礼申し上げます。また、神戸大学の中畑寛之先生には、山上先生への連絡に際して仲介の労をお取りいただきました。大阪大学出版会の川上展代さんには、書籍化にあたりさまざまなヒントをいただきました。同編集部堂本麻央さんには、読者にわかりやすい表現にするためのご意見をいただきました。この場を借りてお礼申し上げます。

さて、読者の皆様、三〇〇年前の異国の文学は理解可能なのでしょうか？　本書は理解するための補助線のつもりで書いたものですが、そうは言っても、誤読するかもしれません。でも、誤読してもいいのではないかとも思うのです。多くの誤読と誤解を、すでに作品は引き受けてきました。古典が現代に蘇るのは、私たちの誤読――新たな解釈によってかもしれません。

二〇二四年、八月　残暑の京都にて

宇野木めぐみ

年表

年代	政治・社会的事件	哲学者の闘い／文化事項	文学者生没年	作品
1680年代	1685 ナントの勅令廃棄			
			1688 マリヴォー生	
			1689 モンテスキュー生	
1690年代		1690 リシュレ辞典		
		1691 フュルティエール辞典		
		1694 アカデミー・フランセーズ辞典	1694 ヴォルテール生	
			1697 プレヴォー生	
1700年代	ルイ14世末期 1701-14 スペイン継承戦争			
	1707 アンジューに赤痢流行			
1710年代		1710-33 ランベール夫人のサロン		
			1712 ルソー生	
			1713 ディドロ生	1713 シャール『フランス名婦伝』
	1715 摂政政治の開始		1715 フェヌロン没	1715-35 ルサージュ『ジル・ブラース物語』
		1717 ヴォルテール、バスティーユに投獄	1717 ダランベール生	
1720年代	1720 ローの破綻、恐慌 ペスト流行			
				1721 モンテスキュー『ペルシア人の手紙』
	1723 ルイ十五世の親政			

		1726 ヴォルテール、イギリスに亡命		
		1726-49 タンサン夫人のサロン		
1730年代				1730 マリヴォー『愛と偶然の戯れ』
				1731 プレヴォー『マノン・レスコー』
				1731-42 マリヴォー『マリアンヌの生涯』
			1732 ボーマルシェ生	
	1733-35 ポーランド継承戦争			
			1734 レチフ・ド・ラ・ブルトンヌ生	1734 ヴォルテール『哲学書簡』
				1734-35 マリヴォー『成り上がり百姓』
				1735 タンサン夫人『コマンジュ伯爵の回想録』
			1737 ベルナルダン・ド・サン=ピエール生	
1740年代	1740-48 オーストリア継承戦争		1740 サド生	
		1741-48 デファン夫人のサロン	1741 ラクロ生	
			1747 ルサージュ没	1747 ヴォルテール『ザディグ』
		1748-63 ジョフラン夫人のサロン		1748 モンテスキュー『法の精神』
		1749 ディドロ、ヴァンセンヌに投獄		
1750年代				1750 ルソー『学問芸術論』
		1751 『百科全書』第一巻刊行		
	1755 リスボン大地震		1755 モンテスキュー没	1755 ルソー『人間不平等起源論』

年代	政治・社会的事件	哲学者の闘い／文化事項	文学者生没年	作品
1750年代	1756-63 七年戦争			
	1757 ダミアン事件			
				1758 リコボニ夫人『クレシ侯爵の物語』
		1759『百科全書』発禁		1759 ヴォルテール『カンディード、あるいはオプティミスム』
1760年代		1760 シルヴァン事件		1761 ルソー『新エロイーズ』
		1762『エミール』焚書、ルソーに逮捕状 カラス事件	1762 シェニエ生	1762 ルソー『エミール』『社会契約論』
		1762-76 レスピナス嬢のサロン		1762-73? ディドロ『ラモーの甥』執筆
		1762-83 デピネー夫人のサロン		
			1763 プレヴォー没 マリヴォー没	
		1765 カラスの名誉回復		
			1766 スタール夫人生	
			1768 シャトーブリアン生	
1770年代		1771 シルヴァン名誉回復		
				1772 カゾット『恋する悪魔』
	1774 ルイ十五世没、ルイ十六世即位			
				1775 レチフ・ド・ラ・ブルトンヌ『堕落百姓』
	1776 アメリカ合衆国独立			

			1778 ヴォルテール没 ルソー没	
1780年代				1781-88 メルシエ『タブロー・ド・パリ』
				1782 ラクロ『危険な関係』
			1783 ダランベール没 スタンダール生	
			1784 ディドロ没	1784 ボーマルシェ『フィガロの結婚』(初演、出版)
				1788 ベルナルダン・ド・サン=ピエール『ポールとヴィルジニー』
	1789 フランス革命 人権宣言			
1790年代	1792 王政廃止			
	1793 ルイ十六世の処刑			
			1794 シェニエ没	
	1799 ナポレオン執政政府樹立		1799 ボーマルシェ没	
1800年代				1800 スタール夫人『文学論』
			1803 ラクロ没	
	1804 ナポレオン皇帝となる			
			1806 レチフ・ド・ラ・ブルトンヌ没	
1810年代			1814 サド没 ベルナルダン・ド・サン=ピエール没	
			1817 スタール夫人没	

※年表は、以下の文献を参考にまとめた。

Lagarde, André et Michard, Laurent. *XVIIIe siècle : les grands auteurs français du programme : anthologie et histoire littéraire*, « Collection littéraire Lagarde et Michard », Bordas, 1985.

Léonard, Monique, Orville, Robert, et Warusfel-Onfroy, Nicole. *Histoire de la littérature française*, « collection Henri-Mitterand », Nathan, 1988.

アラン・コルバン『においの歴史――嗅覚と社会的想像力　新版』、山田登世子・鹿島茂訳、藤原書店、1990 年。

鈴木康司『闘うフィガロ――ボーマルシェ一代記』、大修館書店、1997 年。

マルティーヌ・ソネ「教育の対象としての娘たち」、天野知恵子訳、G・デュビィ、M・ペロー監修『女の歴史Ⅲ　十六―十八世紀Ⅰ』、杉村和子・志賀亮一監訳、藤原書店、1995 年。

田戸カンナ「フランスにおける黒人奴隷貿易・黒人奴隷制批判の歴史（上）――白人を中心に――」、『学苑　昭和女子大学紀要』第 971 号、2023 年、18-28 頁。

寺田元一『編集知の世紀――一八世紀フランスにおける市民的公共圏と『百科全書』』、日本評論社、2003 年。

ウィリアム・リッチー・ニュートン『ヴェルサイユ宮殿に暮らす――優雅で悲惨な宮廷生活』、北浦春香訳、白水社、2010 年。

浜忠雄「世界史認識と植民地（Ⅰ）――レナール「両インド史」の検討をとおして」、『北海道教育大学紀要　第一部　B、社会科学編』第 31 巻(1)、1980 年、1-13 頁。

ジャン＝ロベール・ピット編『パリ歴史地図』、木村尚三郎監訳、東京書籍、2000 年。

アルフレッド・フィエロ『パリ歴史事典（普及版)』、鹿島茂監訳、白水社、2011 年。

藤原真実「18 世紀小説の序文――プレヴォー：『クリーヴランド』の場合」、『人文学報』第 255 号、1994 年、77-101 頁。

――「『私は作者ではない』――マリヴォーのエッセー誌における作者と作家」、『人文学報』第 304 号、1999 年、133-166 頁。

オリヴィエ・ブラン『オランプ・ドゥ・グージュ――フランス革命と女性の権利宣言』、辻村みよ子・太原孝英・高瀬智子訳、信山社、2010 年。

本城靖久『馬車の文化史』、講談社現代新書、1993 年。

日本 18 世紀学会　啓蒙思想の百科事典編集委員会編『啓蒙思想の百科事典』、丸善出版、2023 年。
『集英社世界文学大事典』第 4 巻、集英社、1997 年。

française, nº 9, 2015（https://journals.openedition.org/lrf/1403）（最終閲覧日：2025 年 1 月 3 日）.
Reid, Martine.（éd.）*Femmes et littérature*, t. Ⅰ et Ⅱ, Gallimard, 2020.
Ressi, Michèle. *Dictionnaire des citations de l'histoire de France*, Editions du Rocher, 1990.
Sainte-Beuve. *Œuvres*, t. 1et 2, « Bibliothèque de la Pléiade », Gallimard, 1956–60.
Stewart, Philipe et Michel, Delon.（éd.）*Le Second Triomphe du roman du XVIIIᵉ siècle*, The Voltaire Foundation, 2009.
Watt, Ian. *The Rise of the novel, studies in Defoe, Richardson and Fielding*, Chatto and Windus, 1963［1957］.
イアン・ワット『小説の勃興』、藤田永祐訳、南雲堂、1999 年。
Weil, Françoise. *L'Interdiction du roman et la librairie 1728–1750*, Aux amateurs de livres, 1986.
Wittmann, Reinhard. « Une révolution de la lecture à la fin du XVIIIᵉ siècle ? », traduit de l'allemand par Marie-Claude Auger, in *Histoire de la lecture dans le monde occidental*, sous la direction de Guglielmo Cavallo et Roger Chartier, Seuil, 1997.
ラインハルト・ヴィットマン「18 世紀末に読書革命は起こったか」、ロジェ・シャルティエ、グリエルモ・カヴァッロ編『読むことの歴史——ヨーロッパ読書史』、田村毅ほか訳、大修館書店、2000 年。

[和文]

赤木昭三・赤木富美子『サロンの思想史——デカルトから啓蒙思想へ』、名古屋大学出版会、2003 年。

植田祐次編『十八世紀フランス文学を学ぶ人のために』、世界思想社、2003 年。

——『フランス女性の世紀——啓蒙と革命を通して見た第二の性』、世界思想社、2008 年。

宇野木めぐみ『読書する女たち——十八世紀フランス文学から』、藤原書店、2017 年。

川田靖子「文芸サロン」『集英社世界文学大事典』第 5 巻、集英社、1997 年。

木崎喜代治『マルゼルブ——フランス一八世紀の一貴族の肖像』、岩波書店、1986 年。

Collé, Charles. *Journal et mémoires de Charles Collé sur les hommes de lettres, les ouvrages dramatiques et les événements les plus mémorables du règne de Louis XV (1748–1772)*, t. 3, Firmin Didot, 1868.

Darnton, Robert. *The Literary Underground of the Old Regime*, Harvard University Press,1982.

ロバート・ダーントン『革命前夜の地下出版』、関根素子・二宮宏之訳、岩波書店、1994 年。

——*The Forbidden Best-sellers of pre-revolutionary France*, Norton, 1995.

——『禁じられたベストセラー——革命前のフランス人は何を読んでいたか』、近藤朱蔵訳、新曜社、2005 年。

Genette, Gérard. *Seuils*, éditions du Seuil, 1987.

ジェラール・ジュネット『スイユ——テクストから書物へ』、和泉涼一訳、水声社、2001 年。

Hill, Bridget. *Eighteenth Century Women*, Unwin Hyman, 1984.

ブリジェット・ヒル『女性たちの十八世紀——イギリスの場合』、福田良子訳、みすず書房、1990 年。

Lanson, Gustave. *Histoire de la littérature française*, Hachette, 1912［1895］.

Lanson, Gustave et Tuffrau, Paul. *Manuel illustré d'histoire de la littérature française*, Classique Hachette, 1953.

ギュスターヴ・ランソン、ポール・テュフロ『フランス文学史』1・2、有永弘人［ほか］訳、中央公論社、1954–56 年。

Mandrou, Robert. *De La Culture populaire aux 17e et 18e siècle*, Imago, 1999.

ロベール・マンドルー『民衆本の世界——17・18 世紀フランスの民衆文化』、二宮宏之・長谷川輝夫訳、人文書院、1988 年。

May, Georges. *Le Dilemme du roman au XVIIIe siècle : étude sur les rapports du roman et de la critique, 1715–1761*, Presses universitaires de France, 1963.

McManners, John. *Death and the Enlightenment : changing attitudes to death among Christians and unbelievers in eighteenth-century France*, Oxford, Oxford University Press, 1981.

ジョン・マクマナーズ『死と啓蒙——十八世紀フランスにおける死生観の変遷』、小西嘉幸・中原章雄・鈴木田研二訳、平凡社、1989 年。

Régent, Frédéric. « Préjugé de couleur, esclavage et citoyennetés dans les colonies françaises（1789–1848）», *Cahier de l'Institut d'Histoire de la Révolution*

Laffont, 1990.
レチフ・ド・ラ・ブルトンヌ『パリの夜——革命下の民衆』、植田祐次編訳、岩波文庫、1988 年。
Riccoboni, Marie-Jeanne. *Histoire de M. le marquis de Cressy*, Gallimard, 2009.
Roussel, Pierre. *Système physique et moral de la femme*, chez Vincent, 1795.
Rousseau, Jean-Jacques. *Œuvres complètes*, « Bibliothèque de la Pléiade », 5 vols, Gallimard, 1959-1995.
ルソー『エミール』上中下　改版、今野一雄訳、岩波文庫、2007 年。
——『新エロイーズ』1～4、安士正夫訳、岩波文庫、1960-61 年。
Tencin, Claudine-Alexandrine Guérin de. *Mémoires du comte de Comminge*, in *Romans de femmes du XVIIIe siècle*, Robert Laffont, 1996.
Tissot, Samuel-Auguste. *L'Onanisme*, Garnier Frères, 1905.
サミュエル=オーギュスト・ティソ『オナニスム』、阿尾安泰・阿部律子・江花輝昭・辻部大介・辻部亮子・萩原直幸・藤本恭比古訳、『性——抑圧された領域』（十八世紀叢書 6）、国書刊行会、2011 年。
Voltaire. *Candide ou l'optimisme*, dans *Romans et contes : en vers et en prose*, Librairie générale française, 1994.
ヴォルテール『カンディード　他五篇』、植田祐次訳、岩波文庫、2005 年。

▼研究書・研究論文・批評

[欧文]

Bairoch, Paul, Batou, Jean et Chèvre, Pierre. *La Population des villes européennes de 800 à 1850*, Genève, Droz, 1988.
Chartier, Roger. *Histoire de la vie privée*, t. III, Seuil, 1986.
——*Lectures et lecteurs dans la France d'Ancien Régim*e, Seuil, 1987.
ロジェ・シャルチェ『読書と読者——アンシャン・レジーム期フランスにおける』、長谷川輝夫・宮下志朗訳、みすず書房、1994 年。
——*Pratiques de la lecture*, sous la direction de Roger Chartier, Editions Rivages, 1985.
ロジェ・シャルチエ編『書物から読書へ』、水林章・泉利明・露崎敏和訳、みすず書房、1992 年。

la Pléiade », 1983.
フェヌロン『女子教育論』(世界教育学選集 11)、志村鏡一郎訳、明治図書出版、1960 年。
Gouges, Olympe de. *Zamore et Mirza, ou l'heureux naufrage*, Cailleau, 1788.
——*L'Esclavage des noirs, ou l'heureux naufrage*, chez la veuve Duchesne, 1792.
——*L'Esclavage des nègres — Version inédite du 28 décembre 1789*, L'Harmattan, 2006.
Laclos. *Œuvres complètes*, « Bibliothèque de la Pléiade », Gallimard, 1979.
ラクロ『危険な関係』上下、伊吹武彦訳、岩波文庫、1965 年ほか。
Laliman. Le. P. *Moyens propres à garantir les hommes du suicide*, B. Morin, 1779.
Lambert, Madame de. *Œuvres*, Librairie Honoré Champion, 1990.
Lesage. *Histoire de Gil Blas de Santillane* et *Le Diable boiteux*, in *Romanciers du XVIIIe siècle*, « Bibliothèque de la Pléiade », Gallimard, 1987.
ルサージュ『ジル・ブラース物語』1〜4、杉捷夫訳、岩波文庫、1953-54 年。
——『悪魔アスモデ』、中川信訳、『悪漢小説集』(世界文学全集 6) 所収、集英社、1979 年。
Marivaux. *La Vie de Marianne*, « Classiques Garnier », Bordas, 1990.
マリヴォー『マリヤンヌの生涯』1〜4、佐藤文樹訳、岩波文庫、1957-59 年。
——*Paysan parvenu*, « Classiques Garnier », Bordas, 1992.
——『成上り百姓』(世界文学全集古典篇 20)、佐藤文樹訳、河出書房、1955 年。
Marmontel. *Mémoires*, Mercure de France, 1999.
Mercier, Louis-Sébastien. *Tableau de Paris*, in *Paris le jour, Paris la nuit*, Robert Laffont, 1990.
メルシエ『十八世紀パリ生活誌——タブロー・ド・パリ』、原宏編訳、岩波文庫、1989 年。
Montesquieu. *Lettres persanes*, ‹ folio plus classiques ›, Gallimard, 2006.
モンテスキュー『ペルシア人の手紙』、田口卓臣訳、講談社学術文庫、2020 年。
Prévost, Abbé. *Histoire du chevalier des Grieux et de Manon Lescaut*, in *Romanciers du XVIIIe siècle*, « Bibliothèque de la Pléiade », Gallimard, 1987.
アベ・プレヴォー『マノン・レスコー』、青柳瑞穂訳、新潮文庫、1956 年。
Rétif de la Bretonne. *Les Nuits de Paris*, in *Paris le jour, Paris la nuit*, Robert

参考文献

▼ 17・18世紀の文献

本文中の訳文は、既訳のあるものに関しては参照しているが、基本的に筆者が訳している。

また、訳文中の（……）は筆者による省略を示す。

Beauchêne, E-. P. Chauvot de. *De l'influence des affections de l'âme dans les maladies nerveuses des femmes*, Méquignon l'Aîné, 1783.

Beaumarchais, *Théâtre*, « Classiques modernes », Garnier, 1980.

ボーマルシェ『セビーリャの理髪師』、鈴木康司訳、岩波文庫、2008年。

――『フィガロの結婚　改版』、辰野隆訳、岩波文庫、1976年。

Bernardin de Saint-Pierre. *Paul et Virginie*, « Classiques Garnier », Bordas, 1989.

ベルナルダン・ド・サン=ピエール『ポールとヴィルジニー』、鈴木雅生訳、光文社古典新訳文庫、2014年。

――*Le Voyage à l'Isle de France*, t. 1, Merlin, 1773.

――『フランス島への旅』、小井戸光彦訳、『インド洋への航海と冒険・フランス島への旅』（17・18世紀大旅行記叢書第Ⅱ期1）、岩波書店、2002年。

Bienville, J. D. T. de. *La Nymphomanie ou traité de la fureur utérine*, Office de librairie, 1886.

J・D・T・ド・ビヤンヴィル『ニンフォマニア』、阿尾安泰・阿部律子・江花輝昭・辻部大介・辻部亮子・萩原直幸・藤本恭比古訳、『性――抑圧された領域』（十八世紀叢書6）、国書刊行会、2011年。

Challe, Robert. *Continuation de l'histoire de l'admirable Don Quichotte de la Manche*, Droz, 1994.

Diderot, *Le Neveu de Rameau*, dans *Contes et romans*, « Bibliothèque de la Pléiade », Gallimard, 2004.

ディドロ『ラモーの甥　改版』、本田喜代治・平岡昇訳、岩波文庫、1964年。

Fénelon. *De l'éducation des filles*, dans *Œuvres*, t. I, Gallimard, « Bibliothèque de

宇野木めぐみ

1980 年東京都立大学人文学部仏文学科卒業、1995 年神戸大学大学院博士課程単位取得中退。博士（文学）。現在立命館大学、龍谷大学非常勤講師。専門は 18 世紀フランス小説。

著書：『読書する女たち——十八世紀フランス文学から』（藤原書店、2017 年）、日本 18 世紀学会　啓蒙思想の百科事典編集委員会編『啓蒙思想の百科事典』（共著、丸善出版、2023 年）。

翻訳：G・デュビィ、M・ペロー監修『女の歴史』（共訳、杉村和子・志賀亮一監訳、藤原書店、1994-2001 年）ほか。

阪大リーブル 78

時代で読み解く一八世紀フランス文学
——旧体制下の読書熱、サロン、哲学者たちの闘い

発　行　日　2025 年 3 月 31 日　初版第 1 刷

著　　　者　宇野木　めぐみ

発　行　所　大阪大学出版会
代表者　三成賢次

〒565-0871
大阪府吹田市山田丘 2-7　大阪大学ウエストフロント
電話：06-6877-1614（直通）　FAX：06-6877-1617
URL　https://www.osaka-up.or.jp

印刷・製本　尼崎印刷株式会社

ISBN 978-4-87259-648-9　C1398

HANDAI Live

阪大リーブル

001 ピアノはいつピアノになったか？ 〈付録CD「歴史的ピアノの音」〉 伊東信宏 編 定価 本体1700円+税

002 日本文学 二重の顔 〈成る〉ことの詩学へ 荒木浩 著 定価 本体2000円+税

003 超高齢社会は高齢者が支える 年齢差別《エイジズム》を超えて創造的老い《プロダクティブエイジング》へ 藤田綾子 著 定価 本体1600円+税

004 ドイツ文化史への招待 芸術と社会のあいだ 三谷研爾 編 定価 本体2000円+税

005 猫に紅茶を 生活に刻まれたオーストラリアの歴史 藤川隆男 著 定価 本体1700円+税

006 失われた風景を求めて 災害と復興、そして景観 鳴海邦碩・小浦久子 著 定価 本体1800円+税

007 医学がヒーローであった頃 ポリオとの闘いにみるアメリカと日本 小野啓郎 著 定価 本体1700円+税

008 歴史学のフロンティア 地域から問い直す国民国家史観 秋田茂・桃木至朗 編 定価 本体2000円+税

009 懐徳堂 墨の道 印の宇宙 懐徳堂の美と学問 湯浅邦弘 著 定価 本体1700円+税

010 ロシア 祈りの大地 津久井定雄・有宗昌子 編 定価 本体2100円+税

011 懐徳堂 江戸時代の親孝行 湯浅邦弘 編著 定価 本体1800円+税

012 能苑逍遥(上) 世阿弥を歩く 天野文雄 著 定価 本体2100円+税

013 わかる歴史・面白い歴史・役に立つ歴史 歴史学と歴史教育の再生をめざして 桃木至朗 著 定価 本体2000円+税

014 芸術と福祉 アーティストとしての人間 藤田治彦 編 定価 本体2200円+税

015 主婦になったパリのブルジョワ女性たち 一〇〇年前の新聞・雑誌から読み解く 松田祐子 著 定価 本体2100円+税

016 医療技術と器具の社会史 聴診器と顕微鏡をめぐる文化 山中浩司 著 定価 本体2200円+税

017 能苑逍遥(中) 能という演劇を歩く 天野文雄 著 定価 本体2100円+税

018 太陽光が育む地球のエネルギー 光合成から光発電へ 濱川圭弘・太和田善久 編著 定価 本体1600円+税

019 能苑逍遥(下) 能の歴史を歩く 天野文雄 著 定価 本体2100円+税

020 懐徳堂 市民大学の誕生 大坂学問所懐徳堂の再興 竹田健二 著 定価 本体2000円+税

021 古代語の謎を解く 蜂矢真郷 著 定価 本体2300円+税

022 地球人として誇れる日本をめざして 日米関係からの洞察と提言 松田武 著 定価 本体1800円+税

023 フランス表象文化史 美のモニュメント 和田章男 著 定価 本体2000円+税

024 懐徳堂 漢学と洋学 伝統と新知識のはざまで 岸田知子 著 定価 本体1700円+税

025 ベルリン・歴史の旅 都市空間に刻まれた変容の歴史 平田達治 著 定価 本体2200円+税

026 下痢、ストレスは腸にくる 石蔵文信 著 定価 本体1300円+税

027 セルフメディケーションのための くすりの話 那須正夫 著 定価 本体1100円+税

028 格差をこえる学校づくり 関西の挑戦 志水宏吉 編 定価 本体2000円+税

029 リン資源枯渇危機とはなにか リンはいのちの元素 大竹久夫 編著 定価 本体1700円+税

030 実況《ライブ》・料理生物学 小倉明彦 著 定価 本体1700円+税

031 **夫 源 病**
こんなアタシに誰がした
石蔵文信 著
定価 本体1300円+税

032 **ああ、誰がシャガールを理解したでしょうか?** CD付
二つの世界間を生き延びたイディッシュ文化の末裔
圀府寺司 編著
定価 本体2000円+税

033 懐徳堂 **懐徳堂ゆかりの絵画**
奥平俊六 編著
定価 本体2000円+税

034 **試練と成熟**
自己変容の哲学
中岡成文 著
定価 本体1900円+税

035 **ひとり親家庭を支援するために**
その現実から支援策を学ぶ
神原文子 編著
定価 本体1900円+税

036 **知財インテリジェンス**
知識経済社会を生き抜く基本教養
玉井誠一郎 著
定価 本体2000円+税

037 **幕末鼓笛隊**
土着化する西洋音楽
奥中康人 著
定価 本体1900円+税

038 [増補版] **ヨーゼフ・ラスカと宝塚交響楽団**
(付録CD「ヨーゼフ・ラスカの音楽」)
根岸一美 著
定価 本体2200円+税

039 **上田秋成**
絆としての文芸
飯倉洋一 著
定価 本体2000円+税

040 **フランス児童文学のファンタジー**
石澤小枝子・高岡厚子・竹田順子 著
定価 本体2200円+税

041 **東アジア新世紀**
リゾーム型システムの生成
河森正人 著
定価 本体1900円+税

042 **芸術と脳**
絵画と文学、時間と空間の脳科学
近藤寿人 編
定価 本体2200円+税

043 **グローバル社会のコミュニティ防災**
多文化共生のさきに
吉富志津代 著
定価 本体1700円+税

044 **グローバルヒストリーと帝国**
秋田茂・桃木至朗 編
定価 本体2100円+税

045 **屏風をひらくとき**
どこからでも読める日本絵画史入門
奥平俊六 著
定価 本体2100円+税

046 **アメリカ文化のサプリメント**
多面国家のイメージと現実
森岡裕一 著
定価 本体2100円+税

047 **ヘラクレスは繰り返し現われる**
夢と不安のギリシア神話
内田次信 著
定価 本体1800円+税

048 **アーカイブ・ボランティア**
国内の被災地で、そして海外の難民資料を
大西 愛 編
定価 本体1700円+税

049 **サッカーボールひとつで社会を変える**
スポーツを通じた社会開発の現場から
岡田千あき 著
定価 本体2000円+税

050 **女たちの満洲**
多民族空間を生きて
生田美智子 編
定価 本体2100円+税

051 **隕石でわかる宇宙惑星科学**
松田准一 著
定価 本体1600円+税

052 **むかしの家に学ぶ**
登録文化財からの発信
畑田耕一 編著
定価 本体1600円+税

053 **奇想天外だから史実**
天神伝承を読み解く
髙島幸次 著
定価 本体1800円+税

054 **とまどう男たち—生き方編**
伊藤公雄・山中浩司 編著
定価 本体1600円+税

055 **とまどう男たち—死に方編**
大村英昭・山中浩司 編著
定価 本体1500円+税

056 **グローバルヒストリーと戦争**
秋田茂・桃木至朗 編著
定価 本体2300円+税

057 **世阿弥を学び、世阿弥に学ぶ**
大槻文藏監修 天野文雄 編集
定価 本体2300円+税

058 **古代語の謎を解く II**
蜂矢真郷 著
定価 本体2100円+税

059 **地震・火山や生物でわかる地球の科学**
松田准一 著
定価 本体1600円+税

060 **こう読めば面白い! フランス流日本文学**
—子規から太宰まで—
柏木隆雄 著
定価 本体2100円+税

061 **歯周病なんか怖くない** 歯学部教授が書いたやさしい歯と歯ぐきの本 村上伸也 編 定価 本体1300円+税

062 **みんなの体をまもる免疫学のはなし** 対話で学ぶ役立つ講義 坂野上淳 著 定価 本体1600円+税

063 **フランスの歌いつがれる子ども歌** 石澤小枝子・高岡厚子・竹田順子 著 定価 本体1800円+税

064 **黄砂の越境マネジメント** 黄土・植林・援助を問いなおす 深尾葉子 著 定価 本体2300円+税

065 **古墳時代に魅せられて** 都出比呂志 著 定価 本体1700円+税

066 **「羅生門」の世界と芥川文学** 清水康次 著 定価 本体2000円+税

067 **心と身体のあいだ** ユング派の類心的イマジネーションが開く視界《ヴィジョン》 老松克博 著 定価 本体1900円+税

068 **日本を彩る香りの記憶** 内野 花 著 定価 本体1600円+税

069 **ほんとうのトコロ、認知症ってなに？** 山川みやえ・土岐 博・佐藤眞一 著 定価 本体1600円+税

070 **公文書をアーカイブする** 事実は記録されている 小川千代子・菅真城・大西愛 編著 定価 本体1800円+税

071 **小説家、織田作之助** 斎藤理生 著 定価 本体2300円+税

072 **グローバルヒストリーから考える新しい大学歴史教育** 日本史と世界史のあいだで 秋田茂・桃木至朗 編著 定価 本体2300円+税

073 **スポーツで蒔く平和の種** 紛争・難民・平和構築 岡田千あき 編著 定価 本体1800円+税

074 **漢方がみちびく心と体のレジリエンス（回復力）** 萩原圭祐 著 定価 本体1600円+税

075 **東日本大震災と災害ボランティア** 渥美公秀・貫牛利一 編 定価 本体2200円+税

076 **アーカイブズとアーキビスト** 大阪大学アーカイブズ 編 定価 本体1900円+税

077 **コロナ禍の声を聞く** 大学生とオーラルヒストリーの出会い 安岡健一 監修／大阪大学日本学専修「コロナと大学」プロジェクト 編 定価 本体2000円+税

（四六判並製カバー装。定価は本体価格＋税。以下続刊）

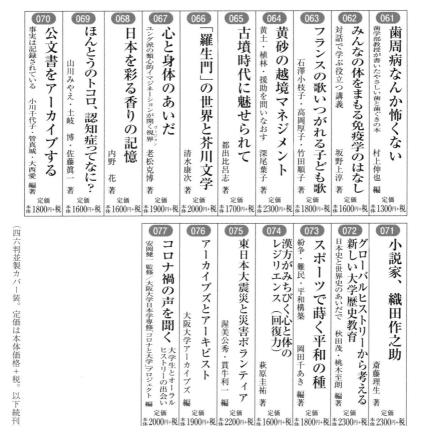